福妻無雙 1

文創風 465

暖日晴雲 著

目錄

序文

暖日晴雲

看多了重生後就要報仇，要毀滅上輩子所有敵人、所有對手的故事，晴雲便有了疑惑，難不成得到老天爺這般恩賜，只是為了報仇嗎？

一輩子，為了仇人活著、為了對手活著，不是躲開他們的坑，就是在給他們挖坑，時時提心弔膽、時時步步謀算，連個省心安穩的時候都沒有。

這樣的重生，到底是老天爺的賞賜，還是懲罰？

人生那麼長，若幾十年都困在上輩子的圈兒裡，不管做什麼，都逃不脫它的噩夢或執念，那重活一輩子，豈不是又跳進了另一座牢籠？

所以，晴雲萌生念頭，想寫個重生後不用報仇的故事。重生，應該是彌補上輩子的遺憾，比如說，吃上輩子沒吃過的美食，看上輩子沒看過的美景，抓住上輩子沒遇到的幸福。

女主角寧念之心地善良，不在乎上輩子繼祖母趙氏怎麼對她，雖然沒有血緣關係，不過是陌生人，但看在趙氏將她平平安安養大的分上，這就是恩了。她也不是人人都能捏一把的包子，有仇當場就報，重活一輩子可不是為了憋憋屈屈地忍著，反正爹娘還在，闖多大的禍，他們都能兜著。

寧念之還重情重義，和榮華富貴比起來，她更喜歡一生一世一雙人，原本有機會成為太子妃，卻反而選擇了一起長大的竹馬。誰對她好，她千百倍地還回去；誰對她不好，她便不屑一顧，不再與之交往。

她活得瀟灑，她活得恣意，她活得享受。

晴雲塑造的這個形象，就是對生活時時刻刻充滿熱情的人。寧念之的生活說平淡，卻也不平淡，她沒參加過京城閨秀的爭奇鬥豔、沒有美名遠揚、沒有才名加身，看起來普普通通，但她有和睦的家庭、可愛的弟弟妹妹，最重要的，有對她忠誠的相公。

初重生，她得了老天爺給的金手指，立刻先彌補上輩子最大的遺憾——救下親生父親。再來收容狼孩兒，訂下一輩子姻緣。接著助親爹立功，助寧家昌盛，助狼孩兒成長。

她不用管上輩子的敵人與對手，只要躲開危險和算計，那些人自會得到報應，自作自受；她不用謀算他人為自己爭取好處，自身持正、問心無愧，自然能化解危機，遇難成祥。

重生是老天爺的饋贈，所以，她不會辜負。

希望看這套書的人，都能喜歡不沉浸在過去、一心只為未來努力的寧念之。不管昨日烏雲滿天還是電閃雷鳴，總有一天，會豔陽高照，晴空萬里。

也希望看過這套書的人，能喜歡寫了這個故事的晴雲。

第一章

寧念之被裹在襁褓裡，想動都動不了。實在無聊，只能打個哈欠，閉上眼睛裝睡，這樣說不定還能聽點秘密什麼的。重生成嬰兒，也就這點樂趣可享了。

不過，她適應得倒是快，偶爾想起上輩子的事情，竟像在作夢。唉，小心謹慎十幾年，眼看即將嫁人，脫離寧家，卻一朝不慎，摔一跤跌死了，這死因實在是太丟人了點。

「嬤嬤，瞧咱們姑娘長得多好看啊，和夫人一模一樣。」旁邊響起了低低的說話聲。

嬤嬤笑道：「那是自然，滿府的姑娘，就咱們姑娘長得最好看了。」

寧念之撇撇嘴，又聽嬤嬤說道：「咱們姑娘可是有大福氣的人，剛剛出生，國公爺的身子就好轉了。這不，國公爺說了，要親自給咱們姑娘取名字呢。」

兩人正說著話，外面有腳步聲傳來，隨後一個丫鬟喊道：「哎呀，怎麼沒人呢？人都上哪兒去了？」

嬤嬤立刻有些不高興了，迅速抬手捂住寧念之的耳朵，恨恨道：「誰不知道咱們姑娘嗜睡，但凡過來的人，不說躡手躡腳，這樣吵吵嚷嚷，像什麼樣子！」

跟她說話的丫鬟趕緊起身。「我去看看。」

嬤嬤還想說什麼，一低頭，看見寧念之已經睜開眼睛，趕緊緩和了臉色，抬手將寧念之抱在懷裡拍了拍。「哎喲，姑娘醒過來了？是不是被嚇著了？噢噢噢噢，別怕別怕，奶娘在呢，小寶貝別怕。」

寧念之轉轉脖子，現在能動的也只有脖子了。

這時，外面的說話聲逐漸大了起來。「夫人不在，光妳們幾個怎麼能照顧好姑娘？老太太慈善，願意幫夫人照顧，是妳們姑娘的福氣！妳個死丫頭，不感恩就算了，還想阻攔，是不是討打啊？」

小時候她有被祖母抱過去養的經歷嗎？難怪四、五歲時，總覺得娘親不大親近她。也怪她這副牛脾氣，妳不喜歡我，我也不喜歡妳，親母女最後差點鬧成了陌路人。

咳，不是她不孝順，說祖母挑撥她們母女感情來著，從身分上說，祖母是繼的，母親是親的，她當然更偏向自家親娘。而從上輩子的經歷來說，祖母不是真心疼愛她，母親雖然不親近，但該給的沒少給，她還是比較願意相信親娘的。

「夫人怎麼不在了？夫人不就出門一會兒嗎？馬上回來。姑娘還吃奶呢，離不得親娘。老太太也是當過娘親的，難道捨得讓夫人母女分離？」

寧念之抽了抽嘴角，這是娘親給她找的大丫鬟？怎麼這麼的……不著調呢！就算話說得有幾分道理，可這能放到明面上說嗎？

果然，老太太那邊來的丫鬟怒了。

「死丫頭，老太太一片慈愛之心，竟被妳如此扭曲！好好好，當真是夫人身邊出來的丫鬟，這伶牙俐齒竟是無人能敵。妳當我們老太太稀罕你們家姑娘？咱們走著瞧！」

「走著瞧就走著瞧！」

然後，門簾被掀開，丫鬟氣沖沖地進門。「這都是些什麼人哪，若不是國公爺覺得咱們家姑娘帶來了好福氣，老太太怕是一眼都不想看見姑娘，還想乘機將人抱走，太過分了！馬嬤嬤，夫人什麼時候回來？」

馬嬤嬤搖搖頭。「夫人說去打聽打聽情況，估計晚上能回府。妳這丫頭，不是我說，妳是什麼身分？老太太又是什麼身分？有妳數落老太太的分兒？就是瞎膽大。今兒夫人不在家，若妳被老太太抓走了，看誰能救妳！」

「那讓她們將姑娘抱走啊？」丫鬟不服氣地說道。

馬嬤嬤搖頭。「要不怎麼說妳傻呢？老太太能將人抱走，夫人難道不能將人抱回來？」

丫鬟撇撇嘴。「要我說，嬤嬤才是個傻的，到了嘴的肉，哪還有吐出來的道理？夫人才不能正面對上老太太呢，老太太若一哭二鬧，國公爺一發話，夫人就得乖乖把姑娘送過去了。我這樣一吵，還是好事，礙於面子，老太太也不好再派人來抱走姑娘。」

馬嬤嬤咂了兩下嘴。「這麼說，妳和老太太的丫鬟吵嘴，還是有理由的？」

丫鬟一甩腦袋。「那是當然，我又不是真的傻。咦，嬤嬤妳看，姑娘聽得這麼認真，好像能聽懂咱們說話一樣。」

馬嬤嬤順勢看了一眼，忍不住笑。「咱們姑娘天生伶俐。噢噢噢噢，乖寶貝，是不是餓了？奶娘餵妳吃奶好不好？」

寧念之一轉頭，閉上眼睛睡覺去了。

人小覺多，原本是為了躲避吃奶，沒想到，還真睡過去了。

寧念之一睜眼，就瞧見她家美人娘正抱著她垂淚。

「乖女兒，娘親捨不得妳，可娘親沒有辦法。妳爹生死不明，我若不去一趟，難以心安，不管是生是死，總要去看看……」

寧念之一個激靈，瞬間清醒了，轉脖子一看，差點想罵人，床上有個大包袱，娘親根本已經收拾好行李，就等出發！不用腦袋想都知道，她爹是武將出身，不在家又不知生死，必定是在打仗，而她才剛滿月沒幾天，美人娘是絕對不會帶上她這個小包袱去尋夫的。

她想也不想，立刻扯著嗓子開始號。

馬欣榮嚇一跳，趕緊拍孩子。「乖乖別哭，寶貝別哭，哭得娘都心疼了。別哭喔，乖乖，看這是什麼？咦，會發光的燈喔。」

寧念之無語，哄孩子都是這麼哄的嗎？感覺好幼稚。

哄了半天，寧念之只管哭。馬嬤嬤忙問：「夫人，姑娘是不是餓了？」

馬欣榮手忙腳亂。「我也不知道，剛才還睡得好好的。我看看。」說著，親自解了衣衫要餵奶。

寧念之正好覺得有些餓，再說，今兒她打算和娘親耗著，不吃飽不行，遂咕嘟嘟吃個飽，直到嘴邊都溢奶了，才意猶未盡地停下。

馬欣榮鬆口氣，拍她睡覺。

寧念之眯著眼睛養神，反正呢，她必須跟著娘親就是。上輩子，她沒見過親爹，打她記事，府裡人就說她命硬，一出生便剋死了爹。

若是不出差池，這會兒爹爹在戰場上，必定有了危險，她去嚎兩聲提醒提醒也行啊，總之不能窩在府裡。最不濟，她也得去看看，兩輩子都沒見過的親爹到底長什麼樣子。

馬欣榮可不知道自己寸把長的閨女都在惦記些什麼，眼看她不哭了，趕緊將人放在床上，叫了馬嬤嬤進來吩咐。

「我趁夜走，我爹派了幾個人跟著，不用擔心安全，若是晚了，國公爺必會阻攔。我走了，妳好好照顧姑娘，到底是世子爺的嫡長女，老太太不會太明目張膽……妳只守著姑娘，國公爺也不是好糊弄的。」

寧念之瞪大眼睛，這種事情，外祖父居然也答應？果然娘親不可靠，是有遺傳的啊。

工夫不多了，馬欣榮囑咐幾句，便拎著包裹，急匆匆地想出門。才剛轉身，就聽見放在床上的小閨女又是一陣號哭，回頭看，發現裙角被小丫頭抓在手裡。她不敢使勁，但拽了幾下，仍是沒拽出來。

馬嬤嬤擦眼淚。「姑娘雖然小，但心裡明白，捨不得您這個當娘的。夫人，北疆危險，您還是三思吧，姑娘這麼小，您怎麼捨得……」

馬欣榮垂淚。「我自然捨不得，可相公在那兒，不管是生是死，我總要去看一眼才行。萬一、萬一相公正等著我去救他呢？來日方長，我今兒捨了這小丫頭，一年半載便回來，到時我們母女還怕沒有相聚的時候？我就是擔心相公，若最後……我、我死了也不安心啊！」

寧念之瞪大眼睛，號了這麼久，嗓子有些疼。

馬嬤嬤也知道自家夫人脾氣硬，作了決定就不會改，當即擦乾眼淚，又低頭去拍寧念之了。寧念之死瞪著眼睛，朝馬欣榮伸手。馬欣榮狠下心，使勁一抽衣服，轉身就要走。

寧念之立刻放聲大哭，她現在的手段除了哭就是哭，毫不含糊，聲音震天。

馬欣榮又心疼、又著急。「乖乖，別哭呀，娘馬上就回來，別把人都吵醒了，這樣娘可走不了了。乖啊，妳聽話，娘親給妳帶糖糖吃好不好？」

馬嬤嬤嘆氣。「我瞧姑娘是捨不得夫人的樣子，都說小孩子心明眼亮，平日姑娘是能不哭就不哭的，偏偏今兒哭成這樣。夫人，奴婢怕您一走，姑娘萬一哭壞了身子……」

馬欣榮趕著離開，遂咬咬牙。「要不然，我帶上她，萬一相公……她好歹也得看看自己親爹長什麼樣子才行。」

馬嬤嬤傻住，她剛才不是要提醒自家夫人帶上姑娘，而是想讓夫人替姑娘著想，別去了。這下可好，賠了夫人又折兵，立刻急得不行。

「趕路勞頓，姑娘太小，受不了這苦的！」

馬欣榮打定了主意。「我自己是戰場上出生的，小孩子家家吃得飽、睡得著便行，若嬤嬤實在擔心，跟著一起去吧。快，隨便拿兩身衣服就好。」

直到出了城門，寧念之的內心還是震驚的。真的出來了？就這麼出來了？偌大一個國公府，居然沒人發現世子夫人抱著孩子離家出走了?!城門口的士兵都不用檢查馬車裡坐著什麼人嗎？看看令牌就放行？以後不怕被人追究責任？

馬嬤嬤一路上都在嘀咕：「夫人，咱們就這樣去？明兒國公爺知道了，會不會生氣？還有老太太，她可是一直看咱們不順眼，會不會揪著這條小辮子不放，以後回來了，還要拿這事威脅咱們？」

馬欣榮無奈。「嬤嬤，我們已經出門，說什麼都晚了。國公爺雖然會不高興，但京城裡還有不少事情要他操心。世子下落不明，他至少得想辦法另外派人過去，一邊搜尋世子、一邊接管軍隊，還要準備糧草，哪有空來操心我們娘兒倆的事？

「至於老太太，她肯定更高興，我若不在府裡，國公府還不是她說了算？」

馬嬤嬤還是有些擔憂，馬欣榮也沒辦法，索性掀開車簾讓她自己看。

「咱們帶著人呢，不用擔心。我就是想去瞧瞧，萬一能找到相公呢？」

馬嬤嬤嘆口氣，她不同意有什麼辦法？不照樣跟著上了馬車嗎？

她盯著外面看了一會兒，忽然露出吃驚的神色。「是老爺子的十六衛？全派過來了？」

馬欣榮搖頭。「我爹說全部給我，不過我沒敢要，雖說京中太平，但誰也不能保證沒個萬一。我爹給了八個，另外八個是他們的兒子。」

寧念之有些犯睏，身為嬰兒，她的作息一向很規律，今日鬧騰了大半個晚上，能撐到這會兒已經不錯了。都出了城門，她娘應該不會把她送回去。

有馬老將軍給的人手，馬欣榮又帶足了銀子，她也能吃苦，遇見城鎮，就買一大堆乾糧和水。天黑不巧還在野外時，便宿在馬車上，隨便吃點乾糧。寧念之也乖，非常時候，表現得更乖巧，每天吃飽了睡，睡飽了吃，不給馬欣榮添麻煩。

就這樣連續趕了一個月，總算到了北疆，趕車的馬連山道：「夫人，前面是個小鎮，過了這個鎮，就是白水城了。白水城裡都是士兵，沒有客棧什麼的，咱們是不是先停下來休息休息？」

馬欣榮有些著急。「今晚能趕到白水城嗎？沒有客棧不要緊，世子不是有府邸嗎？」

馬連山有些為難。「倒是能趕到城門口，但白水城查得比較嚴，所以……」大晚上的，總不好讓夫人和姑娘下車接受盤查，不如明天一早再進去。

馬嬤嬤聽了，勸解道：「夫人，聽馬連山的吧，咱們今晚趕去有什麼用，世子爺也不在府裡不是？不如咱們明兒一早進城，中午請鄰居過來坐坐，問問情況。」

馬欣榮沈默一會兒，終於點頭了。

第二章

眾人進了小鎮，找間客棧住下。

邊疆的飯菜是不怎麼好吃的，且不說味道如何，大約是因為水質，總有一股沙塵味。馬欣榮擔心自家相公，晚飯沒吃多少，隨後讓人送來熱水，抱著寧念之，泡了個熱水澡。

沐浴完，馬欣榮躺在床上，翻來覆去睡不著。朝廷那邊收到的消息是，兩個月前，騰特人率兵攻打白水城，寧震被派出迎戰。騰特人勢如破竹，大元落敗，死了將近五萬人馬，寧震也莫名失蹤。

現在朝堂上的說法有兩種，一種是鎮國公世子無能，兵敗後畏罪逃亡或自殺了，應當追究鎮國公府的罪責。

另一種說法是此戰有疑點，白水城駐軍三十萬，騰特人的兵馬才十萬，若白水城全力出擊，不可能讓騰特人戰勝，怕是白水城有奸細。就算沒有奸細，此次鎮國公世子戰敗，也是因統帥指揮不當，和他有什麼關係？

兩派爭吵不休，馬欣榮沒辦法一直等著，便求了自家親爹，非要親自來戰場找人。馬老將軍拗不過唯一的閨女，只好派人手過來幫忙。

若寧震被人俘虜，騰特人為什麼沒送信來？若寧震被殺，此等戰功，騰特人不會不炫耀吧？既不是被抓，又沒有被殺，那寧震去哪兒了？

寧念之被馬欣榮折騰得睡不著，正打算張嘴哭兩下子，忽然聽見外面有說話聲，小心思一動，趕緊豎起耳朵。

她也是之前才發現的，重活一輩子，老天爺竟然待她不薄，還送了絕佳禮物——她的五感突然增強不少，只要凝神，數里之內，正常的說話聲，她都能聽得見，眼力、嗅覺、舌頭也變靈。這個禮物，簡直送到了她的心坎上。

現下她凝神靜聽，一個粗啞的聲音先說道：「今兒來了一群新人，你知道是什麼來頭嗎？會不會是京城過來的？」

另一個聲音比較低沈。「聽口音像是京城那邊的人，到底是哪家的，你真當我無所不能，什麼都能打聽出來？你有空關心這個，不如趕緊想想接下來怎麼辦，朝廷勢必不會善罷甘休，萬一被查出來，你我都是抄家滅族的罪！我真是後悔，當初怎麼豬油蒙了心，竟然聽信你一番話，鬧到如今這地步！」

那粗啞的聲音笑了兩聲，難聽至極，像烏鴉在叫，寧念之差點沒抬手捂住耳朵。

「現在後悔有什麼用？你也不想想，若咱們不這樣做，日後能有出頭的機會嗎？寧震有什麼本事？不就是有個好出身，憑什麼壓在咱們頭上？」

寧念之捏緊小拳頭，寧震這名字她太熟悉了，上輩子，娘親可是在她耳邊念叨過無數次，那是她親爹啊！

「但現在人不在咱們手上！萬一他回來了呢？」那低沈的聲音更低了，含著幾分怒意。

「還有，鎮國公會放過咱們嗎？鎮國公世子出事了，京城難道不會派人來查？」

「查什麼？和咱們有什麼關係？是寧震貪功冒進，又不是咱們讓他去追擊騰特軍的！」沙啞的聲音說道。「咱們現在不就是在等著嗎？若京城來人，咱們趕緊去提醒一聲，咱們應對不了，總有人能應付。要是能等到寧震，那更好了。」

低沈的聲音問道：「你又要如何？」

「你真是傻子不成？做了這樣的事情，還指望寧震會饒過咱們？若是等到寧震，自然要斬草除根！咱們找到寧將軍的屍體，鎮國公府感激咱們，總要給些報酬吧？」

沙啞的聲音又道：「我可警告你，別壞了老子的大事。你有良心，還不是已經害了寧震？你要是敢做什麼，卻沒證據，說出來的話有人會信嗎？」

沒人說話了，寧念之在心裡細細琢磨，聽那話的意思，自家親爹這會兒是失蹤了，騰特那邊沒消息，要麼將人抓起來了，正在審問；要麼還沒抓到，有八成可能還活著。

當初親爹出事，是他身邊出了內奸，若能將內奸抓出來，事情就好辦了。但她還不會說話，要怎樣才能抓到人？隨便指個方向，也要有人願意相信她才行啊。而且，那兩個男人明顯很狡猾，就算被抓，自己又重複不出這段話，說不定會被倒打一耙。

可現在不將人抓起來，等日後進了白水城，會不會耽誤事兒？

還有一點很讓她疑惑，這個小鎮是在白水城東邊，騰特人的部落卻在白水城西邊，可聽那兩人的意思，自家親爹是混進了騰特人的部落裡。一東一西，這兩人又說在這邊等著自家親爹自投羅網，看著不像是迷路，中間到底有什麼貓膩？

寧念之有點著急，想把人抓起來，但又開不了口。嬰兒本能，一張嘴便流口水，話一出口就變成了啊啊啊，也沒辦法扮演神童。

「夫人睡不著？」

正著急呢，聽見馬嬤嬤開口，寧念之眼睛一亮，使勁拍了拍馬欣榮的胳膊。

馬欣榮見狀，忍不住笑了笑。「嗯，這丫頭也有些鬧騰，大約是剛到新地方，不適應吧。」

「姑娘也沒睡著？」馬嬤嬤湊過來，掀開床簾看寧念之。「一路上沒這樣過啊，住客棧時，姑娘都睡得挺好的，是不是餓了？」說著把她抱起來，想要餵奶。

寧念之按著馬嬤嬤的胸口，小手往外面指，啊啊叫了兩聲。

馬嬤嬤也好奇了。「這是想到外面去？姑娘乖啊，外面天黑了，什麼都沒有，咱們不去，在屋裡睡覺好不好？」

寧念之不依，非得鬧騰著出去，生怕等會兒那兩個人就跑了。

「今晚這丫頭是怎麼回事？怎麼非要出門呢？」馬欣榮無奈地點了點寧念之的鼻子，寧念之立刻往後仰了仰。

馬嬤嬤趕緊攔住馬欣榮的手。「姑娘還小，骨頭軟，夫人可不能一直戳，萬一鼻子塌了怎麼辦？」

馬欣榮嘆口氣。「要不然，嬤嬤先睡，反正我睡不著，抱著她在屋子裡走走。」

馬嬤嬤忙擺手。「不行不行，夫人先睡，不管能不能睡著，閉著眼睛也能養養神不是？明兒您還要見人呢，得先把精神養好。我抱著姑娘就行。」

寧念之伸手往外面指，現在她骨頭軟，手幾乎抬不起來，指一下就累得要命。小孩子沒說話權啊，尤其是才兩個月大的嬰兒，簡直太悲慘了。

要不然，索性不抓了？等日後有機會再說？可是，這兩個說不定就是唯一知道內情的人，萬一放走，日後……

寧念之心裡一緊，趕緊收回懈怠的心思。上輩子的事情，娘親沒和她細說，但想也知道，她這輩子都敢扔下閨女來戰場，上輩子定然是來過的。可一個人來，一個人回，很明顯，爹已經出事了。

等下去，說不定就要和上輩子一樣了。

看馬嬤嬤雖然抱著她在屋子裡走，卻不出門，寧念之也不客氣了，張嘴開始號，啊啊啊地看外面。

小客棧的牆壁薄，聲音傳得快，她哭了一刻鐘，外面就有人抱怨了。「怎麼回事啊？哄哄孩子不行嗎？該不會不是親生的吧？是不是拐來的小孩？」

夥計也來砸門。「這位夫人，發生什麼事了？要不要幫忙？」

馬欣榮頭疼。「不然，抱她到外面轉一圈吧。」說著就要起身。

馬嬤嬤趕緊擺手。「我去就行，您躺著休息。」

馬欣榮搖頭。「反正我也睡不著，咱們一起去吧，一個人不安全。」

出了門，寧念之就不哭了，馬欣榮戳她臉頰。「小磨人精！說吧，妳到底想去哪兒？」

馬嬤嬤笑道：「夫人真是糊塗了，姑娘能知道什麼，大概是在馬車裡憋得久了，到了地兒，就想出來外面轉轉，看看稀罕。是不是啊，乖寶貝？」

寧念之抬手，指著客棧門口。

馬嬤嬤驚奇。「哎喲，還真是想出門看看？夫人，您看咱們家姑娘記性多好啊，白天從這兒進門，這會兒就知道要從原路出去。」

馬欣榮卻是有了幾分疑惑，當娘的比一般人更清楚自家孩子一舉一動的意思。不是她自誇，這輩子沒見過比自家閨女更聽話乖巧的嬰兒，好像能聽懂人話一樣。之前趕路時，哄她睡覺、喝奶，聽話得不行，這會兒卻偏偏鬧騰起來，若是沒有原因，她才不相信。

老人家都說，小孩子最是心明眼亮，能看見大人看不見的、聽見大人聽不見的，莫不是自家閨女發現了什麼？難道閨女和她親爹之間的血緣，讓她感覺出爹就在附近？

馬欣榮也是急瘋了，但凡有半點可能都不願意放棄，當即請夥計開門，又讓馬嬤嬤叫上馬連山和馬連良，順著寧念之手指的方向走去。

只一里遠，幾人轉個彎便到了，是間一般的民居，大門關著，院子裡沒動靜。

馬連山有些猶豫。「夫人，萬一真是個普通人家……」

馬欣榮揮手。「若是普通人家，咱們就說要買點兒乾糧，給些銀子罷了。萬一是……」

馬連良比馬連山果決，當即上前砸門，然後聽見裡面傳來問話聲：「誰啊？」

「過路的，天色太晚，客棧沒有空房了，想借宿一晚，我們自當酬謝。」馬連良壓低聲音說道。

過了一會兒，屋裡的人回答：「沒地方睡，你到別人家問問去吧。」然後便沒動靜了。

馬連山皺眉，轉頭對馬連良道：「有點可疑。若是一般人家，有銀子賺，肯定不會拒之門外。邊城人並不寬裕，不是誰家都不稀罕銀子的。」

馬連良側頭，想聽聽動靜。「咱們翻牆進去看看？」

馬欣榮點頭。「進去，說不定真有古怪。若誤會了，咱們好好賠禮就是。」

寧念之盯著門框，費了半天勁兒，幸好那兩個人一直在說話，要不然，中途停住，她可就找不到地方了。

馬連山和馬連良翻牆進去，看了兩眼又回來，搖搖頭。

「只有兩個男人，不認識，不過，屋裡倒是有軍中衣物，說不定是軍營的人。世子爺的軍隊圖騰是黑鷹吧？」

馬欣榮眼睛一亮，忙點頭。「是，就是黑鷹，他們是世子軍隊中的人？」

馬連山和馬連良一起點頭，不管認不認識，既然是寧震軍中的人，自然有關係，遂又翻牆入內，開了門，迎馬欣榮進去，然後砸破屋門。

屋裡，那兩人正在喝酒，被嚇了一跳，其中一個人迅速跳起來。「你們是誰？擅闖民居可是犯法的！」

馬連山和馬連良毫不客氣，上前把人按住。「我家主子有話要問，你老實點回答。要是有一句假話，你們的小命就別想要了！」

馬欣榮抱著孩子進門，被按在地上的兩人一頭霧水，這都是些什麼人啊，居然還帶著孩子?!

「寧震將軍身在何處？」馬欣榮開門見山問道。

因她抱著孩子，那兩個人也搞不清楚她的來頭，京城又不可能派個女人過來，所以沒半點防備，臉上就露出了心虛。

「寧震身在何處？」馬欣榮又問道。

沙啞聲音的那人開口：「這位夫人是？」

「我……」

寧念之一巴掌拍在自家娘親嘴上，馬欣榮現在對閨女已經有五、六成的信任，下意識便改口：「我是誰，你們管不著，若老實回答，還能饒你們一命；若是不老實，你們死在這兒，也不會有人知道。」

馬連山和馬連良配合地在兩人身上踹了兩腳。他們的經驗比馬欣榮豐富，這兩個既然是寧震軍隊裡的人，在寧震失蹤的當下，卻出現在這裡，實在可疑。

「我不會出賣我們將軍的！」聲音沙啞的人說道。「不管你們是誰，休想問出一句和將軍有關的事情！」

馬欣榮有些遲疑，萬一這兩人是忠於自家相公的，要替自家相公保守秘密……

正想著，寧念之卻小手握拳，使勁做出砸的動作來。

馬欣榮心思動了動，轉頭打量房間裡的擺設，又叫馬嬤嬤一起動手，將屋裡翻了遍，馬連良和馬連山則是搜了那兩個人的身。

這番搜尋，還真找出些東西來——幾塊玉珮和幾封語焉不詳的書信。

馬欣榮湊巧認出了，這字跡是陳景魁的。

陳景魁、寧震及馬欣榮同屬於武將世家，馬欣榮的父親馬老將軍是定國公，年輕時是一員猛將，年老後才進京休養，大兒子現在駐守南疆。

陳景魁的父親是一品將軍，雖然沒封爵，但深受皇上看重，手握京畿大營十萬兵馬。

寧震和陳景魁都是被下放過來建功立業的，有軍功在身，日後想繼承自家父親的位置，就是件容易的事了。偏偏，陳將軍想再進一步，大家都是將軍，他卻沒個頭銜，心裡早已不滿。所以，此次戰爭十分關鍵，陳景魁卯足了勁，想和寧震一決高下，兩人水火不容。

眼前這兩人是寧震軍隊的，卻拿了陳景魁的信件，這裡頭要說沒有貓膩，馬欣榮就能將玉珮給吞下去。

「背主的小人！」馬欣榮咬牙切齒地捏緊玉珮，直接吩咐：「馬大叔、馬二叔，這兩個人交給你們了，定要審問出寧震的下落。若是不願意招供，咱們帶著也是累贅，直接殺了餵狼！」

聲音沙啞的人是個狡詐的，聲音低沈的卻是怕死，要不然，之前也不會被聲音沙啞的威脅，做出這等事情，一聽馬欣榮的話，就著急了。

「夫人饒命啊！我們是真不知道寧將軍的下落，我們等在這兒，也是為了等寧將軍……」

馬欣榮心焦，卻知道自己沒有審訊的天賦，問出來的話不一定是真的，遂不再聽，擺手讓馬連山他們將人帶走。

她隨後出了門，親了親寧念之的臉頰。「我閨女果然是福星，這樣都能被妳找到。若咱們能救回妳爹，定讓妳爹給妳買好吃的、好玩的。」

馬嬤嬤也嘖嘖稱奇。「可見咱們姑娘是天降福星啊。」

馬欣榮輕笑一聲。「嬤嬤，這事可不能宣揚出去，咱們自己知道就行。小孩子家家的，哪裡知道什麼好不好的事，都是咱倆瞎猜出來的，和她可沒半點關係。」

回到客棧，寧念之一覺醒來，正好遇上馬連山過來彙報消息。

「那兩人說，世子爺被小人挑撥，孤身去了騰特部落，現在下落不明。」

馬連山兄弟幾個是跟著馬老將軍出生入死好多年的人，審訊手段多的是，那兩個不過是從下面爬上來的士兵，折騰到半夜就受不住了，知道的、不知道的，說了一大堆。

陳景魁和寧震是差不多時候來北疆的，一個是陳將軍的愛子、一個是鎮國公的世子，身分相當，職位也相當。兩個人都想建功立業往上爬，唯一的區別就是，寧震跟著鎮國公上過戰場，多少比陳景魁多些見識。

說穿了，這件事就是陳景魁生怕寧震再立功，先下手為強，設計讓寧震輸掉之前那場戰爭，然後又攛掇他打著戴罪立功的主意，獨身前往騰特部落。

這兩個人算是證人，馬欣榮雖然恨得牙癢癢，卻還是讓人先保著他們的性命。

「嬤嬤，咱們先不要去白水城了，直接去草原。」馬欣榮轉頭吩咐。

馬嬤嬤木著一張臉，已經不知道該露出什麼表情了。

「夫人，若是我說不能去，您會聽我的嗎？」

馬欣榮聽了，臉上露出歉意。「嬤嬤，我……我實在是不放心，萬一相公的身分被人發現了，這會兒正等著我去救呢？」

「夫人，不是我說，您想得實在太簡單了點。草原有多大？騰特雖說是一個部落，但可不是一般的小部落。前幾年，騰特已經收攏半個草原，世子爺說是在騰特部落，可騰特部落那麼大，他到底在哪兒？難不成您過去了，要見人就問有沒有見過寧世子？」

馬嬤嬤又苦口婆心道：「更何況，現在正是打仗的時候，咱們就這樣去騰特部落，夫人這長相，能不能保全自己都難說，到時候別說找世子爺，怕是咱們自己都要時時刻刻準備逃跑了。」

馬欣榮沈默一會兒，眼睛忽然亮了。

「咱們打扮成行商吧！找點兒鍋底灰什麼的，再換上破破爛爛的衣服，嬤嬤就當我是買回來的女奴。馬大叔當商人，嬤嬤暫且委屈一下，和馬大叔假扮夫妻。咱們不是從京城帶了……」

馬嬤嬤打斷她的話。「夫人，這會兒世子爺生死未卜，不光咱們著急，白水城也有人打聽，騰特部落那邊自然知道消息。從京城來的人，他們難道不會審問嗎？」

馬欣榮有些喪氣。「那咱們就只能去白水城？」

「先去白水城。軍中的情況，咱們不曉得，若陳景魁這邊再出什麼歪點子，元帥若是不知道，和上次一樣再戰敗，怕是朝廷那邊也有藉口換了元帥。」馬嬤嬤說道。「現在的元帥，好歹能給寧家與馬家幾分面子，換一個，萬一是陳家那邊的人，能盡力找咱們家世子爺嗎？」

馬欣榮聞言，又沈默了。

第三章

馬連山回去吩咐了幾個兄弟，將昨晚抓的兩個人給看好，然後親自端飯菜來找馬欣榮。

「夫人，接下來咱們去哪兒？」

「馬大叔，我想聽聽你的意見。我打算喬裝打扮一番，直接去騰特部落，反正咱們是偷偷過來的，白水城肯定沒收到消息，咱們出不出現都一樣。可馬嬤嬤的意思是，先回白水城，找元帥說陳景魁的事情。」

陳景魁既然能為除掉寧震，拿幾萬士兵的性命當兒戲，說不準還會做出什麼可怕的事情來。馬欣榮雖說沒什麼殺敵衛國的衝動，但力所能及範圍內，提醒一聲，還是做得到的。

馬嬤嬤不停地給馬連山使眼色，馬連山皺眉想了一會兒。「若是去騰特那邊，夫人可有什麼打算？咱們從京城帶過來的東西，肯定不能用。既然是行商，得有貨物才行。」

「不用貨物，咱們收購皮毛。」馬欣榮忙道。

馬嬤嬤聽見，使勁瞪了馬連山一眼，不想再看馬欣榮這讓人頭疼的主子，索性把寧念之抱進懷裡，進屋餵奶了。

此時，寧念之也在心裡反覆衡量，去騰特跟去白水城，哪個更有利？首先，得保證娘親的安全，不能爹沒找到，娘也被抓，那她到時可要叫天天不應、叫地地不靈了。

若只考慮這一點，當然是去白水城。可不入虎穴，焉得虎子？萬一真像娘親說的，爹說不定在哪兒等著他們去救？再者，她現在可是有老天爺的饋贈，進了騰特，說不定不用打聽，就能直接聽見、看見了呢？

不如……冒冒險？

寧念之想得挺多，但馬欣榮早打定主意，完全不用這個還在吃奶的女兒給她什麼建議。等寧念之被馬嬤嬤抱出來時，馬欣榮已經不知道從哪兒找來一身破破爛爛的草原衣服，還有一大包鍋底灰。

「嬤嬤，快進去換衣服，咱倆身材差不多，妳穿我的就行。」這一路為了方便，馬欣榮帶來的衣服並不是多珍貴的，但依然能看出來，是繁華城鎮才有的款式和花樣。

馬嬤嬤只是個嬤嬤，再多不同意，對上馬欣榮都不管用，只好委委屈屈地換了衣服。寧念之暫時充當馬嬤嬤的親閨女，馬嬤嬤小聲念叨幾句冒犯姑娘之類的話後，在馬欣榮催促下，才挺胸抬頭，做出趾高氣揚的樣子。

接著，她看了馬連山幾個人，忍不住噗哧一聲笑出來。馬連山是家將，五大三粗，又生得黑，卻偏偏穿了件挺華麗的衣服，一看就是暴發戶。

「馬二叔他們帶一半人馬押著那兩人偷偷前往白水城找元帥，咱們去騰特。」馬欣榮壓低聲音說道。

眾人商議好，便從客棧後門出去，坐著馬車繞開白水城，直奔騰特。

若從白水城進去，到草原也就兩天工夫，可繞過白水城，卻要花費五、六天。寧念之提高警覺，時時刻刻集中精神，不錯過一星半點的聲音。

這兩年打仗，草原和元朝之間的地界上，幾乎連個人影都沒有。馬車一進去，就有人呼喝道：「哪兒來的？是不是元朝的奸細？」

馬連山趕忙用草原話回答：「這位大哥，我們是生意人，來買皮毛的。你知道哪個部落的皮毛最好嗎？」

話說完不久，就有五個草原人騎著馬過來。「讓我看看你們的戶籍書！你們打哪兒來？不知道這兩年在打仗嗎？即便有皮毛，我們也不賣給元朝人！不想死就趕緊滾吧！」

「哎，大哥，我們雖然是元朝人，但打仗這事，跟小老百姓可沒什麼關係。你瞧，我們有銀子啊。」

馬連山諂媚地塞了一個元寶過去。「就是因為打仗，這兩年我們那邊的皮毛少，那句話叫什麼……富貴險中求是不是？大哥，你要是能推薦個皮毛好的部落，我賺錢了，少不了大哥的抽成。你看這樣行不行，我們買一百兩銀子的貨，就給你十兩銀子？」

人為財死，鳥為食亡，那草原人心動了，但又有些懷疑。「你們到底是打哪兒來的？」

「咱們從江南來，這是我們的戶籍書，您看看。」馬連山忙掏出幾張紙遞過去。這東西是之前路過某個城鎮時買的，是為了以防萬一，沒想到還真用上了。

另一名高個子伸手捅了捅一開始說話的草原人。「大哥，我覺得這事成啊，你要擔心這幾個是奸細，咱們寸步不離盯著，不就行了？如果真能賺銀子，今年冬天就好過了。」

草原不缺皮毛，但缺糧食，連續打仗兩年，元朝那邊沒人來做生意，他們也不能天天吃肉是不是？若能賺一筆，去外地買糧食，家裡也好過點。

領頭的人猶豫了一下，又問：「你們打算買多少皮毛？」

馬連山忙笑道：「我們打算先買個八千兩左右，當然，若是貨好，就儘量多買些。大哥也知道，這打仗不是一時半會兒能停的，今兒我好運遇上大哥，下次可就未必敢來了，當然是能多買一點，就多買一點。」

這時，又有人拽了領頭那人，躲到另一邊說話。

「大哥，要我說，何必費事，一百兩才給咱們十兩，就這麼幾個人，不如……」伸手做了個往下砍的動作。「不管多少銀子，不都是咱們的了？」

馬連山瞇著眼睛看那些草原人一會兒，又打量周圍，隨即對身後做了個手勢。他們本來有十六個人，馬二叔和馬三叔親自帶人押內奸去白水城，剩下八個，這會兒慢慢圍攏了起來。

留在原地的草原人看見他們的動作，一抬手。「退回去！你們想做什麼？」

馬連山忙笑道：「大爺別生氣，我這幾個兄弟是頭一次來草原，對什麼都稀罕，看見這馬兒也稀罕得很。這馬看著就很貴，要很多銀子吧？」

說話的草原人嗤笑一聲，並未回答。

馬連山不敢再輕舉妄動了，這可是人家地盤，遠處還有氈房，喊一聲，說不定就要驚動人，只能另想辦法。

「這位大爺，這馬兒賣不賣啊？我拿東西換，你們能不能換一匹給我？」

不等馬連山說話，馬連水就笑嘻嘻地問道，又抬起手。「我能不能摸一下？我實在太喜歡這匹馬了，長得可真漂亮，瞧瞧這皮毛、這身形，果真是寶馬啊。」

那人挑挑眉。「換？你拿什麼換？」

「不瞞這位大哥，其實呢，我是做糧草生意的，你要金銀珠寶，我也沒有，能不能拿糧食換？」馬連水諂媚地問。「只要大哥能給我找匹比這更好的馬，價錢好商量。我也不多要，就要一匹馬！」

「母馬？」

馬連水搖頭。「公母都行，我又不指望牠下崽，能得一匹好馬就是走運了，我可不敢挑剔。大哥覺得如何？這生意能做嗎？」

若說別的，這人就直接拒絕，但說到糧食，他便有些猶豫了。「糧食多久能運到？」

「大哥也曉得，我們是江南那邊的人，光我們過來，都要大半個月呢，這還是路上緊趕慢趕的。不過，我瞧大哥手下有能人，到時候我寫封信，你們直接派人送去，一個月肯定能來回一趟。」馬連水笑嘻嘻地說道。

幾個草原人互看一眼，有些心動了。

馬連慶拽了馬連水的衣服。「四哥，你別搗亂了，咱們那地方，哪有空地讓你跑馬？買回去也用不上，不是白白浪費嗎？小心回去二哥揍你。要是真喜歡，這兩天多看看，不就得了？」

幾個人插科打諢，儘量證明自己確實是來做生意的，自家有糧鋪，糧食是大把大把地有。

對草原人來說，糧食的吸引力真不小，這會兒是要直接將人殺了搶銀子，還是徐徐圖之，等到弄來糧食？幾個人真有些拿不定主意。

馬連山有些著急，馬車裡的三個人也不敢出聲。

然後，轉機就來了。

「你們在這兒做什麼？喲，幾個元朝人，打哪兒來的？你們還站在這裡和他們說話，小心被人看見了，說你們通敵！」

又有兩人騎馬往這邊來，之前領頭的人忙上前道：「是一夥行商，想買毛料，說可以用糧食換，我們正在盤問。若這事是真的，咱們今年冬天的糧食……」

來人伸手摸了摸下巴。「要真是送糧食的，那可是來得湊巧了。走，將人帶到大汗那裡去！」

因為還不知道生意能不能做成，那人倒也沒太過分，只將馬車圍起來，引著他們往部落去。

馬連山有些不敢置信，這就能去見大汗了？一步到位，運氣是不是太好了點？

到了部落，領頭的草原人攔住侍衛，嘰嘰咕咕說了一大堆，侍衛看了看馬車，便進去通報。

沒多久，有個男人從帳篷走出來，就草原人來說，長相算是比較清秀的。

男人走到馬連山跟前，抱拳道：「這位客人，我是伯特，請問你們來自何方？」

馬連山都想翻白眼了，不得不又把之前的理由說一遍，虧他記性好，說得一字不差。

這時，寧念之已經閉上眼睛，在馬車裡專心致志聽周圍的動靜了。

「真是行商？瞧長相五大三粗的，倒更像是將士。我見過的商人裡，可沒這樣的。」

「說不定是奸細。軍師不是已經去問了嗎？以軍師的聰明，是不是奸細，定然能分辨得出來。」

「不論是不是奸細，一會兒把人都關起來。這段時日可是緊要關頭，一定要慎重，若是能成，咱們以後還用在中原買糧食嗎？」

「可是大汗，咱們的糧草……」

「白水城西邊有個村子，今天晚上，你帶人去屠村，先過了這個月再說。糧食沒有不要緊，但不能壞了我和軍師的計劃，這一戰關乎咱們日後的富貴榮華，都給我忍一忍！」

寧念之簡直鬱悶死，上天給她絕佳的禮物，卻讓她從頭來過了。兩個月，喔，不，現在已經是三個月的嬰兒了，除了吃吃喝喝、哭哭鬧鬧，還能做什麼？手握不住筆，想把騰特人的陰謀詭計寫出來都不行！

一發愁就走神，一走神就沒聽見帳篷裡的說話聲，寧念之趕緊集中精神，只聽見軍師笑道：「那你們暫且住下，我先找人問問，看有沒有你們想要的皮毛。若是有，還請先生先將糧食送來，咱們一手交糧食，一手交貨。」

「那是當然，做生意就得講誠信是不是？」馬連山爽朗地笑道，抬手拍了拍軍師的肩膀。「還是軍師好說話。哎，不瞞軍師，我這長相，在江南那邊做生意，大家都不願跟我來往，以為我是土匪，實在沒辦法，才出來跑跑行商，賺個辛苦錢。幸好我那幾個弟弟不像我，要不然，我們家的生意還真做不下去了。」

馬連山一邊說著、一邊招招手，示意馬連慶他們跟上。在軍師的帶領下，七拐八拐地找了個帳篷，前後左右都有鄰居。

軍師笑道：「草原上風大，我們都是住在一起，不然，哪天被狼群包圍了都不知道。」

「知道知道，人多住在一起也熱鬧。」馬連山笑著說，送走軍師，才敲敲馬車。「娘子，下車吧，咱們到了。一會兒吃點稀罕的，我聽說草原上的烤羊肉特別好吃，妳也嚐嚐？」

馬嬤嬤掀開車簾，瞪他一眼，自己跳下馬車，然後抬手接了寧念之。

馬欣榮縮著脖子，懦弱地跟在後面，不敢出聲，正要進帳篷，卻被馬連山斥道：「懂不懂規矩？主子沒讓妳進去，妳也敢進去？去去去，給我打點水來！」

馬欣榮趕緊點頭，小跑著去打水。

進了帳篷，馬嬤嬤有些著急。「夫……咳，一個人行嗎？萬一被人發現她那長相……」

「別擔心，這地方，喊一聲就能聽見。」馬連山說道，話雖然這麼說，但他仍是有些擔心，豎著耳朵聽外面的動靜。

寧念之咂咂嘴。老天爺啊，能不能再給點好處？讓她聽見親爹的消息吧。早點辦完事，他們就能早點離開草原了。至於那個屠村的消息……寧念之動了動身子，別說她這會兒說不出話，就算說得出，也來不及了，消息從草原送到白水城，至少得兩天工夫。若晚上能發生點事情就好了，讓他們沒空屠村。

什麼事情才能纏住他們呢？放一把火？叫來狼群？好吧，打住打住，不切實際的主意就不要想了。

另一邊，馬欣榮紅著眼圈，找了個看起來也像是奴僕的女人問話。「請問，冷水和熱水是在哪兒打的？」

那女奴嘰哩呱啦地說了一大通，馬欣榮做出一臉迷茫的樣子來。女奴見她不明白，索性轉身走人了。

馬欣榮連忙亦步亦趨地跟上去。「求求妳告訴我吧，我要是沒打水回去，老爺會打死我的。」

女奴同情地看了她一眼，想了想，看在同是奴僕的分上，遂拽著她去找了個老太太，她嘰哩呱啦地說一通，那老太太就給翻譯一遍。

「冷水去那邊，有水井，自己打上來。熱水要自己燒，牛糞在後面，可以去拎。」

「太好了，謝謝！大娘，您也是元朝人嗎？您怎麼懂元朝話啊？」馬欣榮忙笑道。

老太太冷冰冰地看她一眼，閉上眼睛不說話了。

馬欣榮不敢太出格，又給那女奴行個禮，便趕緊去打水。

馬欣榮藉著不熟悉地形之便，轉了兩圈，才找著打水的地方，辛辛苦苦拎來一桶，卻灑了半桶。

於是，馬連慶便罵罵咧咧地出來幫忙了。

「讓妳做點小事都做不了，買妳有什麼用？要不是看妳做飯還算好吃，這銀子真是白花了！我告訴妳，再幹不了活兒，我就把妳賣了！」

馬欣榮縮著脖子跟在後面，不敢出聲。

兩人回了帳篷，馬欣榮趕緊和馬連山商量。「軍帳在南邊，但不知道糧草在什麼地方。這裡漢人很少，會說漢話的也很少，我問路都沒幾個人能聽懂。前面住著的，據說是猛士格圖一家，格圖是當兵的，左右兩邊是瑪莎和巴特爾一家，後面是莫日根一家。馬大叔，接下來咱們怎麼辦？」

馬連山揉揉下巴。「能怎麼辦？先打聽有沒有漢人，同是漢人，說不定能問出點什麼來。」轉頭看見寧念之，開玩笑般問道：「姑娘，妳說，咱們應該怎麼辦？哪個方向對咱們有好處？」

馬欣榮忍不住笑。「大叔，她一個小孩子家家能知道什麼？」話音剛落，就見寧念之抬手，往西邊指了指。

馬嬤嬤的嘴角動了動，馬欣榮也有些傻，還真有方向啊？

寧念之當然不是聽到西邊有什麼動靜，自重生回來之後，老天爺就贈予她超強的五感，剛才她是看見了！有士兵拽著一溜人過去，像是俘虜，又像是奴僕，她分不大清楚，但直覺裡面應該有人能提供消息。

馬連山當寧念之是胡亂指的，但馬欣榮和馬嬤嬤對視一眼，同時想起寧念之前幾天晚上不睡覺、非得出來走走的事情。

於是，馬欣榮掂了掂懷裡的閨女。「反正咱們閒著沒事情做，不如去看看。」

馬嬤嬤接過她懷裡的寧念之，點頭道：「就說想轉轉，反正他們也沒說不許咱們出去。」

說著，一群人便出去了。

幾個人出去，果然沒人阻攔，就做出隨意走走看看的樣子，看見一群羊也稀罕，看見一群馬又驚叫，一副沒見過世面的樣子，路過的騰特人都忍不住撇撇嘴，滿臉鄙夷。

寧念之原來指西邊，但半路換了方向，馬連山遂壓低聲音道：「我說嫂子，咱們真聽姑娘的啊？」

馬嬤嬤給他個白眼。「那是自然，正好咱們也沒什麼頭緒，就當是出來逛逛。對了，我瞧他們這兒的羊挺肥美，等會兒買一頭，咱們晚上吃烤羊肉？」

馬連慶跟來湊熱鬧。「這個可以，我順便問問有沒有青稞酒之類的。」一邊說、一邊轉頭問馬欣榮：「夫人要不要買點女人家喝的、不那麼烈的？」卻見馬欣榮根本沒聽他說話，目光直勾勾盯著另一邊。

馬連慶也跟著轉頭看去，忍不住搓搓手。「咱們姑娘還真是福星啊，隨便指個方向，就能找到線索。大哥等著，我過去問問。」

馬連山擺手。「不可魯莽，咱們一起去。」

「欸，這位軍爺。」馬連山出聲，抱起寧念之過去，指著那些衣衫襤褸、被人用繩子捆著雙手的人問道：「這些是什麼人？是不是打算賣掉的？我聽說草原有時會販賣奴隸，都是很能幹的。若是要賣，我能不能買幾個？」

那人不耐煩地揮揮手。「去去去，這些可不是奴隸，是死刑犯。你們要買奴隸的話，去找巴圖魯，他負責這件事，那邊的奴隸可比這些人長得壯實。」

「死刑犯？」馬連山滿臉好奇。「如果是死刑犯，會不會便宜點？」

那人更不耐煩了。「不是和你說了嗎？這些不賣的，你去找巴圖魯吧。」說著就要繼續往前走。

馬連慶見狀，趕緊往那人手裡塞了一塊銀子。

「軍爺，我們這不是好奇嗎？和你說實話吧，我們買奴隸呢，不需要身體多強壯，反正……咳，人多的是，這一批沒了，就換下一批。那些強壯的，又貴又不好看管，你看看我們哥兒幾個，在你們這些軍爺面前，是不是弱得跟小羊羔一樣？」

這話好聽，那人臉上的不耐煩稍微收斂了些。「既然是買奴隸，自然越強壯越好，幹活才有精神不是？」

「軍爺，您說的當然對，不過我們做完生意是要回去的，奴隸太強壯了，半路上要出點什麼意外，我們死了也是白死啊，您說是不是？」馬連慶眨眨眼，壓低了聲音。「買弱一點的，路上就不用特意看管，不管能不能幹，先將人帶回去才行。」

那人點點頭。「是這個道理，那你們去找巴圖魯商量，也有些奴隸是身體不太好的，跟我說可沒用。走走走，別擋路。」

馬連慶還想說什麼，卻被馬連山拽住了，只見他笑吟吟地點頭。「是，多謝軍爺指點。不知道那巴圖魯喜歡什麼，我們等會兒過去麻煩他，得帶點禮物吧？他住在哪裡？」

「喏，那邊，看見了吧？白色篷頂的那座帳篷。他喜歡喝酒，你們如果帶了好酒，可以送些過去。」說著，甩著手裡的鞭子朝那群人抽了一下。「趕緊走！一個個都是豬，不抽就不走是不是？信不信我打死你們！」

後面又嘰嘰呱呱講了不少話，不過說得太快，就是馬連山他們也沒聽明白。

「這群人說是來做生意的，我瞧著倒是有些奇怪，哪個做生意的會不帶貨物？」

「你太多疑了，還帶著女人跟孩子呢，難道會有這樣的奸細？」

「可你看他們，一來就打聽咱們這兒的事情……」

「打聽奴隸能打聽出什麼？」

寧念之動了動耳朵，閉著眼睛趴在馬連山肩窩裡。那群死刑犯中，有好幾個明顯是漢人，剛才馬連山的反應，像是認出了其中一個。既然線索已經到手，接下來就沒她這個小孩子什麼事了。

只是，得抓緊工夫才行，拖得越久，怕是越會讓人懷疑。

晚上，馬連慶找人買了羊羔和青稞酒，又請草原上的女人來做烤肉和馬奶酒，像是真正的行商一樣，胡亂吹噓去過的地方，說著自己的見聞。鬧騰半晚，眾人幾乎全喝醉了。

馬欣榮抱著寧念之躲在帳篷裡，馬嬤嬤也不敢亂動。

「夫人，這帳篷這麼薄，咱們動一下就有影子，那一會兒出去……」

馬欣榮豎起手指，做個噓的動作，馬嬤嬤便閉嘴了。

這時，馬連山被草原人送進來，剩下的人則送到另一座帳篷去。

等周圍安靜下來，馬連山立刻睜開眼睛。「夫人，我先去打聽打聽，您且等著。」說著就想出去。

寧念之卻哼哼唧唧起來，衝馬連山伸手。

馬欣榮摸摸下巴。「閨女的意思是，外面有危險，不能去？」

寧念之抽了抽嘴角，這會兒顧不得遮掩，趕緊點頭。她可是聽見了，外面有埋伏呢，正等著馬連山自投羅網。

她這一點頭，馬連山幾個人跟見了鬼一樣，驚駭不已。

馬欣榮抬手戳戳她臉頰。「真能聽懂？」

寧念之懵懵懂懂地眨眼，露出大大的笑容。

馬欣榮有些疑惑，這算是聽懂了，還是沒聽懂？

馬連山抹把臉，忽然覺得自家夫人有點不可靠，大約是這兩天太擔心世子爺，所以有些恍神了，遂伸手點寧念之腦門一下，搖搖頭。「那咱們再等等，但實在是耽誤不起了。」

可整晚都有人在外面守著，馬連山沒找到半點機會，第二天索性直接放出消息，讓人把自家的皮毛送過來，準備開門做生意。馬嬤嬤比較了解這些皮毛，負責鑑定跟挑選。

「這個有點小了，硝的時候沒弄好，瞧見沒，這裡禿了一點，算五十個銅板。」

「這個大，毛色也亮，值三百個銅板。」

「一百個銅板，這算添頭吧？」

草原人看了，又開始交頭接耳。

「他們真是來做生意的？」

「這個樣子看來像是真的啊，那咱們今天還看不看著他們？」

「看著吧，萬一是裝的呢？」

「買了這麼多皮毛，逃走時還要不要了？」

寧念之打個哈欠，閉上眼睛睡覺。昨天熬了將近一晚，這會兒實在撐不住了。眼下誤打誤撞地讓人打消一點懷疑，晚上的看守說不定會鬆些，以馬連山他們的本事，應該能應付。

果然，夜裡看守的人少了些，馬連山換好衣服，和馬連慶偷偷摸摸溜出去了。

馬欣榮和馬嬤嬤太擔心，又不敢動，只得躺在帳篷裡，瞪著眼睛看篷頂，等他們回來。

天快亮時，馬連山才帶人回來，臉上有些喜色。「夫人，找到世子爺了！」

馬欣榮張張嘴，腦袋瞬間一片空白，不曉得該怎麼反應了。

馬嬤嬤問道：「找到了？真的是世子爺？世子爺受傷沒有？現在在哪兒？怎麼沒有和你

們一起回來？」

「真是世子爺，我們還和世子爺搭上話了。」

馬連山壓低聲音道：「起初我們是打算找昨天遇見的死刑犯，裡面有個小子有些面熟，雖然不太確定，但萬一是世子爺身邊的人呢？卻不想，沒找到那群人，倒遇上了世子爺，世子爺現在……」頓了頓，看向馬欣榮。

現下，馬欣榮已經緩過神了。「馬大叔儘管說，只要人活著，別的都不重要。」

「咱們現在所在的部落是長河族，前陣子，族長家裡剛買了一批奴隸……」把寧震的計劃說了。

寧震不是普通的士兵，元帥手下有將軍與副將，寧震和陳景魁爭的就是副將的位置。寧震有自己的軍隊，在騰特不說人人都認識他，但能認出他的也不少。

所以，寧震一開始就沒想要直接殺了騰特大汗，而是先喬裝打扮，接近長河族族長。

馬欣榮聽完，驚道：「相公是打算刺殺騰特大汗？他不要命了?!騰特大汗是什麼人？多少人想要他的命，哪會憑人想刺殺就刺殺，簡直是……」說著便激動起來。

馬連山忙豎起手指，等馬欣榮平靜下來，才說道：「夫人，世子爺並不是想行刺騰特大汗。草原人勇猛，騰特大汗能當上大汗，功夫也是不錯的。世子爺的打算是刺殺各族族長，挑撥騰特部落裡的關係，最好弄得他們分崩離析，只剩下原先的騰特族，這樣一來……」

馬欣榮的眼睛亮了亮，這倒是個好主意，不過想了一會兒又搖頭。

「世子爺的打算雖好，但這事還是辦不成，就算他能成功刺殺長河族族長，但死了一個，剩下的部落必然會加強防備，搜捕刺客。他初來草原就發生這樣的事，嫌疑最大，這裡可不像京城，遍地是人，扎進人群就找不著他了。」

草原上人不少，但住得散，部落之間相隔遠，一旦有陌生面孔，不說整個部落都知道，至少有一半的人會曉得。

馬連山也嘆氣。「世子爺現在已經著魔了……」

馬欣榮抿抿唇，寧震出身好，從小也是被誇讚著長大，上戰場不到一年，原本是來建功立業，結果沒等立功，就先打敗仗，犧牲將近五萬人馬。別說立功，沒獲罪就算走運了。他心高氣傲，肯定受不了，若是能沈下心、穩住性子，也不會被人挑撥，獨自來騰特行刺。

「有沒有跟他說，我和女兒都在這兒？」馬欣榮問道。

馬連山點頭。「依我看，世子爺的計劃太兒戲了些，應當回去從長計議。所以，得先想辦法將世子爺勸回來才行。」

馬欣榮忙問：「那他會不會過來？如果能直接見面，我說不定能勸動他跟我們回去。」

馬連山沒敢說話。馬欣榮呆了一會兒，恨恨道：「他肯定說，沒臉見我們是不是？」

馬連山苦笑，依然不開口。

馬欣榮抱著寧念之，在原地轉了幾圈。「行啊，他不見我們，我們去見他。大叔，他是在長河族族長那裡是不是？一會兒咱們找個機會，拜訪一下族長。」

「這個……怕是會給世子爺帶來麻煩。」

騰特人又不傻，一個剛來不久，一個才來，兩個人就接上頭，誰知道以前是不是認識的？

馬欣榮突然眼睛一亮。「他不願意走，咱們就逼他，到時候說他是熟人，直接將人帶走。」

「這……世子爺怕是會生氣。」馬連山遲疑道。

寧念之眨眨眼，這是個好機會啊。她沒忘記，前幾天騰特大汗還在商量屠村的事呢，如果能讓自家親爹把這件事辦圓滿了，不說大功一件吧，至少能稍微減輕罪責。

而馬欣榮呢，考慮得更直接，不管什麼事情，先保住性命才是最重要的，沒了命，一切都白搭；有命在，以後還怕沒有將功折罪的機會嗎？

馬連山拗不過馬欣榮，無奈之下，只好帶著幾個人去找長河族族長。

長河族族長住的不是一般的帳篷，周圍還有好些小帳篷圍繞著。

馬連山笑著塞了點銀子給看守帳篷的人。「之前我們買了不少皮毛，想來向族長道謝。小小意思，拿去喝杯茶。」

既然是送禮的，那人便不耽誤，直接進去找族長了。

族長出來時，馬欣榮忽然飛奔過去。「相公！」

在場的人全驚呆了，長河族族長也滿臉詫異。「馬老爺，這是怎麼回事？你的女奴怎麼對我的人喊相公？你們是認識的？」

馬連山忙搖頭。「我怎麼會認識族長的僕人？這個女的是我們半路買的。我們趕來草原時，不小心遇上劫匪，我媳婦兒身邊的丫鬟全被搶走，為了照顧我媳婦兒，才另外買了個女奴。這個丫鬟還沒教好，讓族長見笑了。」

說著，他向馬欣榮斥了一聲：「還不趕緊回來！」

馬欣榮拽著不知該怎麼反應的寧震過來。寧念之是兩輩子第一次見著自己的親爹，就只顧著打量了。長相麼，滿臉的落腮鬍子，還真看不出長得如何，但這般尊容，自家娘親還能認出來，簡直神了。

至於寧震，昨晚還說讓馬連山趕緊帶著人走，自己寧死也要完成任務，但今兒看見嬌妻愛女，心裡一軟，便有些遲疑了。

馬欣榮不知道之前寧震找的是什麼藉口，見長河族族長追問，趕緊掐了寧震一把，讓寧震來解釋。

寧震趕緊將之前的藉口又拿出來說一遍。「……就是這樣。家鄉遭了災，我們逃難時分散了。」

馬連山當然不會拆他的臺，摸著鬍子點頭。「原來如此。我撿到這丫鬟時，看著正是快餓死的樣子，花五兩銀子就買下來了。」

長河族族長驚嘆道：「快餓死的奴隸，你還花五兩銀子買？要我說，給口飯吃就不錯。老兄太善良了，做生意可不能這樣，要不然，哪天虧死了都不知道。哎，既然這兩人是夫妻，不如把你家這個賣給我？也好讓他們夫妻團聚。」

馬連山做出肉疼的樣子，道：「我可是花了五兩銀子的。再說，我媳婦兒一個女人家，身邊沒人伺候，我也放心不下。要不然，族長把人賣給我？正好昨天看見一群奴隸，我還想多買幾個，順便加上這個。看在之前我買皮毛，族長給了不少方便的分上，我給這個數！」說著用手比了個數字。

長河族族長哈哈大笑。「你看我是那缺銀子的嗎？不過，老兄既然開口了，我也不好說不給是不是？不要你的銀子，直接把人領走吧！」

「那可不行，交情歸交情，但親兄弟明算帳。」馬連山連忙掏出銀票，塞給長河族族長。「再者，我還要請族長幫個忙呢。我想多買些奴隸，昨兒看中了幾個，但軍爺說是死刑犯，不能賣，族長能否給個面子，讓我帶走兩個？」

族長聽了，擺擺手。「若是死刑犯，老兄還是死了心吧，軍師早早就規定，不准買死刑犯當奴隸，就是騰特人也不能買。如果你真想買奴隸，就去巴圖魯那兒看看。」

馬連山點頭，做出可惜的樣子。「瞧那些人的長相，應當是元朝人，我還想著買回去不用再教說話什麼的。既然你們這邊規矩如此，我入鄉隨俗，買別的吧。」

再跟長河族族長說幾句，馬連山就帶著馬欣榮跟寧震告辭了。

第五章

將寧震帶回去後，馬連山立刻作了決定。

「咱們收拾一下，明天一早離開。若是能順順利利地走人，咱們就拉著東西撤；若是不順利，我們幾個護著世子和夫人，直接去白水城。」

寧震苦笑一下。「是我連累了馬大叔你們……」

馬連山搖搖頭，指了指馬欣榮，轉身出了帳篷。

寧震轉頭看馬欣榮，馬欣榮生怕他因她之前貿然行事而生氣，趕緊道：「有些事情你不知道，白水城出了內奸，你留在這裡不安全，咱們得趕緊回去才行，不然，除了你，接下來肯定還會有別人受害。士兵們是來保家衛國的，可不是為了內鬥喪命。」

寧震沒出聲，馬欣榮有些著急了。「我不是故意破壞你的計劃，只是，你的打算確實有些不妥當。不信你問問咱們閨女，妳爹是不是肯定不能成功？」

寧念之點點頭，莫非自家娘親覺得她只會點不會搖，所以連問話都得耍個小小心機？

寧震瞪大眼睛。「閨女幾個月了？連妳的話都能聽懂？」

「三個月。」馬欣榮笑了笑。「得知你下落不明，我連月子都沒坐好……咱們閨女是天降福星，這一路上，靠著閨女，我們躲過了不少事情，大概是因為剛出生沒多久，菩薩還沒來得及封上她的靈智。」

民間有傳說，小孩子剛出生時，都是帶著靈氣的，眼睛能看見大人看不見的東西，耳朵能聽見大人聽不見的聲音，慢慢長大了，才會閉上靈智，變成普普通通的人。

馬欣榮遂將一路上寧念之的表現略帶誇張地說了一遍，寧震看閨女的眼神就有些複雜了，半晌，才抬手戳戳閨女的臉頰，想伸手抱她，又怕她哭。

寧念之看他糾結，索性自己伸手了。

寧震大驚。「她……她想做什麼?!」

馬欣榮樂不可支。「想讓你抱啊。你怕什麼，這是咱們親閨女，又不會吃了你。來，伸手，要這樣抱，不然孩子會不舒服。」

寧震的身體有些僵硬，但還是隨著馬欣榮的指點調整姿勢，有些不大自在地說：「我不是怕她吃了我，我這不是覺得閨女太聰明嗎，我現在這個樣子，她會不會嫌棄我？真的不要緊嗎？我都一個月沒洗澡了，孩子不會生病吧？我記得以前二弟妹生了孩子，二弟要去看，都得洗澡、換上新衣服才能進房……」

夫妻倆逗了寧念之一會兒，馬連山又進來，三人商議後，因他們的藉口是來做生意的，不能在找到寧震後立刻離開，遂決定多留一天，準備第二天一早再向族長告辭。

是夜，寧震和馬欣榮睡得正香，卻忽然間被寧念之的哭鬧聲吵醒。

馬欣榮趕緊抱著孩子哄，可是哄了半天都不管用，咬咬牙，讓寧震出去找馬連山。

寧震頗為不解。「孩子哭鬧，咱們哄哄不就行了嗎？怎麼還要找馬大叔？」

「哎呀，你不知道，咱們家寶貝可是福星，她從來不會無緣無故哭鬧。我不是和你說過嗎？上次哭鬧不睡覺，是因為出賣你的那兩個人的事。這會兒又哭，說不定要發生什麼事情。」

馬欣榮一邊說、一邊湊到帳篷門口，仔仔細細聽外面的動靜。不知道是不是她多心，總覺得自家閨女這哭聲，好像是在提醒什麼一樣。

聽了一會兒，馬欣榮問道：「你覺不覺得，外面太安靜了點？」

寧震穿上外衣，也聽了一會兒，他比馬欣榮更敏感，經驗更豐富，臉色就有些不好看了。「確實太安靜了。我去找馬大叔，妳千萬別出來。」

說著，他慢慢地打開帳篷，看外面一眼，才輕輕側身出去。

草原的夜晚，其實不怎麼安靜，牛羊當然也睡覺，但偶爾會叫一聲，還有馬群什麼的，不可能半點聲音都沒有。

而且，離這邊不遠就是軍營，平常有人巡邏，今晚卻連腳步聲也無，實在太奇怪了。

寧震皺著眉，去隔壁帳篷喊馬連山他們。

馬連山和馬連慶對看一眼，立即作出決定。「看來，咱們得馬上離開了，要麼是對方起疑，準備今晚動手；要麼是對方暗地裡有什麼計劃，咱們早些回白水城，也能提醒元帥一聲。」

「若對方已懷疑我們，貿然離開似乎……」寧震皺眉，猶豫起來。馬連山也有些為難。「可留下來，說不定就沒命了。如果走……」但後面可是千軍萬馬，他們不一定逃得了。

寧念之在帳篷裡也著急，她睡得不安穩，莫名作了個噩夢被驚醒，然後就聽見說話聲，仔細一聽，原來對方已經懷疑上他們這行人，打算今晚行動，把他們抓起來審問。

這耽誤不起，情急之下，她只能用哭鬧警告他們，對方可不會顧忌有小孩吵，他們就是要把人抓起來。這麼多人，總能留下一個活口。

可這會兒，自家親爹和馬大叔居然還在商量！商量什麼啊，再不走，就真的走不了了！如果硬闖，說不定還能有一條活路；再等，草原人來了，可就真沒命了！

想著，寧念之哭得越發著急，抬手使勁拍帳篷的門簾。

馬欣榮一直覺得自家閨女是福星，這會兒見她哭得臉色通紅，表情急切，鬼使神差地，便忍不住問了一句：「寶貝是想出去？」

這會兒寧念之也顧不得隱藏自己了，寧願被爹娘當成妖孽、將來處置掉，也得想辦法讓他們走。說不定，佛祖讓她重生，就是為了讓她救親爹一命！

好吧，上輩子不管好壞，她都活到了十八歲，若沒有爹娘給她性命，她連睜開眼睛看看世界的機會都沒有。這輩子，用她的命還爹娘兩條命，也不算虧本了。

她一邊使勁點頭、一邊伸手指著東邊，那是白水城的方向。

馬欣榮心裡越發不安，原地轉了兩圈，一咬牙，還是決定相信自家閨女。這一路上，閨女指的方向從來沒出過錯，大不了……大不了被追殺。可提前離開，就是被追殺，也會拉開一段路程。

「相公、馬大叔，咱們馬上走！」馬欣榮闖進馬連山的帳篷，連行李都顧不上收拾。「不能等了，我覺得不對勁，咱們現在就走！」

馬連山想了一會兒，也點頭。「行，現在走。」說完一揮手，領著馬連慶先出去探路。

寧震抬手將馬欣榮母女攬在身邊護著，馬嬤嬤早在寧念之開始哭鬧時就跟過來，這會兒不用去叫了。

出了帳篷，寧念之立刻閉嘴，這會兒是逃命呢，她就是哭，也是能分清楚時候的。

「小丫頭倒是機靈，還知道什麼時候能哭、什麼時候不能哭。」寧震有些驚訝地道。

馬欣榮捏他一下。「趕緊走，我之前不是跟你說過了嗎？咱們家閨女是菩薩跟前的玉女，這會兒靈竅還沒關上呢。」

馬連山帶人把馬車解下來，不過車上的皮毛還有用，沒有盔甲，這會兒只能將就將就，裹個兩、三層皮毛護住身體。

眾人捂著馬嘴，遠離帳篷後，立即翻身上馬，直奔白水城。

馬欣榮被寧震攬在身前，寧念之被抱得有些不舒服，但這會兒沒空挑剔了，她豎起耳朵，仔細聽後面的動靜。

「這會兒那些人大概已經睡熟，直接進去將人綁了，再好好審問，看他們到底是從哪裡來的。」

「若真是商人，就砍下手指和耳朵送到中原，讓他們家送糧食來贖人。」

「一群傻子，真敢來和咱們做生意呢。還是軍師聰明，先看看他們的財力，要是真有錢，便直接把人扣下。」

「如果是奸細，先將那小嬰兒摔死。只要人活著，就不怕他們不開口！」

然後是一陣腳步聲，往他們之前住的帳篷去了。

寧念之急得不行，他們才剛逃出去，只差了一炷香工夫！抬手拍寧震的胳膊，使勁往前指。

寧震不明白，低頭看馬欣榮。「這是什麼意思？」

「寶貝是不是要說：『快點？』」馬欣榮猜測道。

寧念之點頭，果然是娘親啊。

寧震衝馬連山他們招手。「快！」

接下來不用寧震提醒，因為馬連慶一轉頭，就看見火把的光了。

「渾蛋，還真追過來！大哥，咱們得趕緊跑，不然今兒說不定要栽在這裡了。」

馬連山抬手用馬鞭指揮。「馬連慶左邊，馬連平、馬連康、馬連水後面！」

馬家家將迅速散開，將寧震和馬欣榮包圍在中間。馬嬤嬤不會騎馬，又和馬連山幾個年紀相當，不好同乘一匹，被馬連山的大兒子照看著，緊跟在寧震的馬後。

「要命的就停下！否則不要怪我們不客氣！」

「給臉不要臉！射箭！」

「兄弟們，追啊！軍師說了，生死不論！那小娘子細皮嫩肉的，若是抓到，就賞給兄弟們！」

寧震氣得臉色鐵青，護著馬欣榮與寧念之，拚命趕馬往前。

雖然寧念之看不見後面，但不妨礙她看前面，遠遠瞧見有氈房，就迅速伸手指方向，只往沒人的地方跑。他們人少，肯定打不過，只能逃。

這草原上，還有什麼東西能借助呢？河？草原上的河流太淺，基本上淹不死人。山？這邊的山谷，草原人肯定比她更清楚。

對了，還有狼！

寧念之眼睛一亮，細細回想，來草原時在哪裡看過和狼有關的東西？得想個齊全辦法，讓狼群只攻擊後面的人，不攻擊她這邊的人。這好像有點難，狼群怕火，後面的人帶著火把，她這邊可是要靜悄悄逃走的。

之前來時，生怕惹人懷疑，他們的馬匹雖然耐力十足，也是上等的馬駒，卻並非是最好的。而草原上的人最不缺的就是寶馬，所以兩邊的距離越來越近。剛開始只能看見火光，後來聽到喊叫聲，現在連馬蹄聲都能聽清楚。

「世子爺和夫人先走，我們兄弟停下來攔一攔。」馬連山咬牙說道，轉頭看馬連慶幾個。

馬連慶鄭重地點頭，吩咐自家兒子。「定要保護好世子爺和夫人，快走！」

寧念之朝後面伸手，她沒打算以命換命啊。雖說馬連山兄弟只是馬家的家將，可聽名字也知道，若非當成家人看待，外祖父會讓他們跟著姓馬？

早些年，他們已經脫籍，準備入軍營換官身，如果今兒喪命在此，她下半輩子別想安心了。

馬欣榮也捨不得，這幾個可是她的叔伯！

眼看著馬連良幾個就要轉身，越是著急，寧念之的腦筋動得越快，終於讓她想起來，東北方向有個狼窩！這會兒也顧不上狼群會不會先攻擊她這邊了，馬家兄弟都是高手中的高手，總不會連幾匹狼都對付不了。

「哇哇哇……」寧念之賣力舉起手，卻被馬欣榮按下來，她再舉一次，反反覆覆，堅持到底，指著東北方。

來回十幾次，馬欣榮忽然想到前事，急忙喊道：「馬大叔，快跟上！你還不相信我們家寶貝的本事嗎？這可是佛祖賜給我們的福星，寶貝說往這個方向走有轉機！咱們快點！」有活命的機會，誰也不想去送死。

馬連山和馬連慶對視一眼，趕緊帶人跟上，如果不對勁，再轉回來也行。

「嗷嗚嗚嗚——」忽然傳來一聲狼嗥，馬欣榮有些慌了。「有狼群，怎麼辦？咱們沒有火把啊。寶貝沒指錯路吧？咱們真往這個方向走？」

寧念之也不知道，可這會兒後退已經來不及了，狼群聽見動靜，開始包圍過來，後面的追兵也快殺到跟前。

寧震一咬牙。「咱們衝過去，指不定還有一條路，若是不走……」被抓回去鐵定沒命。

寧念之除了聽力好，眼力也好到不行，遠遠就看見狼群奔來，正打算讓爹娘再換個方向，卻忽然發現，狼群裡有個身影，不像是狼，倒像是個小孩。而且，看樣子狼群好像沒打算傷害那小孩。上輩子她聽人說過，有的狼群會撫養小孩，莫非遇上了一個狼孩兒？

「寶貝，告訴娘親，咱們繞不繞路？」馬欣榮急得沒了頭緒，找寧念之討主意。

雖然寧念之沒想出兩全其美的好主意，但憑著直覺，還是伸手指了狼群的方向。

馬欣榮簡直要絕望了。「咱們家寶貝會不會是沒見過狼群，所以想看看？這次真要聽她的嗎？」

關鍵時刻，寧震當機立斷。「都已經到這個地步，就聽閨女的。」

說話間，眾人的馬衝到了狼群跟前。

第六章

頭狼很有氣勢，蹲坐在前面，仰頭一聲長嘯，幾匹馬被嚇得腿軟，身子一側，就把主人們全甩下來了。

馬欣榮大驚，生怕狼群衝過來咬人，恨不能將閨女塞回肚子裡。等她好不容易停下滾動的身子，一抬頭便僵住了，頭狼已經踱到她面前，一雙綠幽幽的眼睛正盯著她懷裡的寧念之看。

寧念之也被摔得有些頭暈，好半天才看清楚面前的狼臉，一股腥臭的味道撲面而來，馬欣榮抱著她的手勁大得幾乎要勒斷她，還想不動聲色地把她往身後藏。

寧震幾個人也不敢開口，生怕驚動頭狼。馬連山悄悄拿起武器，想躡手躡腳地過來，但頭狼迅速抬頭看他一眼，讓他瞬間呆住，抬起的腳不敢落下了。

然後，頭狼轉身了。

馬欣榮反應不過來，頭狼居然轉身走了?!難道是對她的肉不感興趣？然而，還沒等她欣喜，頭狼又轉回來，嘴裡叼著個小孩。

「是個小孩。」馬欣榮完全不知道該怎麼反應，呆呆看去，喃喃地說道。

寧震在旁邊猜測。「是想讓我們將這個小孩帶走？」

「我聽說，母狼會撫養被人丟下的小孩，這小孩是不是狼群養著的？」馬連山也道。他們雖然不敢相信眼前這一幕，但出現在眼前，不可能當作不存在啊。

馬欣榮抬手，指了指小孩，又指指自己，心驚膽戰地問：「給我的？」

頭狼張開嘴，將小孩放到馬欣榮旁邊。小孩看著五、六歲的樣子，大約是從來沒人幫他打理過，頭髮亂糟糟的，蓋著臉，只露出一雙眼睛。那眼睛，也不像是人類的眼睛，更像是狼的。

馬欣榮還在猶豫，寧念之卻先伸手了，摸了摸小孩的手。

小孩愣住，看看自己的手，再看看寧念之的手，張大嘴，一臉震驚的樣子。

寧震還想再猜猜頭狼的意思，卻聽見後面馬蹄聲越發接近，剩下的事情顧不上了，趕緊起身拽馬。

「咱們是不是趕緊走？後面的人追上來了！」

頭狼探頭，將小孩往馬欣榮身邊推了推，抬頭又是一聲嗥叫，沒等寧震他們反應，就飛奔出去，後面二、三十匹狼全跟上了。

狼孩兒身子一動，也想過去，卻被馬欣榮給攔腰拽住。

他有些急，張嘴要咬馬欣榮，寧念之迅速抬手，他就有些猶豫了。剛才寧念之摸他那一下，感覺還在呢，那種柔軟、那種溫暖，和狼群給的感覺完全不一樣。

「啊，有狼！」後面傳來驚呼。

寧震知道追兵到了，大踏步過來，伸手抱起狼孩兒放到馬上，又吩咐馬嬤嬤：「你們先往前走。有了狼群幫忙，說不定我們能擊殺這群人。」

馬欣榮趕緊反手握住他手腕。「有狼群攔著，那咱們一起走……」

「不行！」寧震搖頭。「狼群是在幫我們，豈能把牠們丟下？再者，機會難得，騰特人殘忍暴虐，我們能多殺一個是一個，將來戰場上好少一個敵人。妳帶著閨女先走……」

馬欣榮堅決不同意。「我好不容易找到你……」

寧震伸手揉揉她的頭髮。「我會保護好自己。妳放心，我這次不會再衝動，我盤算過了，追來的頂多兩、三百人，我和馬大叔都能以一敵十，又有狼群幫忙，定不會出什麼差錯。」

說完，他不給馬欣榮反對的機會，想要上馬，但他的馬兒被狼群嚇著，不只不管用，說不定還會扯後腿，索性不騎了，領著馬連山幾個，拎著武器衝上去。

狼孩兒急了，嗷嗷叫著往前面伸手，還咬了馬嬤嬤好幾口，馬嬤嬤卻摟著他不敢鬆開。

馬欣榮想留下來，可懷裡抱著閨女，萬一……她不敢深想，馬嬤嬤又在一邊勸著，只能翻身上馬，往遠處跑去。

大約跑了小半個時辰，聽狼嗥聲有些遠了，馬欣榮才停下來。

她抱著寧念之在原地轉圈。「嬤嬤，妳說，相公他們會贏對吧？」

馬嬤嬤倒是比馬欣榮鎮定。「肯定會贏，這個方向可是姑娘指給咱們的，世子爺他們定會安然無恙。大人別著急，之前不就是因為姑娘給咱們指路，咱們才遇上狼群嗎？有狼群幫忙，咱們絕對贏啊。」

這話雖是安慰，但馬欣榮還真有幾分信了，心裡有底，才得空看狼孩兒。從小在狼群中長大，他身上自然沒什麼衣服，五、六歲的小孩，已經有了牙齒，雖說是小乳牙，但跟著狼群生活，牙也是有幾分硬的。虧得馬嬤嬤穿得不薄，要不然，剛才那一咬，上面肯定會有幾個血洞。

「這孩子大概真是個狼孩兒，都不會說話，出口就是狼嗥。」馬嬤嬤見馬欣榮看那小孩，忙道。「這麼小的孩子，也不知道是怎麼被狼群撿到的。」

馬欣榮搖搖頭。「這不好說。看他的長相倒像是漢人，說不定父母……」

她頓住沒說，馬嬤嬤卻明白了。

騰特和元朝交戰，苦的是兩國交界處的百姓。這狼群在附近出沒，說不定小孩正是附近百姓的，既然被狼群撿到，爹娘八成是凶多吉少了。

狼孩兒撲騰著想往回跑，馬欣榮想到剛才他對寧念之的碰觸似乎有些反應，便彎腰讓他看她懷裡的寧念之。

「看，小妹妹喲，喜不喜歡？」

看到白白淨淨、被裹在小被子裡的寧念之，狼孩兒果然停止了掙扎，有些遲疑地伸手。

馬嬤嬤有些著急，趕緊拽開他。「夫人，這可是狼孩兒，萬一抓傷了姑娘，可怎麼辦？」

馬欣榮擺擺手。「我家閨女是菩薩跟前的玉女，人見人愛，肯定不會有事。再說，這狼孩兒也算是咱們的救命恩人，若咱們能脫身，我定會將他帶回去，現下讓他們兄妹認識一下也好。」

寧念之想嘆氣，一會兒是佛祖賜福、一會兒是菩薩跟前的玉女，怎麼上輩子就沒發現自家娘親挺會想的呢？

不過，她的心思很快就放到狼孩兒身上了。天色太晚，看不大清楚，但狼孩兒的眼睛卻是又大又亮，讓她忍不住想抬手摸摸。

狼孩兒也伸手，在馬嬤嬤緊張的注視下，捏住了寧念之的小爪子。

他不敢用太大的力氣，捏在手裡，摸摸、看看，再摸摸、再看看，重複無數次，連馬嬤嬤都放鬆下來了，完全不去關注他，而是踮起腳尖往狼群那邊看。

馬欣榮也有些著急。「都這會兒了還不回來，會不會是受傷了？或是被抓了？」說完又呸呸呸吐兩下，像唸經一樣叨唸。「佛祖勿怪，信女有口無心，請保佑他們早點回來，信女回去定給您重塑金身！」

寧念之咯咯笑了兩聲，抬手抓住狼孩兒的頭髮，反倒把他給嚇住了，僵著身子不敢動。

「回來了！」

聽見馬蹄聲，馬欣榮趕緊站起來，緊接著是狼叫聲，不過有狼孩兒在，雖然馬欣榮和馬嬤嬤臉色有些發白，還是趕緊往前走幾步，遠遠看見了寧震他們。

馬連山的馬後放著一個大大的包裹，寧震沒讓她們看，但光聞著血腥味就能猜出來，大概是人頭。打仗這種事，從來沒有什麼憐憫可言，不是你死就是我亡，今兒若沒有狼群幫忙，死的就是寧震他們了。

所以，寧念之心裡並不覺得自家親爹太殘忍什麼的。戰爭從來不是一個人說了算的事情，寧震後面站著的不只是他的士兵，還有元朝百姓，他不能有婦人之仁。

「虧得狼群幫忙，不然今兒真要死在這裡了。」寧震笑著道，低頭使勁在寧念之的小胖臉上親了一口。「咱們閨女果然是個福星！」

頭狼遛遛達達地過來，狼孩兒趕緊爬過去，緊緊抱著狼脖子。頭狼低頭蹭了蹭他，又嗚咽咽叫了幾聲，然後把小孩往馬欣榮身邊推了推。

馬欣榮再次問道：「你是想讓我們把這小孩帶走？」

頭狼像能聽懂人話一樣，又將小孩往馬欣榮身邊推去。

寧震俯身抱起狼孩兒，不顧狼孩兒的掙扎，鄭重表示：「你放心，他也算是我們的救命恩人。日後，我定會將他當成親生兒子一樣。」

頭狼仰脖子嗥了兩聲，不等寧震他們再說話，轉身領著狼群走了。

馬連山等人有些吃驚。「還真將孩子交給咱們帶走啊？」

「這孩子是狼群養大的，狼群大概是看著咱們的長相和孩子差不多，所以想把孩子交給咱們撫養。」

其實寧震也不解，狼群帶著小孩這麼些年，總會遇見人的，卻偏偏在這會兒將孩子推出來送人，實在有些奇怪。

馬欣榮看看自家閨女，猜測道：「或許是看咱們帶著孩子，狼孩兒也挺喜歡閨女，所以才決定把孩子交給咱們？」

寧震想了下，點點頭。「可能真是因為這個，咱們起初聽見狼叫時，可不是什麼善意的叫聲。行了行了，狼群已經走了，此地不宜久留，咱們也趕緊離開。」

這會兒，狼孩兒也不掙扎了，只是一直往狼群離開的方向看。

寧震抬手揉揉他腦袋，翻身上馬，帶著眾人前往白水城。

可剛走沒多久，寧震就無奈了。

「這群狼到底是怎麼回事？是不是不放心咱們將孩子帶走？」

馬連山也無語。「大概是想跟在咱們後面，看咱們到底是不是真心對孩子好？」

狼群自以為跟得很隱密，但馬兒是十分靈敏的動物，不敢跑太快，又想趕緊逃，寧震這些人對自己的馬兒都是很熟悉的，哪會毫無感覺。再者，狼群跑起來，也不是半點動靜都沒有。

「就這麼讓牠們跟著？」馬欣榮問道。

寧念之忽然想到個好主意，抬手往西邊指。

馬嬤嬤率先看到，經過幾次事情，她看自家姑娘的表情，簡直像在看神仙一樣。

「姑娘的意思，是不是說去西邊？」

現在他們在白水城的東北方，若去西邊，等於得繞個圈子。寧震有些猶豫，卻架不住寧念之堅持，不去就鬧，非得往西邊走。

但他們已經生出幾分迷信寧念之的心思，還是轉往西邊了。

狼群一直跟在後面，他們休息時就藏起來，狼孩兒卻聰明，十次有七、八次是能把狼群找出來的。

寧震他們出來得匆忙，連乾糧都沒帶，趕了兩天路，還得靠狼群接濟！寧念之覺得，頭狼看他們這群人的眼神都不大對了，若是頭狼會說話，肯定想問，這夥人連自己都養不活，真會養活牠兒子嗎？

幸好，到第三天，他們總算看見村莊了。

白水城西邊的村莊不算少，寧念之不知道當初騰特大汗說的是哪個村莊，更不清楚是什麼時候屠村，她就是來瞎碰運氣的。萬一遇上，一個村莊有幾百條人命呢，她也算是做了好事積福；若是沒遇上，便只能說是天意如此了。

「咱們在村子裡找個地方休息兩天？」馬欣榮轉頭問道。

寧震有些猶豫。「休息一晚，明天買些乾糧，趁早上路，說不定後天早上就能抵達白水城，到時候再休息吧？」

馬欣榮不是那種不懂事的人，點頭應下，轉頭招呼狼群。「這裡是村莊，那些人看見你們會害怕。我們以後定會照顧好這小孩，你們不用再跟著，都散了吧。」

頭狼還真站住不動了，馬欣榮回頭，對寧震道：「先去村裡買些吃的，咱們在外面吃，順便餵餵狼，讓孩子和狼群道別？」

寧震忍不住笑，女人家就是心軟，早晚都是要分開的，吃不吃這頓飯，完全沒影響好嗎？再者，就這麼點工夫，難不成還要來個揮淚相送？

可大概是因為到了安全的地方，有吃、有喝、有住，寧震有些放鬆，就沒反對馬欣榮的提議。

眾人在村口停下，分出兩個人進去買乾糧、找投宿的地方，剩下的在外面等著。

寧念之豎起耳朵聽村裡的動靜，眼睛張得大大的，一直盯著草原的方向。

沒聽見有人議論屠村的事情，所以還沒來？要不然，死纏爛打逼爹娘在這裡住兩天？不過，爹現在算逃兵嗎？打敗仗就沒了影，要是一直不出現，會不會被人抓住小辮子？

寧念之想得太入神，連狼孩兒爬到她身邊了都沒發現。

馬欣榮一邊吃著買來的餅，一邊說：「孩子總是爬也不行，等到了白水城，得教他走路。不如收他做咱們的義子？」

寧震點點頭。「行，還得取個名字，既然是在草原上撿的，不如姓原？」

馬欣榮噗哧一聲笑了出來。「我以為你要說，孩子是狼群送給咱們的，所以姓狼呢。」

「狼姓不好取名字。再者，漢人裡鮮少有這個姓，怕以後會被人非議。」寧震笑著道，兩三下吃完手裡的餅，站起身。「天色晚了，咱們趕緊進村吧。」

馬欣榮點點頭，抱了孩子站起身，對狼群擺擺手。「你們也趕緊離開吧，要不然，說不定村裡的人害怕，會傷害你們。走吧走吧，總有分開的一天的。」說完，轉身進了村子。

寧念之打了個哈欠，說不定運氣不好，真遇不上了。可恨自己年紀小，什麼都不能說，要是能說話多好啊，至少可以念叨幾句。

睡到半夜，寧念之忽然被狼叫聲吵醒。

寧震一個激靈，也坐起來。「怎麼回事？」

馬欣榮迷迷糊糊地睜開眼睛。「不知道……是不是有人發現狼群了？你去看看，好歹那些狼救過咱們，不管是傷了人還是傷了狼，總要攔一攔。」

寧震點頭。「妳先睡，我去瞧瞧。」

隔壁的馬連山也出來了，兩個人到外面一看，忍不住大驚失色。

遠處有點點火光正往這邊靠近，距離太遠，不仔細看，根本看不見。

狼群圍成一圈站在外面，頭狼看見寧震，又轉頭衝火光那邊叫了一聲。

「這是……夜襲？」馬連山錯愕道。

寧震推他一把。「趕緊去叫村長，說騰特人打來了！」

這種塞外村莊，平常都是有準備的，馬連山飛奔回去，沒多久，村子裡就鬧騰開了。

寧震也飛快回去拿了自己的長槍，叫上馬連慶等人。「對方來的人不少，咱們不能硬碰硬，得想辦法設陷阱才行。」

之前是被追得緊，再者人少，沒空排兵布陣。雖然現在人手還是少，但對方不知他們提前發現了，設個埋伏還是可以的。

馬欣榮聽到是夜襲，很想跟著寧震去打仗，但馬嬤嬤要照顧狼孩兒，她也不敢丟下閨女，只能一步三回頭地跟著村子裡的老弱婦孺躲進地道了。

「這邊拴上絆馬索，你們幾個在這兒守著，人一摔下來，立刻上去砍頭。」

「這裡倒上火油，圍成圈，等會兒儘量將人往裡面引。」

「布置這些都只是一時的，畢竟是平地，一旦他們反應過來，逃得也快，所以咱們得快知道嗎？不能給對方反應的工夫。」

「另外，你們幾個，帶著人在村子裡敲鑼打鼓，萬一對方人多，咱們得將人嚇走才行，不能硬碰硬。」

寧震一一安排妥當，這才帶著人隱藏，靜靜等對方過來。如果來的是騰特人，這些布置就能用上了；如果來的不是騰特人……機會太小了，那方向就是從騰特部落來的。

狼群在頭狼的帶領下，也靜悄悄躲在一邊，這樣聽話聰明的樣子，讓村民們少了幾分恐懼，多了幾分信心。連狼群都是他們這邊的助力，還用得著害怕騰特人？今兒就讓他們有來無回！

「兄弟們，前面就是咱們的目標，好吃的、好喝的等著咱們去拿，給我打起精神來！村裡還有漢人嬌滴滴的小娘子，誰搶著了就是誰的！」

騰特人轟然叫好，聲音傳來，寧震臉色鐵青，這群畜生，今兒就讓他們知道什麼叫地獄！

等騰特人快到跟前，寧震一擺手，身邊趴著的人迅速拉起六道絆馬索，馬兒跑得太快，那些騰特人完全沒想到會有埋伏，幾乎倒了一大半。

狼群率先衝上去，然後是馬連山帶著村民，手起刀落，在騰特人沒反應過來前，就先砍掉了十來個人的腦袋。

寧念之聽著外面的動靜，往馬欣榮懷裡躲了躲。狼孩兒有些焦躁，不停掙扎著想出去，但和馬嬤嬤相處幾天，有了感情，遂沒張口咬她。

一群老弱婦孺擠在一起，臉上俱是擔憂焦急的神色。

驀然，外面響起狼嗥聲，寧念之伸長耳朵去聽，卻只能聽見兵器交接的聲音，以及呼喝聲、慘叫聲，夾雜著風嗚狼吼，很是嚇人。

那群騰特人沒想到這個小村子還有狼群助陣，被嚇得陣腳大亂，沒多久便全被擊殺了。

頭狼聰明，見躲藏在地道裡的人出來，大概明白村子沒了危險，便收斂捕獵的戾氣，走到抱著狼孩兒的馬嬤嬤身邊，仰頭低低叫了兩聲。

馬嬤嬤忙垂下胳膊，放下狼孩兒。

狼孩兒立即撲向頭狼，四肢像爪子一樣扒在牠身上。

頭狼把他拱下來，用腦袋頂著他，推到寧震和馬欣榮身邊，前腿一彎，做了個跪拜的姿勢。不等寧震和馬欣榮反應過來，頭狼起身，嗥叫一聲，轉頭飛奔而去。後面狼群跟著長嘯，追隨頭狼，消失在眾人視線中。

「這狼可真聰明。」

「就是啊，跟成精一樣。多虧這群狼了。」

眾人嘀嘀咕咕地說話，寧震伸手抓住也要跟著爬走的狼孩兒，看向馬欣榮。

「這人約是真將孩子託付給我們了。」

不顧狼孩兒的掙扎，寧震將人摟進懷裡。「以後，你就是我兒子了，可要乖乖聽話，別辜負了頭狼對你的一番心意。你是我的救命恩人，日後，我有一口吃的，就有你一口飯。」

馬欣榮也點頭附和。「算上這一次，都兩回了，這狼孩兒可真是咱們的貴人。」

一夜大戰過去，寧震也受了傷，遂推辭村長要擺酒慶祝的提議，帶人各自回去安置了。

第七章

寧震帶人緊趕慢趕，一天一夜沒敢休息，天色再次暗下來時，總算看見了白水城。

隔著老遠，他就喊了一聲，城牆上的士兵往前看去。寧震再揮揮手，趕到門口，才有人認出來。

「寧將軍回來了！」

立刻有人開了城門，寧震打馬進去，走到一半，元帥就帶著人趕來。

「你還知道回來?!無視軍紀，私自行動，實在太讓我失望了！」

元帥是將近六十歲的人了，看見寧震安然無恙地出現在面前，心裡總算鬆了口氣，但隨即就憋不住那股怒火了。

「這世上哪有百戰百勝的將軍？你倒好，戰敗直接消失，一點男子漢的擔當都沒有！」

寧震趕緊討饒。「元帥，我知道錯了，給我留點面子，我媳婦和閨女都在呢。」

元帥這才看見後面的人，之前其他馬家家將已經先來報過信，所以他並不驚訝，點頭打招呼。馬欣榮小時候跟著自家親爹在戰場上混時，也見過元帥的，便趕緊上來行禮。

元帥打量她一下，點點頭。「長這麼大了，我都快認不出來。這是你們的閨女？不錯，水靈靈的，一看就是個聰明丫頭。咦，這小孩是從哪裡弄來的？」

寧震忙打斷他。「元帥，咱們回去說？」

齊元帥又瞪他一眼，剛要轉身，卻看見幾匹馬背上馱著巨大包裹，忍不住挑了挑眉。

「你別告訴我，這裡面裝著的都是人頭。」

「還是元帥的鼻子靈，可不就是人頭嗎？」

寧震哈哈大笑，抬手舉了舉自己手裡單獨裹著的人頭。「這個，元帥肯定猜不到是誰。」

元帥看看他，沒出聲，轉身往城裡走。

寧震跟了兩步，忽然回頭對馬欣榮說：「馬大叔他們和我一起去就行了，我讓人先送妳回府，我一會兒就到。」

知道男人們肯定要討論之前的戰事，馬欣榮點點頭，招呼馬嬤嬤帶著孩子，往寧震的府邸去了。

白水城雖說是個小鎮，其實還是有些偏向軍營的。

不同的是，真正的軍營幾乎只有男人，白水城卻是男女老幼都有，全是將士們的家眷。周圍甚至有軍戶開墾出來的地，不打仗時，大家都是自種自吃；打仗時，就只在自家院子裡種點菜。

寧震是將軍，府邸雖然比不上鎮國公府，但也有兩進，亦有三、四個僕從，當然，丫鬟、小廝是沒有的。守門的大叔是軍中退下來的傷兵，缺了一條腿。打掃的大娘是他的媳婦兒，做飯的是兒媳婦，閨女就負責縫縫補補。

大叔雖然沒見過馬欣榮，但認得寧震身邊的親衛，便趕緊開門迎接。

「小哥，你今兒怎麼有空過來？這幾位是……」

「這位是咱們夫人，將軍已經回城了，這會兒正和元帥說話，讓我先將夫人送來。你們趕緊招呼一下，燒熱水啦、準備飯菜什麼的，用點心，照顧好將軍夫人知道嗎？」

大叔連忙點頭，笑咪咪地給馬欣榮行禮，親衛也轉頭抱拳。「夫人，您先進去休息吧，我這就告辭了。」

馬欣榮點點頭，抱著孩子，領馬嬷嬷進去。

守門的大叔扯開嗓子喊了兩聲，裡面的人趕緊迎出來，他一個個給馬欣榮介紹。「我姓程，這是我媳婦兒，這是我兒媳婦，這是我閨女水蓮。」

程大娘繫著圍裙，領著閨女、兒媳行禮，又上來幫馬欣榮拎包袱。

「夫人，我帶您進去瞧瞧，雖然這些天將軍不在，但我們仍把房間打掃得很乾淨。」

「辛苦你們了。」這些人和奴僕不一樣，都是寧震雇的，不說是良民，還有軍籍在身上呢，兒子在戰場打仗，是不能當下人看的。

馬欣榮客客氣氣地點頭，到裡間看了看。程大娘又問她，是想先洗澡，還是先吃飯？

馬欣榮有些犯愁，當然是先洗澡啊，她都覺得身上發臭了。可沒有換洗的衣服怎麼辦？

「夫人若是不嫌棄，我剛做了幾套新衣，還沒上身，可以先將就一下。」水蓮站在邊，有些不自在地說。「如果去買，回來還得洗，明天才能穿呢。」

「多謝了，我高興還來不及呢，怎麼會嫌棄。」馬欣榮忙點頭。

於是，程大娘也拿出一身衣服借給馬嬷嬷。至於寧念之，年紀太小，用小被子裹著就行。狼孩兒的更好辦，她兒子小時候的衣服還沒扔呢。

程大娘是個急性子的人，把衣服拿過來後，就立刻帶著兒媳去廚房燒水了。

馬欣榮抱著孩子在房裡轉圈，角角落落都不放過，看完之後，才滿意地點頭。

「看來，這段時日妳爹還算老實。哼哼，要是讓我發現他亂來，看我不剁了他！」

寧念之原以為自家娘親是在熟悉地方，聽了這話，忍不住抽了抽嘴角。順勢看向站在門口的水蓮，有這麼個水靈靈的大姑娘在，難怪自家老娘會先檢查檢查呢。

不過，水蓮看起來是個老實孩子，自家爹爹也不是那種有花花腸子的。大概做了人家媳婦兒，就喜歡多想？

洗完澡，寧念之懶洋洋地靠在馬欣榮懷裡，正昏昏欲睡呢，就聽見啪噠啪噠的腳步聲，掀開眼皮，瞧見狼孩兒站在她跟前，正打算伸手戳她的臉頰呢，趕緊伸手捏住他的手指。

這狼孩兒也不知道是什麼奇怪脾氣，就喜歡時不時戳戳她，萬一臉頰被戳出個坑怎麼辦？長大了，臉說不定要歪掉了！

「東良洗完了？來，娘親教你說話。這是妹妹，妹妹。」馬欣榮拉了狼孩兒靠在身邊，笑咪咪地指著寧念之說道。

原東良是寧震夫妻倆給狼孩兒取的名字，原是草原，東是東邊，良是對他的祝福；東良合起來又諧音棟梁，是對他的期盼。

原東良雖然不會說話，卻是聰明，聽馬欣榮重複了好幾遍，嗓子裡呼嚕嚕兩聲，就學著發音了。一開始一點都不像，還像狼叫，馬欣榮有耐心，一直摟著他重複，差不多二十來遍後，原東良終於含含糊糊地喊出了妹妹兩個字，樂得馬欣榮使勁在他額頭上親了一口。

原東良看看馬欣榮，也探著身子，像小狼一樣在馬欣榮臉上舔了舔，逗得馬欣榮忍不住笑。

「乖孩子，叫娘親。來，娘，娘！」

大約是小孩子的天性，這個更好學，原東良學個十來遍，就有模有樣地喊出來了。

這時，程大嫂過來了，問道：「夫人，晚飯想吃點什麼？」

馬欣榮猶豫一下。「也不知道將軍什麼時候會回來……」

正說著，便聽見敲門聲，程大爺開了門，興奮喊道：「將軍回來了！」

馬欣榮趕緊起身，見寧震大踏步進來，臉色倒是還好，沒有不高興，也沒有太興奮。

寧震走到馬欣榮身邊，一伸手，就將原東良給抱起來了。「乖兒子，肚子餓不餓？」

原東良眨眨眼，他不明白，所以不回答。

馬欣榮轉頭吩咐旁邊的程大嫂。「晚飯稍微清淡點，粥多一些。剩下的菜，妳看著辦，做幾道拿手的就行。」又叫程大娘：「不是還有熱水嗎？先送上來。」

馬欣榮交代完，把閨女塞給馬嬤嬤，進去伺候寧震洗澡了。

俗話說：「小別勝新婚。」馬欣榮剛懷孕，寧震就上了戰場，再加上之前顧著逃命，連一點溫存的工夫都沒有。

這會兒安全了，再不用擔心被追殺，心神放鬆，寧震坐在浴桶裡，聞著馬欣榮剛剛沐浴後身上帶著的馨香，還有剛餵完奶、尚未散去的乳香，便有些心猿意馬了。

馬欣榮臉色也發紅，但看著自家相公身上的傷，又心疼難過，剛伸手摸了兩下，要開口問是在哪裡受的傷，冷不防，浴桶裡的人忽然站起身，把她抱了起來。

「就這一身衣服！」情急之下，馬欣榮居然還想到這個。

寧震一邊低頭親她，一邊道：「無妨，等會兒穿我的。大晚上的，又不出門，明天衣服就能乾。」

「你輕點兒，外面還等著吃飯……」馬欣榮半推半就。

寧震輕笑。「不著急，做飯至少得半個時辰呢，現在先餵飽了妳相公再說……」

寧念之有些鬱悶，之前還覺得，她有絕佳五感，是上天給的禮物，是賞賜，是祝福。現在看來，這能力有時也不一定好啊。

她捏捏耳朵，還是能聽見，臉蛋都有些發燒了，索性轉頭找狼孩兒，好歹轉移一下心思，免得一直被迫聽自家爹娘親熱的聲音。

晚上吃飯時，寧震說起元帥的決定。

「這次運氣好，砍了騰特大汗四兒子的腦袋，元帥說將功折罪，之前的過失，再停掉三年俸祿，就不追究了。

「至於陳景魁的事，暫且先不要提。元帥說，陳景魁的字跡不難模仿，那信上的話也有些似是而非，不足以當證據。最重要的是，這次看著是陳景魁坑害我，但元帥擔心，陳景魁可能已經暗中投敵了。」

馬欣榮點點頭。「其實之前我也懷疑過，若只有陳景魁一個人，不可能布下這麼大的局，他要有這樣的計謀，早就立功了，哪裡還用搶你這丁點兒功勞。再者，以陳景魁的身分、陳將軍的地位，陳景魁實在沒必要通敵，如果被查出來，可是抄家滅族的大罪。」

寧震搖搖頭。「這可不好說。對了，騰特大汗的四兒子死了，接下來的戰事肯定會緊張，我派人先送你們回去。」

馬欣榮白他一眼。「我既然能來，就不打算立刻回京。你放心去打仗吧，我會照顧好自己。」

寧震微微皺眉。「可是戰場危險……」

「我整日待在白水城不出來，不就行了嗎？」馬欣榮撇嘴道。

寧震有些著急。「不是妳不出來就沒事了，妳沒發現，就是白水城裡，家眷也少得很嗎？白水城聽著是個城鎮，但萬一敗了，就是首當其衝之處，騰特人向來凶殘，萬一打進來……總之，妳留在這裡，我不安心。不如這樣，白水城前面有個金鐘鎮，你們去那兒住著？」

馬欣榮搖頭。「你真的不用擔心我，我自己也有些功夫。再說，咱們閨女這麼聰明，有事情自然會提醒我的。你只管去打仗，我得空了，也能幫幫忙。」

寧震是擔心母子三人的安危，馬欣榮則是不想和相公分開太久。她不是吃不了苦的嬌嬌女，不就是陪相公在這裡住幾年嗎？說不定，有閨女這個福星在，元朝能逢戰就勝呢？

現在馬欣榮對自家閨女已經是堅信不疑了，寶貝肯定就是菩薩跟前的玉女，有預知災禍、逢凶化吉的大本事。有閨女在，自家相公定會安然無恙。

閨女出生前，相公下落不明，她帶著閨女，好不容易才找回來。萬一她們走了，相公再次落入危險怎麼辦？

馬欣榮不走，寧震也不能將人打暈送回去，夫妻倆爭執半天，還是寧震落了下風。

「好吧好吧，妳要不走，那就住下來。只是，我先和妳說好，平日如果無事，就不要出城；如果非得出城，一定要先和我說，我親自送妳去，或者派人護送，萬萬不能獨自冒險，明白嗎？」

「我知道。」馬欣榮笑吟吟地點頭。「我不會亂走的。對了，既然白水城也有人家，我是不是該去拜訪拜訪左鄰右舍？」

「不用吧。」寧震想了會兒，搖搖頭。「不過，元帥夫人那邊，是要去一趟的。妳們婦人家的事情，我不大清楚，妳看著辦就行。至於其他人，明兒讓人去問問，程大娘她們應該都知道。」

馬欣榮點頭，看大家都吃完飯，便起身對寧震說：「我去幫忙收拾碗筷，你也累了好幾天，趕緊去休息吧。」

寧震是真累，卻還是坐著等馬欣榮。

馬欣榮想帶著寧念之一起睡，但之前要麼是寧震不在，要麼是荒郊野外沒得挑，現在好不容易回家，寧念之的嬰兒身體裡裝著十七、八歲的靈魂，自然不願意跟著爹娘睡了。

於是，她死纏在馬嬤嬤身上，不肯下來。

馬欣榮做出傷心的樣子。「寶貝不喜歡娘親了嗎？」

寧震忽然想起一個重要問題。「咱們閨女的名字叫什麼？」

「剛出生我就取了名，叫念之。」馬欣榮笑著回答。

寧震看著馬欣榮，小夫妻倆新婚沒幾年，剛懷了孩子便分開，這一對視，裡面的情意，真是看得寧念之都忍不住要臉紅。

馬嬤嬤見狀，趕緊抱起孩子，偷偷摸摸溜出門，打算回房睡覺，卻發現衣襬被拽住，一轉頭，就見原東良正眼巴巴地看著她。

「妹妹！妹妹！」

馬嬤嬤蹲下身子，摸摸他的腦袋。「少爺，男孩子和女孩子是要分開睡的，知道嗎？」

原東良聽不懂，他也不明白，之前他和妹妹還睡在一起，這會兒為什麼就不行了？

於是，馬嬤嬤走到哪兒，他跟到哪兒；馬嬤嬤要將他抱走，他就變著法兒回來。一老一小跟打仗一樣，逗得床上的寧念之忍不住笑。

「好吧好吧，我拗不過你。」小半個時辰後，馬嬤嬤抹著額頭上的汗說道。自家姑娘才幾個月大，小少爺頂多五、六歲，又有她在，睡在一起應該沒關係。

但一個房間可以，一張床不可以。

馬嬤嬤很有心計地擺了幾個箱子，搭成另外一張床，本來打算自己睡在中間，好隔開他們，可原東良轉頭看不見妹妹就不樂意，她只好換個方向，讓兩個小孩面對面地睡覺。

寧念之打個哈欠，她已經很久沒睡好了，要是再不好好睡一覺，估計以後都長不高了。於是合上眼睛，慢慢進入了夢鄉。

第八章

半夜，寧念之睡得正香，猛然間卻驚醒了，身子一哆嗦，忍不住抬手捂了捂耳朵。

她合上眼睛，打算趕緊再進入夢鄉，但瞬間又睜開眼睛——剛才的聲音不對勁！

老天爺的賞賜，用得著的時候很好用；周圍數里地，盡在她掌握。

凝神聽了一會兒，寧念之張嘴就開始哭。

馬嬤嬤被吵醒，趕緊抱起她，摸摸床褥。「哦，乖乖，別哭別哭。沒尿床，是餓了？」說著就要餵奶。

原東良也翻身起來，蹲在自己的床上往這邊看。「妹妹，妹妹！」

寧念之不停地哭，馬欣榮和寧震也被吵醒，趕緊過來。

「是不是沒看見我，不習慣？要不還是抱去我那邊睡？」

馬欣榮一邊說、一邊伸手抱寧念之，可到了她懷裡，孩子還是哭個不停。

夫妻倆對視一眼，生出不祥的預感——這種哭法，可太熟悉了。

寧震開玩笑地問道：「閨女，哪個方向不對勁？」

寧念之抬手就指西城門，正是草原的方向。

寧震看看馬欣榮，馬欣榮迅速推了他一把。「如果有事，正好能趕上；如果沒事，就當是出去溜了一圈。快去吧。」

寧震沒辦法，只好換了衣服出門，寧念之這才停止哭鬧。

馬欣榮輕輕拍著寧念之。「乖乖睡吧，寶貝快睡吧，娘親守在妳身邊，睡吧睡吧。」

寧念之閉上眼，以後的事慢慢想，現在最重要的是睡覺，趕緊睡吧。

這次倒是運氣好，寧念之一覺睡到了大天亮。

還沒睜眼，就先動了動耳朵，凝神細聽，周圍的聲音立即被放大，從近處到遠處，寧念之慢慢地分辨方向。自從有了這些老天爺的賞賜，她有空沒空就要用用，鍛鍊鍛鍊，這可是保命功夫呢，千萬不能荒廢了。

聽了一會兒，寧念之睜開眼，差點沒嚇一跳，原東良那張黑乎乎的小臉正湊在她面前，看見她睜眼，立刻露出大大的笑容。

寧念之抽了抽嘴角，小孩又沒刷牙！抬手想推開原東良的腦袋，但力氣太小，原東良又是個皮糙肉厚的，還以為她在摸自己，當即大方地又把臉往前湊去。

「呀呀！」寧念之鬱悶了。

原東良倒是高興，叫道：「妹妹，妹妹！」頓了頓，又喊：「娘，娘。」

寧念之咿咿呀呀說自己的：「你這樣不行啊，五、六歲的小孩哪有不會說話的，出門要讓人笑話了。咱們以後是兄妹，笑話你就是笑話我，這可不行，等我長大了，教你說話吧？

你可得好好學，不能丟我的臉知道不？」

原東良笑咪咪地重複道：「妹妹，妹妹，娘！」

馬嬤嬤推門進來。「姑娘醒了？姑娘真乖，醒來都沒有哭。來來來，讓嬤嬤抱抱。」她抬手將寧念之抱起來，正要出門，轉頭看見原東良，趕緊說道：「少爺，夫人給你準備了好吃的，你去嚐嚐好不好？」

原東良不動，馬嬤嬤換一種說法。「少爺去給妹妹拿一點好不好？」

原東良這才有反應，看看寧念之，念叨兩聲妹妹，嗖的一聲去了廚房，那動作快的，寧念之都忍不住驚嘆，簡直和狼一模一樣！

寧念之被抱去正屋，這才知道昨晚自家親爹沒回來。

馬欣榮嘮叨了幾句。「半夜聽見鼓點聲，應該是有人夜襲，這段時日大概不會消停了。」

果然，接下來三天，寧震都沒回家，晚上宿在前面大營的帳篷裡，通宵達旦地研究戰術，排兵布陣，白天還要跟著上戰場。

馬欣榮不大放心，去了大營兩次，卻沒能進去。

寧念之放心得很，打仗這種事情，她是插不上手的。再者，元帥的經驗可比她豐富多了，謀略方面，十個寧念之加起來也不是元帥的對手。

上面有元帥壓著，又有副將跟其他將軍，寧念之一點都不擔心自家親爹會出事。上輩子，這場戰事持續了五年，最後可是元朝大獲全勝。

白水城的生活簡單得很，馬欣榮每天除了擔心寧震，便無所事事了。寧念之還小，但性子乖巧，不哭不鬧，用不著她哄，索性找了本《三字經》，每天教原東良讀。

原東良坐不住，凳子上像放了釘子一樣，一會兒就得起來轉兩圈，有寧念之在才好些，馬欣榮便找了張嬰兒椅，把閨女塞進去陪他。

年後，朝廷派人來送糧草，來的正是鎮國公寧博，馬欣榮乖巧地站在屋子裡聽他訓話。

「妳也老大不小，都當娘的人了，居然說出走就出走。妳走就算了，連孩子都帶走，孩子才多大，妳捨得讓她受罪？膽子果然大得很，生怕我身體太好，不為你們操心是不是？

「這次妳帶著孩子跟我回去，妳在這兒也幫不上忙，還讓寧震分心，索性回京城！」

「爺爺！」

寧博正說著，忽然聽見旁邊軟糯糯的喊聲，一轉頭，就看見個小豆丁躲在門簾後看他。

寧博有些激動。「這就是我的乖孫女吧？乖乖，來，讓爺爺抱抱。」

寧念之眨眨眼，上輩子，她的日子過得不算太好，但也不算差。剛出生，親爹就死了，後來被抱到祖母身邊養著。祖母是繼室，不是親的，當然不會對她多用心，幸虧有祖父在，祖母也不敢太虧待了她。

可惜，因為爹爹過世的打擊，祖父的身子越來越不好，她十歲那年，祖父就去了。雖然娘親趁此機會把她帶回身邊，但若能換得祖父身子健康，她倒寧願在祖母那兒住著了。

寧念之搖搖晃晃地出來，寧博忙彎腰迎了兩步，將孩子抱在懷裡。

「我記得念之才八個月是不是？這就會說話了？」

馬欣榮陪笑道：「世子爺很想念父親，得空便教念之說話，念之頭一句學會的就是喊爺爺。」

寧博聽了，高興得鬍子都翹起來，也忘記剛才生氣的事了。

「好好好，我的乖孫女就是聰明，八個月就會說話。為了孫女兒著想，妳得回京，這麼聰慧的孩子，總不能耽誤了吧？不管是吃的還是用的，京城都有最好的。妳自己想吃苦，不能帶著我孫女兒！」

馬欣榮猶豫一下。「父親，不如……您帶著念之回去？」

鎮國公正要吹鬍子瞪眼，馬欣榮趕緊說道：「我不是不想照顧念之，只是您也看到了，這邊戰事緊張，我在這兒，世子爺回來還能吃口熱飯，穿件乾淨衣服。我若回去了，世子爺的日子要過得更苦了。」

寧博冷哼一聲。「軍營裡都是大男人，誰比誰的日子苦？不都是這樣過來的嗎？不吃苦當什麼兵？」

不過，這到底是小夫妻倆的事情，他當公公的不好多說，就閉嘴不言了。

他低頭，見原東良正仰著脖子看他，遂挑了挑眉。「這孩子就是你們認的義子？長得倒是不錯。今年幾歲了？」

馬欣榮忙蹲下身子，摟著原東良。「東良，快叫爺爺。」一邊回答寧博：「那會兒我們瞧著是五、六歲的樣子，但他長得瘦小，可能更大些。我和世子爺想著，乾脆定為五歲，今年算是六歲了。」

「三歲啟蒙，他都六歲了，會讀書寫字嗎？」寧博問道。

原東良仰頭仰得太久，有些不舒服，轉了轉脖子，又喊：「爺爺。」然後伸手。「妹妹。」

這陌生老頭抱著妹妹好久，萬一把妹妹抱走怎麼辦？

「我平時教他讀書寫字，孩子跟著狼群生活久了，有些習慣不太好改，但幸好他聰明，現下已經能聽懂人話，也會說幾句簡單的話了。」

至於讀書，馬欣榮真不好開口，連寧念之都能跟著嘟囔幾句《三字經》裡的句子，原東良還是背了忘、忘了背。更別說寫字了，現在只會抓著筆畫兩下。

但馬欣榮是真心為孩子著想，遂笑道：「父親回京時，不如也帶上東良。他既然已是世子爺和我的兒子，日後自然是咱們寧家的孩子，還有勞父親費心……」

寧博擺擺手，打斷她的話。「不說客氣話，我自會盡心教養這孩子，日後妳和寧震再有孩子，他說不定就是個大好助力。只是，妳確定孩子肯跟我走？」

馬欣榮笑道：「若只有他一個，我還不敢確定，但有念之在，念之去哪兒，東良也定要跟著去哪兒，父親不用擔心。」

寧博點點頭，抱著寧念之掂了掂。「乖孫女兒，過幾天跟爺爺回家？咱們家裡有好吃的點心，還有糖，還有好看的衣服，妳想要什麼，爺爺就給妳買什麼好不好？」

寧念之迅速搖頭。「不要。」

雖說打仗這事她幫不上忙，但夜襲什麼的，她也能預警一下啊。再說了，娘親不在府裡，她若是回去，說不定會跟上輩子一樣，被養在祖母身邊，她才不願意呢。

寧博只當寧念之是小孩子心性，想著直接趁孩子睡著抱走就行。沒想到，五、六日後，他要帶著押糧的軍隊回去了，寧念之卻哭死哭活，不肯離開馬欣榮的懷抱。而寧念之不走，原東良也不走。

寧震費了半天勁，又不敢來硬的，最後還是沒能將閨女從媳婦身上弄下來。

寧博無語。「算了算了，你們夫妻倆都是有主意的，愛怎麼辦就怎麼辦吧，我管不了你們了。」

他想直接甩袖子走人，但到底不放心，又叮囑道：「一旦發現戰事緊張，就趕緊把孩子送到金鐘鎮，千萬別拖著，知道嗎？」

千叮嚀萬囑咐後，寧博才依依不捨地離開。

寧念之鬆了口氣，馬欣榮忍不住戳戳她額頭。「爺爺是想帶妳回家，家裡有好吃的、好玩的，妳怎麼不願意呢？」

寧念之傻笑一聲，掙扎著下來，拽著原東良，搖搖晃晃地走回家。

只要和爹娘在一起，就算吃糠嚥菜，她也願意啊。

日子一天天地過去，寧念之也慢慢長大了。三歲開始，她就不再靠哭鬧來預警，而是跟著原東良走街串巷，回來裝天真問問題，讓馬欣榮和寧震自己反應過來。

她現在也有自己的事情要做，上輩子死得太丟人，這輩子打算好好練武，不說當個武功高強的女俠，至少得保證自己別摔跤跌死。

不過，馬欣榮和寧震還是將功勞全歸到寧念之身上——沒有閨女的提醒，他們也想不到是不是？

小福星的傳聞，終於從自家傳到城裡，連元帥府的人都稀罕地來看過幾次。在寧念之假裝懵懂地說出看見糧倉附近有人捉迷藏後，元帥布置陷阱，抓到了偷襲燒糧草的敵軍，便徹底坐實了她的小福星名聲。

元帥夫人笑咪咪地對馬欣榮說：「真可惜，我家若是有差不多年紀的小孩，定要跟妳結個兒女親家的。」

馬欣榮忙擺手。「夫人快別這麼說。我們家念之啊，是跟著我和寧震受苦了，我和寧震恨不得將她捧在手心裡疼，將來必定要在家裡多留幾年的。」

原東良在旁邊眨眨眼，跳下椅子去找寧念之。

「妹妹，以後妳嫁給我好不好？」

寧念之傻了，原東良嘀嘀咕咕地繼續說：「元帥夫人說，妹妹長大了要嫁到別人家，咱們不去別人家行不行？妳待在咱們家，等哥哥再長大兩歲，就能跟著爹去打仗，然後賺錢養活妹妹好不好？」

寧念之的嘴角抽了抽，小孩子估計還不知道成親是什麼意思呢！遂笑嘻嘻地伸手捏原東良的臉頰。

「好啊，等我長大了，哥哥養活我。哥哥，我看見周明軒他們幾個往那邊去了，肯定要打架，咱們要不要過去看看？」

原東良聽了，立刻來了精神。「走，哥哥揹妳。」

寧念之迅速往前一撲，趴在原東良背上。

這兩年，原東良的身體養得特別壯實，又經常跟著軍營裡的人練武，身手好得不得了，把寧念之往上一托，嗖地一下就竄出去，順著她指的方向跑，沒多久就追上了。

街邊空地上，周明軒帶著幾個小毛孩，正和另一群小孩子分成兩邊對峙，人人手裡拿著武器——都是些木頭刀劍之類的，沒什麼殺傷力，專門給小孩子們玩的。

「殺呀！」周明軒喊了一聲，小毛孩們立刻向前衝。

寧念之見狀，乘機問道：「哥哥，你覺得哪邊會贏？為什麼會贏？」

原東良仔細觀察，他已經八歲了，看書看不進去，那就學武，總要走出一條路來才行。

「喂，周明軒，我們也要參加！」看了一會兒，等周明軒這邊落敗，寧念之忙喊道。「這次我哥哥當元帥，你當將軍！」

周明軒皺著小眉頭，一臉不樂意。「憑什麼啊，這群人都是我叫出來的，應該聽我的才對！讓妳哥哥當將軍，我當元帥，不然就不玩！」

「就憑你打不過我哥哥。」寧念之抬起小下巴，一臉驕傲地說。「剛才你打輸了，我哥哥比你聰明，肯定能幫你贏回來，難道你不想贏回來嗎？」

周明軒有點猶豫，小孩子也是要面子的，他輸給對面那個小胖子好幾次，要是能扳回一局，那可解氣了。但是，讓他聽原東良的，有點不甘心啊。

「那這樣吧，你們猜拳好不好？誰贏了，誰就當元帥，輸的人當將軍。」寧念之又道。

這個倒是可以接受。周明軒點頭，伸手和原東良猜拳。

寧念之眼力好，站在周明軒左側，瞧見他放在背後的手比出手勢，垂在右側的手便做了個動作，原東良看了再迅速出拳，結果自然是沒什麼疑問的。

寧念之一點也不覺得仗著老天爺的賞賜對小孩子作弊有什麼不好，反正周明軒是真的打不過原東良嘛。

「咱們這次比奪旗，旗子放在這兒，誰先拿到，誰就贏了，知道嗎？」

原東良說完，想了想，伸手拿了一塊布放到地上，然後畫出一個圓圈。

「只能讓一個人進去拿旗子。好了，各自撤退，到那邊巷子口，我們一邊，你們一邊，不許耍賴！誰耍賴，下次就不帶他玩了。」

小朋友們哄然應好，然後分隊，平時和誰比較好，就和誰一起。

周明軒有些不樂意，對原東良說：「你妹妹是女孩子，年紀還這麼小，光會扯後腿。要不然，讓她在一邊等著？」

不等原東良回答，他就對寧念之喊道：「寧妹妹，我給妳買糖，妳別跟著我們，在這兒等好不好？」

原東良抬手拍他一下。「不許你給我妹妹買糖，我自己有錢。」說著，噠噠噠地走過去問道：「妹妹，妳想和我們一起玩，還是買糖吃？」

寧念之猶豫一下。「我去買糖吧。我多買一點，等會兒你們贏了，給你們當獎賞。」

原東良還沒說話，幾個小朋友就喊同意了。「多買些！麥芽糖挺好吃，點心也可以，不知道有沒有核桃酥？我們肯定會贏的！」

「買什麼你們吃什麼，不許有那麼多意見。」原東良轉頭道，然後揉揉寧念之的頭髮。「那妳去吧，要快點回來啊。」

寧念之笑咪咪地點頭，一蹦一跳去買糖了。

第九章

賣糖的鋪子就在這條街的拐角處，而且白水城裡幾乎都是士兵，不用擔心有拐子，所以小孩出門都是挺隨意的。

賣糖那家的男人也是當兵的，胖乎乎的婦人趴在櫃檯上，瞧見寧念之，笑得像朵花一樣。

「寧姑娘又來買糖啊？我上次新進了一種口味，說是加了牛奶，妳要不要嚐嚐？」

寧念之點頭，個子太矮，搆不到櫃檯，婦人轉身在櫃子裡找了一番，拿出兩顆糖塞進她手裡。

「好吃的話，我下次多買點兒；不好吃的話，下次不買了。」

「好吃。」寧念之忙點頭。「我這次都買這種口味的。姨姨，有點心嗎？」

「有，要什麼樣的？」胖婦人笑咪咪地問道。

寧念之扳著手指數。「核桃酥要四塊，玫瑰酥要六塊……」原東良正是長個子的時候，小孩子玩得野，大半天下來，一個個肚子餓得咕嚕咕嚕叫，得多買一些。

以後原東良說不定要走武將這條路，現在一起玩的，將來指不定就是好夥伴，她必須幫他多賺點好印象才行。小孩子麼，吃吃喝喝就能交朋友了。

給了錢，寧念之抱著小紙包，搖搖晃晃地出門，一邊走，一邊嚼著嘴裡的糖塊，遇見剛買菜回來的程大娘。

程大娘有些擔心，開口道：「哎喲，妳娘說過，不許給妳吃糖，再吃牙裡要長蟲子了。妳又買了多少糖？」

「沒有沒有，不是給我吃的，是給哥哥們吃。」寧念之忙擺手。

程大娘伸手捏捏她的臉頰。「不許多吃知道嗎？一會兒要吃飯了，中午做妳喜歡的糖醋魚，早點回家啊。」

邊關對面是草原，後面是平原，連條小河都沒有，更不要說大湖泊什麼的，所以水產特別少，魚類更顯得稀罕，一條魚值一、二兩銀子呢，都比得上一個月的菜錢了。

寧念之一聽到吃魚，便想流口水，趕緊點頭。「好，我等會兒就回去。」抱好紙包，趕緊小跑著去找原東良了。

空地旁，原東良高舉胳膊，正在大喊：「衝啊！左邊包抄，右邊奪旗，右邊的支撐住！周明軒你傻嗎？對方往前衝了，趕緊攔著！」一邊喊，一邊跟著左衝右突。

對方實力也不弱，小孩子雖不動真刀實槍，打起架卻也是實打實的。你踢我一腳，我揍你一拳；你絆我一下，我推你一下，原東良都摔了兩個跟頭。

寧念之看得哈哈笑，偶爾還要鼓鼓掌。「哥哥衝啊，馬上要贏了！」

好不容易，原東良將圈子裡的布塊拿到手，對方卻也使勁拽住布角，兩個人互不相讓。那布也不知道用了多少回，撐不住，嗤啦一聲，變成兩塊了。

「我這塊明顯要大一點，所以我贏了。」原東良將兩塊布放在一起比較，很嚴肅地說。「不過，你也沒有輸，這要是打地盤，可沒有比大小的，還得看位置，有優勢的才算贏。這樣吧，糖塊分你們一半。你們答不答應？」最後一句是轉頭問自己的小夥伴。

周明軒率先點頭。「好啊，下午咱們還出來玩嗎？玩守衛戰好不好？」

「好。來來來，吃點心，都站好，不許插隊！我妹妹發給你們，誰不聽話就沒有誰的。」

原東良站在旁邊，將一個小胖子拎出來。「你明明站在後面，為什麼擠到前面來？我不是說過不許搗亂嗎？今天沒有你的點心了。」

小胖子立刻哭喪著一張臉。「東良哥，我下次不敢了，這次饒了我吧。」

「不行，軍有軍規，犯錯就得受罰。你不要哭，下午咱們不是還要玩嗎？」

原東良挺有原則，將小胖子拉到一邊。「下午你要是聽話，不就有糖吃了？不許哭，我們才不和愛哭鬼一起玩呢。再哭，下次就不帶你玩了。」

小胖子聽了，抽抽鼻子，委委屈屈地站到旁邊了。

寧念之笑咪咪地分點心和糖果。「好了，趕緊吃，吃完了咱們玩抓土匪的遊戲，我當縣令！」

周明軒張嘴要反駁，被原東良瞪了一眼，只好低頭啃點心。

算了，縣令就縣令吧，反正縣令光說幾句話而已。

小孩子們玩到中午，聽見有人喊了聲：「小胖，回來吃飯了！」

接二連三的喊聲傳來，小夥伴們一個個回家，原東良也牽著寧念之回去。走到門口，先檢查各自的衣服，拍掉灰塵，看沒那麼髒了才進門。

馬欣榮正在做針線活，瞧見他們，忍不住嘖嘖兩聲。「兩個泥猴子回來了？這是上哪兒打滾去？早上剛換的衣服，現在就變成灰色的了。」

寧念之笑嘻嘻地湊過去撒嬌。「娘，我給您買了糖。」

馬欣榮也笑，戳戳閨女的額頭。「算了吧，這糖肯定是小朋友們沒分完才帶回來的，我還不知道？行了行了，快去洗手吃飯。」

年初時，鎮國公寧博又來送糧草，這次馬欣榮讓他把馬嬤嬤帶回去了。一來是因為寧念之不用吃奶了，馬嬤嬤在這兒幫不上什麼忙；二來，馬嬤嬤還年輕，家裡有老有小，總不能一直和相公分開。馬欣榮將心比心，自己不想離開相公太久，也不好這樣拖著馬嬤嬤。

現在，家裡只剩下程大爺一家，以及馬欣榮和兩個孩子了。寧震雖然也在白水城，但回家的次數不多，一個月就五、六次，還都是晚上回、早上走，白天是不在家的。

「娘，我什麼時候有小弟弟？」寧念之傻笑一下，趴在馬欣榮肚子上聽了聽。

馬欣榮又有孕了，時常犯睏，精力不濟，要不然，也不會放任原東良和寧念之像泥猴子一樣，每天在外面瞎鬧騰。

原東良也湊過來聽，滿臉不解。「弟弟是從娘的肚子裡出來的？妹妹也是？」說著就有些憂傷。「可我不是從娘的肚子裡出來啊。」

遇到寧家人時，他雖然不會說話，但五、六歲的小孩已經有記憶了，知道他是被狼娘送給現在的娘親，弟弟妹妹都是娘親生的，就他不是，難免有些恐慌。

馬欣榮看出他的擔憂，趕緊把他摟在懷裡。「雖然你不是從娘親肚子裡出來的，但你也是娘親的孩子啊，娘親一樣愛你。你可是老天爺賜給娘親的，將來還要幫娘親照顧弟弟妹妹呢。」

原東良不是會鑽牛角尖的人，立刻握拳。「對，我會保護妹妹！」停頓一會兒，補充道：「也會保護弟弟，娘親放心吧。」

於是，母子三人正準備吃飯，馬欣榮的臉色忽然一變。「我……我要生了！」

幸好程大娘有經驗，忙一迭連聲地開始安排。「老大家的，妳去燒水；水蓮，妳去找穩婆。夫人別著急，之前咱們和穩婆說好了，馬上就能來，這會兒您先起身走走？」

水蓮半年前出嫁了，嫁的是白水城東邊的士兵，那士兵無父無母，她不用每天回去照顧婆家人，得了空還是過來幫忙，一日三餐都在這邊用。這會兒聽了程大娘的吩咐，忙起身出門去叫穩婆。

馬欣榮咬牙起身，寧念之也著急了。「娘、娘，我能做什麼？」

馬欣榮扶著肚子，一邊往產房走，一邊道：「妳乖乖聽話，帶哥哥出門去玩，晚上回來，就能看見弟弟了。不用擔心娘這裡，快出去吧。」

閨女還小，生孩子很痛苦，萬一被她記住了，將來說不定會害怕生孩子。所以，最好將他們兄妹趕出去玩耍，也免得嚇著了添亂。

程大爺是男人家，不好留在這裡，便出門去通知左鄰右舍。

很快地，隔壁的大娘就趕來幫忙，一炷香後，水蓮也帶著穩婆回府了。院子裡熱鬧得很，一會兒端著熱水過去，一會兒拿布，一會兒再去做碗麵條。

水蓮得空，就推著寧念之和原東良出門。「出去玩吧，晚上回來就能看見小弟弟了。這會兒大人都忙，沒空照顧你們，要聽話知道嗎？」

原東良看寧念之，寧念之趁著水蓮不注意，拉著他躲在隔壁房間。雖然她上輩子沒嫁過人也沒生過孩子，但知道生孩子是件很危險的事，這會兒讓她出門去玩，還真做不到。

「啊——」大半個時辰後，產房傳來馬欣榮的痛喊聲。

原東良一個哆嗦，轉身就想衝出去，卻被寧念之抓住了。「娘在生孩子，不能過去。」

原東良有些不解。「生孩子？可是娘好像很痛的樣子。」

「生孩子就是這樣的。」寧念之說道，拽著原東良在屋子裡轉圈。「不知道要生多久，不知道今天爹爹回不回來，也不知道娘親會生個弟弟還是妹妹。」

這是上輩子從未出現過的孩子，寧念之又是期盼，又是擔心。

原東良不大懂生孩子的事，抓著寧念之問：「生孩子很疼嗎？女人都要生孩子嗎？那妳將來不要生孩子好不好？弟弟不聽話，這樣折騰娘親，等他出生了，我能不能揍他？」

寧念之豎著手指，噓了一聲，這下不用集中精神，便能聽見隔壁的動靜。

「加把勁，寧夫人身體好，定會平安生下孩子。」穩婆的聲音帶著幾分安撫和鎮定。

馬欣榮深吸一口氣，她是有經驗的，知道什麼時候該喊、什麼時候該憋住。

在寧念之的擔心下，不到一個時辰，就聽見孩子的哭聲了，簡直是順利得不可思議。

馬欣榮的精神挺好，撐著看了孩子才睡過去。程大娘招呼穩婆給孩子洗身，包好襁褓放在床上後，封個大紅包，送走穩婆和來幫忙的鄰居。

她一轉身，發現寧念之正領著原東良，要偷偷摸摸去產房，趕緊攔著。「哎，大少爺、姑娘，你們不能進去，產房腥味重，怕衝撞了你們。別去了，我給你們做好吃的行不行？」

寧念之搖頭。「我想看看弟弟。」

「那到這邊看好不好？」產房和花廳是相通的，關上大門，也不用擔心孩子被風吹到。

兩個小孩扒在窗邊看嬰兒，原東良滿臉擔憂道：「弟弟長得這麼醜，將來會有人和他玩嗎？」

「以後就會好看了。」寧念之笑咪咪地說。

原東良看看寧念之，再看看小嬰兒，有些不高興。「妳是不是很喜歡弟弟？」

「當然了，弟弟多可愛啊！」自家親爹和娘親都長得不錯，將來弟弟肯定也是美男子。

「那妳還喜不喜歡我？」原東良覺得有威脅了，忙拉著寧念之的手問。

寧念之眨眨眼，踮起腳，扒著原東良的肩膀，在他臉頰上親一口。「當然喜歡啊，哥哥和弟弟不一樣，你是我唯一的哥哥，我肯定最喜歡你的。」

她嘮嘮叨叨地繼續說：「以後哥哥要保護我們，我和哥哥一起照顧弟弟。等弟弟長大了，我和哥哥一起教他讀書寫字，帶著他出門玩耍。」

原東良仰著腦袋想了想，小胖子也有弟弟，帶著聽話的弟弟出門，好像挺不錯的。

等馬欣榮醒來，兄妹倆已經連小嬰兒的小名都取好了，叫做小狼。

馬欣榮不知道要說什麼了，看看像脫毛猴一樣的兒子，哭笑不得。「怎麼取了這麼個名字？」

寧念之說道：「希望弟弟和小狼一樣壯壯實實，將來長大了，不光能保護自己，還能保護家人，十分厲害。」

原東良點頭。「妹妹說的都是對的。」

「好吧，那就叫小狼。」賤名好養活，只是個小名而已，馬欣榮便同意了。

結果，等寧震從軍營回來，幫兒子取名為寧安成，全家人卻已經習慣喊他小狼了。

邊關的生活，在寧念之和原東良看來，是很幸福的，整日裡只要吃喝玩樂就行；在寧震看來，是很艱苦的，戰情緊張時，連著兩天兩夜都沒能合眼；在馬欣榮看來，整天都是提心弔膽，過得很是壓抑。

但不管怎麼看，這場戰爭，總有結束的一天。

聽著外面鑼鼓喧天，馬欣榮抱著小兒子站在屋簷下，忽然開始落淚。

原東良已經十歲，比以前懂事多了，站在那裡，儼然是個小小的少年郎，嚴肅著一張臉，看著竟是十分靠得住。

寧念之五歲了，整日在外面跟著原東良瘋跑，邊關風大太陽大，一張小臉曬得黑乎乎的，沒有半點京城裡小姑娘的白嫩嫻靜。

「娘，打仗打贏了，咱們是不是要回家了？」寧念之靠在馬欣榮身邊問道。

馬欣榮點頭，擦擦眼淚，笑著揉寧念之的頭髮。「以後可不許出門了，要養得白淨點才好，不然回京後，外祖母還以為我虐待妳呢。」

「外祖母是什麼樣的人？」寧念之佯裝好奇地問道。

原東良也有些緊張。「娘，外祖母他們會不會不喜歡我？」

「不會，外祖父和外祖母都是很慈祥的人，肯定會喜歡你們的。」

想起還沒跟孩子們提過家裡的情況，馬欣榮抱著小兒子進屋，坐下來開始說：「咱們家是鎮國公府寧家，你們之前見過祖父，他就是鎮國公，還記得嗎？」

寧念之跟原東良都點頭，祖父雖然只來過三次，但每次都給他們帶了不少東西，吃的、穿的、用的，還會抱抱親親，對他們很好，自然記得。「祖父是很好的人，但祖母很嚴厲，你們回去之後，可要躲著點，如果惹她生氣了，娘親也救不了你們。

「家裡還有二叔和小姑姑，二叔是讀書人，有點死板、認死理，你們不許去惹他，不然他會唸書唸到你們頭疼；小姑姑比較嬌氣，最喜歡別人誇她漂亮，最不喜歡別人動她的東西。

「二叔有個比念之大一歲的兒子，東良應該叫堂弟，念之要叫堂兄。還有個比念之小一歲的女兒，你們要叫堂妹……」

馬欣榮想想，家裡的人不算太多，小姑年紀不小，即將說親，不管脾氣好不好，反正不用相處太久；二弟妹是個爭強好勝的，但名不正、言不順，就算有婆母撐腰，也得意不了多久。

其實，馬欣榮還挺喜歡待在邊關的生活，雖然和相公聚少離多，還要時時提心弔膽，但至少不用應對婆母、小姑子，以及不好相處的妯娌。

想到回寧家，除去高興，便多了不少擔憂，閨女和兒子都在邊關長大，和京城的小孩不一樣，萬一被欺負了怎麼辦？

可不管馬欣榮願不願意，寧震回來後，還是很高興地宣佈，三日後啟程回京。

現在的寧震已經不只是將軍，而是升上副將。陳景魁被查出通敵叛國，已被押送回京，和陳將軍一起關進大牢。虧得陳將軍不知情，又是皇上心腹，才逃過誅滅九族的大罪。

「妳和孩子先回去，大軍要半個月後才出發。」寧震笑著道，抱起寧念之掂了掂。「還是讓馬大叔帶人護送你們，路上小心些，該帶走的東西都帶走，帶不走的就送人。」

馬欣榮點頭。「我都知道。可是我們先走了，你一個人留在這裡，吃飯什麼的怎麼辦？」

「不用擔心，軍營裡有飯吃，不會餓著的。」寧震笑呵呵地用鬍子扎寧念之的臉。「至於程大叔他們，辛苦這幾年，妳多給些錢，若他們願意跟著回京，帶上也行，不願意就算了。這邊不打仗了，軍戶又有補貼，也能過得下去。」

毫無意外，程大叔一家要留在白水城，他們幾乎世世代代都住在這裡，打仗時沒走，更不可能在打完仗後離開。

一切安排妥當，馬欣榮就帶著三個孩子啟程了。

第十章

馬欣榮和三個孩子坐一輛馬車，後面一輛載著乾糧和水。幾年前，馬連山他們護著馬欣榮從京城抵達白水城，已經走過一遭，這會兒完全不用擔心會錯過住宿的城鎮。

原東良很好奇，扒在車窗上往外看，對寧念之嘀嘀咕咕地說：「妹妹，這邊的田比白水城那邊的要大啊，葉子也長得好。」

「唔，這邊的土地比較肥沃。」寧念之看了一眼說道。

原東良又大驚小怪。「哎呀，那個東西是什麼？我怎麼沒見過啊？能吃嗎？」

白水城位於西北方，天氣、水土什麼的，跟內陸自然不一樣，種植的糧食也不同。不過，寧念之只知道大道理，還真不認識那些沒處理好的糧食。

馬欣榮也不懂，索性叫了馬連山過來問。

馬連山騎馬走到馬車旁邊，看見稀罕的，就給兩個孩子介紹。

「這裡的人很少養馬，馬兒太貴了，養不起，多是養些豬、牛、羊之類的，過年時能殺了吃肉。

「那邊種茶葉的比較多，你們也喝過茶，知道茶葉是怎麼來的嗎？是從樹上摘下葉子，炮製好了，再泡水喝的。

「江南的水稻多些，廣東那邊則是水產多。我記得姑娘特別喜歡吃魚對不對？廣東的魚類最多，保證有一大半是妳沒見過的。」

臨近京城，原東良越發好奇，也開始有些緊張了。「妹妹，妳說，爺爺和祖母他們會不會不喜歡我？」

他十歲了，已經懂事，知道自己和妹妹不是同姓，不是親兄妹。而且，他被狼娘送人時，早已曉事了。今年戰事不緊張時，他還央著父親帶他去找狼群，可惜沒找到。

該知道的事情，他都知道，娘親和妹妹、弟弟回京城，就是回家；他不是爹和娘的親生孩子，進了京城，那些人不一定把他當成家人。

「他們不喜歡哥哥不要緊啊，我和娘親，還有爹爹、弟弟，只要我們喜歡哥哥就行了。」寧念之笑咪咪地說。「哥哥也不用在意他們喜不喜歡你，反正你不吃他們的、不住他們的、不用他們的，他們喜不喜歡，對你有什麼妨礙？」

馬欣榮忍不住笑。「念之，誰教妳這樣說話的？」

寧念之做了個鬼臉，馬欣榮抬手揉揉原東良的頭髮。「不過，你妹妹說的話，還是很對。鎮國公府呢，現在是你爺爺的家，以後是你爹爹的家，再以後是你弟弟的家，只要爺爺、爹爹、弟弟喜歡你，就不用太在意別人了。」

原東良點點頭，伸手捏住寧念之的小爪子。「我不在乎別人，我就怕他們不高興，不讓我跟妹妹玩。」

「那肯定不能和以前一樣的。在白水城，你們兄妹倆天天瘋跑得不見人影，進了京，不管是你還是妹妹，都要上學唸書。你妹妹和女孩子上學，你和男孩子一起，肯定不會在一塊兒啊。」

看原東良的小臉都皺起來，馬欣榮又說道：「但是，等放了學，你們倆不就又能見面了？」

「我不能跟妹妹一起嗎？」原東良不滿地嘟囔。「在白水城，大家都是一塊兒上學。」

之前，原東良和寧念之在家跟著馬欣榮唸書，但其他小孩是去學堂的。白水城的規矩沒那麼嚴，沒滿十二歲前，男孩子、女孩子是一起上學的。

「不行，京城都是這樣，男孩子和男孩子一起，女孩子和女孩子一起，而且你們倆學的東西也不同啊。你妹妹是女孩子，將來要學琴棋書畫之類的，還要學做衣服；你是男孩子，要學四書五經、要學兵法。你們倆要是一起，那是讓你跟著學針線，還是讓你妹妹學打仗？」

馬欣榮原本是性子直接的人，決定做什麼，便立刻做什麼，幾年前出京找寧震時，完全沒有絲毫猶豫。但這幾年帶大三個孩子，耐性都被磨出來了。

這會兒，她抱著小兒子，繼續開導大兒子。「你要是跟著妹妹學琴棋書畫，那將來怎麼建功立業，保護妹妹？妹妹要是跟著你學打仗，以後誰還敢喜歡她？」

原東良看寧念之一眼，低頭嘟囔。「我喜歡妹妹就夠了，別人喜不喜歡才不要緊。」

「是，別人喜不喜歡不要緊，可他們會笑話妹妹啊，說妹妹是野丫頭什麼的。」馬欣榮笑著道。

原東良聽了，嘆口氣，像小大人一樣揉揉寧念之的頭髮。「好吧，那我學本事，妹妹也學本事。我要是學得好，娘親能不能讓我和妹妹出去玩？」

「當然可以。」馬欣榮點頭。「京城裡好玩的東西可多了，你們倆要是學得好，我和你爹就帶你們去玩。」

正說著，寧念之忽然指了指馬欣榮懷裡的寧安成。「娘，弟弟醒了。」

果然，寧安成的眼睫毛動了動，睜開眼睛，迷迷糊糊地伸手。「姊姊。」

寧念之樂呵呵地抬手去抱，不過五歲的小身板，也只能摟著胖乎乎的寧安成靠在車壁上。

馬欣榮擺擺手。「別急，等會兒。」說著拿起旁邊的小尿壺，逗著寧安成，讓他先撒尿，尿完了擦乾淨，才把人放到寧念之身邊。

寧念之倒是有耐心，摟著寧安成，教他說話。「爺爺，喊爺爺，你要是會喊爺爺，爺爺肯定高興，一高興，說不定就要給你好東西，可值錢了，能買好多好多糖啊。」

馬欣榮將用過的布巾放進盒子裡，聽了這話，臉色便嚴肅了。

「念之，妳可不能有這種念頭。爺爺是長輩，是爹爹的爹爹，要是沒有爺爺，就沒有妳爹，也就沒有妳了，孝順他是天經地義的事情，這是孝道。

「就算爺爺什麼都沒有，什麼都不給妳，都得孝順他，這才是好孩子應該做的，不能因為爺爺給妳買糖，或者妳討好爺爺，有了好東西，才願意孝順爺爺。如果爺爺沒有那些好東西，妳就不願意孝順他了嗎？」

寧念之聽了，趕緊端正臉色。「娘，我知道錯了，我不該這樣教弟弟，不管爺爺有沒有給我們好東西，都應該孝順爺爺，讓他高興。」

馬欣榮點頭，看原東良。「東良，你記住了嗎？」

原東良也趕緊點頭，湊過來幫馬欣榮整理寧安成的衣服和小褥子，看寧念之撐不住了，便趕緊將小胖子抱到自己身邊。

然後，馬欣榮回頭拿了書，讀給兄妹幾個聽。能不能記住倒是其次，聽了心裡有點印象，也算是學習了。

小孩子無憂無慮，只擔心家人會不會喜歡他們，她卻是更了解某些人，那攀比之心，從來沒消停過，比衣服、比首飾、比地位，比相公、比孩子、比家裡的貓貓狗狗。尤其是她的妯娌，簡直看不得別人好。

可自家的孩子，在她看來，自然是樣樣都好。兒子唸書差些又怎樣？他健康啊，活蹦亂跳，能指揮同齡的孩子打仗，帶著其他小孩玩耍，有統帥之風！閨女規矩不好又如何？她活潑可愛啊，懂事明理，上能敬愛兄長，下能照顧弟弟。

但馬欣榮怕防不住人說嘴，尤其是某些婦道人家，天天吃飽了撐著，就盯著別人家的事情看，今兒說人家孩子斯文有禮，明兒說別家孩子長得好看。她自己不在乎，卻擔心孩子小，聽見了傷心，所以這兩天刻意讀些相關的小故事給他們聽，若遇到事了，心裡才不會那麼難過。

幾年前去白水城時，是日夜趕路，只花了一個月的工夫。如今回京城，不必著急，慢悠悠地晃了將近兩個月，才看見城門。

馬連山喊停，過來向馬欣榮稟報。「夫人，我瞧前面那位是寧家管家，應當是寧家派人來接了。」

馬欣榮點點頭。「過去看看，是的話，讓他們來吧。馬大叔照顧我們一路，馬大娘應該在家等急了，你和幾位大叔先回家吧，這邊就不用你們擔憂了。」

馬連山上前一問，果然是來接馬欣榮的。

這些年，馬連山他們在邊關建功立業，已經算是小將了，卻念著舊主的恩情，怎麼也要先把馬欣榮送回寧家，再去馬家見老將軍。

馬欣榮推辭不過，只好讓馬連山他們跟著，往寧家去了。

車馬剛進寧家所在的街道，大門就被打開，熟人迎出來。

「哎喲喂，大嫂終於回來了，總算盼著您了！快讓我看看，這幾年在邊疆沒吃苦吧？」

馬欣榮掀開車簾，對來人笑了笑，抬手理理衣服。「吃苦倒不至於，就是有些想念你們。這麼久不見，二弟妹看來過得挺不錯啊，都長胖了。」

二夫人李敏淑有點不好意思。「和大嫂比起來，確實是在家享福了。對了，小姪子和小姪女呢？幾年沒見，怕他們不認得我這個嬸娘了。」

原東良已經跳下馬車，李敏淑瞧見，心思一轉便猜到了。「這就是你們收養的孩子吧？看起來挺有精神的。」

「男孩子家家的，孩子的爹也想讓他有出息，整日裡帶去軍營鍛鍊。」馬欣榮擺擺手，笑著說道。「咱們先進去，總不能一直站在門口說話。我倒是不累，就怕爹娘在家裡等急了。」

李敏淑趕緊應道：「對對對，看我這記性，一看見大嫂，就高興得找不著方向，竟是忽略了這個。大嫂快請進，總算回來了，娘一早就吩咐我，讓我準備熱水、飯菜什麼的。趕路趕了這麼久，就算大嫂不餓，孩子們怕是也受不住。」

車馬繼續往前，寧念之趴在車子裡逗弄自家弟弟。上輩子在鎮國公府生活了十多年，一草一木都熟悉得很，光憑著感覺，她就知道馬車要在哪兒拐彎、要在哪兒停下、要在哪兒換轎子。

原東良是男孩子，體力足夠，一路走著過去，順便認認路。

大約一炷香工夫後，他們才到了內院。

鎮國公寧博和老太太趙氏端坐上方，左邊第一個是二老爺寧霄，下面坐著一名十四、五歲的姑娘。右邊第一個是小男孩，接下來是個小姑娘。

趙氏是鎮國公的繼室，比他小十歲，老夫少妻。趙氏過門沒多久，就生了二老爺寧霄，但傷了身子，調養七、八年，將近三十才老蚌含珠，又生了個小閨女寧霏。老來得女，還是唯一的嫡女，對她自然千依百順，捧在手心裡寵著。

趙氏並不喜歡元配留下的孩子，如果沒有寧震，鎮國公的爵位肯定要傳給寧霄的。但鎮國公可不瞎，元配死了之後，硬是守孝三年，等寧震滿五歲，才迎娶繼室過門，一方面是對亡妻感情深重，一方面，未嘗不是給寧震撐腰。

趙氏剛過門，寧震就搬到前院住了，白天跟著先生唸書練武，只有晚上來請個安，鎮國公還幾乎都在場。趙氏便是想下手，也沒那膽量。

其實，趙氏就是心裡惦記惦記，嘴上念叨念叨，但她的態度，卻影響了寶貝閨女。上輩子，寧霏怎麼看寧念之，怎麼不順眼，當然，寧念之也不喜歡這個小姑姑就是。

馬欣榮領著孩子們進門，就有丫鬟送上跪墊來。還沒等馬欣榮動作，寧念之就先撲過去了。

「爺爺！我好想您啊！您有沒有想我？」

寧博聽了，立即笑得見牙不見眼，抱著孫女兒，連連點頭。「想啊！爺爺可想我們的小念之了。妳趕路累不累啊？」

「累啊，坐馬車好累的。」寧念之忙道，又伸出手，指原東良和寧安成。「爺爺，我哥哥和弟弟也想念您了。我爹說，弟弟長得可像爺爺了，爺爺小時候也長這個樣子嗎？」

自寧安成出生，鎮國公一次都還沒見過呢，只收到寶貝孫女兒親手畫的畫像，那畫像，也就勉強看出是個男孩。這會兒見小孫子乖乖巧巧地站在馬欣榮身邊，靠在她腿上，白白淨淨的樣子，和寧震小時候簡直一模一樣，一顆心馬上軟得像一團麵，趕緊對他招手。

「來，安成，認得爺爺嗎？」

一路上，寧安成被寧念之教導了好多次，雖然不認識鎮國公，但別看小孩子不知事，心明眼亮，見自家姊姊被人抱著，挺親近的，當即便軟軟糯糯地喊了一聲爺爺，把鎮國公給高興的，一手一個，將小孫子也抱在懷裡。

原東良上前行禮，鎮國公笑咪咪地點頭。「好好好，你也長大了。功課沒落下吧？回頭跟我到書房，我考考你。」

「是，爺爺的教導，孫兒不敢忘，功課從不敢落下的。」原東良忙道。

寧念之伸手拽拽鎮國公的鬍子。「爺爺，放我下來，我要給長輩們行禮。」

「好孩子。」老國公笑咪咪地說道，看向馬欣榮。「妳教得不錯。」

馬欣榮趕緊福身。「相公保家衛國，教養子女本就是妾身職責，當不得父親誇獎。」

寧念之和寧安成被放下來，馬欣榮領著他們行禮。

因寧念之先打岔了，鎮國公盯著呢，趙氏不敢太為難人，馬欣榮剛跪下，她便忙不迭地抬手。

「快快起來。天可憐見的，好好的孩子在邊疆吃苦，這下總算是回來了，定要好好休養幾天才行。」

說著，她轉頭吩咐李敏淑。「妳跟廚房說一聲，每日燉上銀耳燕窩，給妳大嫂和小姪女補補身子。」

又拍馬欣榮的手。「咱們女人家，還是白白淨淨才好看。邊疆那地方苦得很，怕是沒什麼好用的胭脂水粉，妳回來得匆忙，也不知道妳喜歡用哪家的，不如這兩天先用妳妹妹的？回頭有合心意的再去買，這樣行嗎？」

「多謝娘為我考慮，只是不用煩勞妹妹，她們小姑娘家家的，不用胭脂水粉也是美麗動人。我上了年紀，還是遮一遮，等會兒讓人去買兩盒來，就夠用了。」

馬欣榮笑著說完，又拉寧念之兄妹三個過來。

「這是祖母。平日我不是總跟你們說，祖母最是和善、最喜歡小孩子嗎？還不趕緊給祖母行禮。」

寧念之嘴甜，就算不怎麼喜歡趙氏，也不會在這時鬧起來，笑嘻嘻地上前行禮，規規矩矩地磕頭。

寧安成圓滾滾的，跪也跪不穩，一低頭就歪倒。原東良趕緊抬手將人拽住，幫著他行禮。

趙氏笑咪咪地抬手。「快起來，快起來，都是乖孩子。哎，這些年沒見到你們，逢年過節的，也沒給你們節禮，以後啊，咱們慢慢補上。」一邊說，一邊讓丫鬟端了托盤過來，給孩子們見面禮。

原東良得了一塊玉珮，雖然小，卻是羊脂玉，價值不菲，三千兩銀子都不一定能買得到。

寧念之得的同樣是羊脂玉，不過，是玉珠子和玉墜子，加上一副玉耳環。

趙氏把寧念之喚到身前打量，驚訝道：「念之還沒打耳洞？老大家的，這就是妳的不是了，念之畢竟是女孩子家，耳洞還是要打的，趁著小時候打，長得快，以後不會隨隨便便合上，妳得多上心才行。」

馬欣榮忙點頭。「是，有勞娘惦記了。我原想著這兩年打的，只是今年正好回京，就耽誤了。等安置妥當，一定找人給她打。」

寧安成得的是一方古硯，同樣價值不菲。

趙氏偷瞄了鎮國公的臉色，見他神情中帶著幾分讚賞，心裡明白自己做對了，雖然心疼這些東西，面上卻是不露分毫。

接著孩子們拜見二叔、二嬸，以及小姑姑。寧霄夫妻這邊，不管怎麼說，老爹還在上面，面子上的工夫肯定得做好；寧霏尚未出嫁，見面禮不用準備得太貴重，荷包裡塞上金瓜子就足夠了。

眾人見完禮，趙氏便吩咐：「反正到家了，以後不用再分開，這敘舊呢，有的是工夫。

你們幾個趕路匆忙，怕是累著了，我瞧老大家的眼下都已經發黑，趕緊回去休息，晚上咱們再一起吃飯。」

馬欣榮應了聲，行過禮，帶著三個孩子回自己院子了。

第十一章

早兩年，馬嬤嬤就被送回鎮國公府，再加上之前留下的陳嬤嬤，兩人在院子裡等著馬欣榮跟三個小主子。一見到人，就開始忙。

「熱水已經準備好，夫人先泡泡。衣服也洗過曬好，每年我們都將衣服拿出來曬兩遍，穿著保證舒服。姑娘和小少爺暫且住夫人的院子吧？大少爺住世子爺小時候的院子行嗎？」

原東良聽了，有些不高興。「我和妹妹要分開住？」

馬嬤嬤知道這位的脾氣，趕緊笑道：「大少爺現在長大了，當然要和姑娘分開住。不過，院子離這裡不遠，只有一盞茶的路程，大少爺回去洗個澡，一會兒就能回來呢。大少爺想不想去看看世子爺以前住過的院子？」

寧念之見狀，忙過來拉著原東良的手，安撫道：「哥哥，不要緊，咱們等會兒還一起吃飯呢，以後我也能去哥哥的院子玩耍啊，到時候你可不能趕我走。」

原東良有些氣悶，但這幾天在馬車上，馬欣榮教過他了，雖然不高興，卻也知道這事沒轉圜的餘地，只好悶悶不樂地跟著馬嬤嬤去新院子。

沐浴過後，寧念之趴在床上，托著腮幫子看自家娘親。

馬欣榮臉色微紅，額角帶著水滴，她原就是美人，在白水城幾年，雖然曬黑，皮膚也有些粗糙，但這會兒天黑看不清啊，整體來說，還是美人一個。

嗯，她回頭得多找些東西，給自家娘親用。女人麼，沒人會嫌棄自己長得太好看的。

「怎麼，肚子餓了？」馬欣榮轉頭，對上閨女的目光，忍不住笑。

寧念之搖搖頭，坐起來。「不餓。娘親，咱們什麼時候去外祖父家？」

「明天去。」馬欣榮笑著說道，穿好衣服，過來抱寧念之。「來看看，這全是府裡給妳準備的新衣，喜歡穿哪一件？」

「這件。」寧念之隨手指了，馬欣榮拿過來，親手幫她換。她做慣了這些事，換下人去做，反而不習慣，索性還是自己動手。

「等會兒吃飯，妳想吃什麼，若是自己挾不著，就對身後的丫鬟說，知道嗎？」馬欣榮輕聲叮囑。

寧念之點頭，豎起耳朵聽外面的動靜。從這邊到趙氏住的院子，相隔有點遠，大聲喊的話，她還能模模糊糊聽見一些；若壓低聲音，她是半點都聽不見的。

說話間，原東良過來了，手上還牽著寧安成。

兄弟倆是一起洗澡的，原東良頗不喜歡新換的衣服，扯了扯衣領，皺眉道：「娘，領子有點緊，我能不能不穿這個？可以換我們從白水城帶來的衣服嗎？」

馬欣榮搖頭。「不行。我瞧瞧。」伸手拉拉原東良的衣服，比比大小，點頭道：「不小，這樣正合適。你現在是不習慣，穿久了，就不會覺得勒得慌了。」又替他整理好衣領。「你看見祖父和二叔他們穿的衣服沒有？都是這樣的，所以咱們也得這麼穿。」

接著，馬欣榮抱起寧安成，說道：「走吧，去吃飯。」

趙氏的院子裡，李敏淑正和趙氏說話，見馬欣榮帶著孩子進來，忙笑道：「大嫂這麼一打扮，看著就和以前一樣了，還是那麼年輕漂亮。時候不早了，娘，咱們擺飯吧？」

趙氏點頭。「妳大嫂他們趕路趕了好些天，肯定也累，吃完飯，讓他們回去多休息休息。」

馬欣榮差點就想跟著坐下，但看李敏淑拿筷子站在趙氏身後，瞬間醒悟過來，這會兒不是在白水城了，得伺候婆母、立規矩，趕緊跟著拿筷子，要站在趙氏身後服侍。

趙氏擺手。「妳坐下吃飯吧，不用伺候。剛回來，先休息休息，立規矩什麼的，改天再來。我不是那種惡婆婆，不必如此拘謹。」

馬欣榮可不敢當真，還是給趙氏挾了兩筷子菜，才順勢在她下首坐下。

寧霏抬著下巴看寧念之。「這些菜，妳都沒見過吧？白水城肯定沒有。就算有，也定不如府裡廚子做得好吃，妳今天可要多吃點兒。」說著拿起筷子，給寧念之挑了隻螃蟹。

寧念之看看寧霏，再看看另一邊的寧寶珠。

寧寶珠才四歲，懵懵懂懂的，不明所以地跟著點頭。「這個好吃。不過，娘說了，不能多吃，吃多了要拉肚子的。」

寧念之招招手，吩咐丫鬟：「給我挾上。」身後的丫鬟有些遲疑，寧念之皺眉了。「妳不是負責布菜嗎？若不是，就換布菜的人來。」

那丫鬟聽了，只得趕緊上前。

一桌子的動靜，趙氏自然聽得見，微微皺眉。「霏兒，娘知道妳心疼小姪女，想讓她嚐嚐好吃的東西，可念之年紀還小，不能多吃螃蟹，下次不許給她弄這個。」

寧霏撇撇嘴，不說話了。

馬欣榮剛回來，鎮國公又在另一邊坐著，趙氏沒太折騰人，安安靜靜吃了晚飯，就讓馬欣榮帶著孩子們回院子去。

馬欣榮的房裡，寧念之有些認床，裹著被子趴在床上，聽馬欣榮和馬嬤嬤她們說話。

「咱們院子裡的人，都沒動吧？」

「三年前，二夫人說，府裡的丫鬟有一批到了年紀，要放出去嫁人，夫人身邊的大丫鬟被帶走兩個，原先給大姑娘備下的丫鬟，也被帶走兩個。剩下的小丫鬟，有五、六個是二夫人換過來的。」

「現在府裡是老太太當家，還是二夫人當家？」

「是二夫人。一開始國公爺讓老太太當家，畢竟二夫人是次子媳婦。可老太太病了幾次，推說精力不濟，只好請二夫人幫忙了。」

馬欣榮點頭。「難怪。我說今兒二弟妹怎麼有事沒事就說兩句陰陽怪氣的話？敢情覺得自己是當家夫人了啊。」

「夫人，您現在回來了，這管家的事……」

「不著急，先把咱們和孩子院裡的事情梳理妥當再說。」馬欣榮擺擺手。「我從白水城回來，帶了不少東西，妳和陳嬤嬤帶著可信的人手，先整理記帳。有一箱做了標記，明兒要送去將軍府的，另外拿出來放。」

馬嬤嬤忙點頭。「夫人，前幾天，老太太院子裡的邱嬤嬤向我求了一件事。」

馬欣榮沒出聲，馬嬤嬤壓低聲音，繼續道：「邱嬤嬤有個小孫女兒，今年十歲，該進府了。」

現在鎮國公府裡有三個嫡出姑娘——寧霏、寧念之跟寧寶珠。寧霏十四歲，明年及笄後，就該說婆家了，用不上十歲的小丫鬟。剩下寧念之和寧寶珠，兩人差不多大，按說，不管去誰那裡，都是好的。

「二姑娘那邊不缺人？」馬欣榮挑眉問道。

馬嬤嬤輕咳一聲。「二夫人已經安排妥當了。」

馬欣榮頓了下，道：「世子爺還沒回來，先別急著回她。這兩天，念之跟我住，單獨分院子的事情，暫且緩緩。」

馬嬤嬤忙點頭，又忍不住笑。「二夫人面上看著風光，但幾年前二老爺就迎了姨娘進門，還是好人家的閨女。兩年前，那姨娘懷上一次，不過，不小心沒了。」

說著，她的聲音又低了幾分。「老太太心疼兒子，便將身邊的大丫鬟開了臉。現下，二房有兩個姨娘了。」

當年，寧博娶妻後，時常上戰場，沒空弄這些紅袖添香的事，等安穩下來，媳婦卻過世了。他獨自撫養寧震，身邊雖有伺候的丫鬟，但也沒弄出兒子來。之後迎了繼室過門，繼室有籠絡人心的手段，再加上他年紀大了，老夫少妻，後院更是乾淨。

輪到寧震，他和馬欣榮彼此有情，再加上新婚後便上了戰場，身邊也沒有姨娘、通房。

二老爺寧霄就不同了，出身富貴，這輩子沒離開過京城，又自詡是讀書人，紅袖添香的事還真不少，成親前就差點弄出人命來。若非趙氏當機立斷，一碗打胎藥下去，怕是不一定能娶得到李敏淑。

「倒是苦了二弟妹。」馬欣榮嘆口氣，擺擺手。「以後不必再說這些。二房的事情，二房自去操心，咱們先管好自己院子裡的事情便行。我算了算，再十來天，世子爺就能抵達京城，前面的書房可要派人打掃乾淨。」

「這還用夫人吩咐？前些天，陳姊姊就開始收拾了，不光是前面的書房，夫人的院子也是一天整理兩、三次呢。」馬嬤嬤笑著說道，行禮告退。「時候不早了，奴婢不耽誤夫人休息。明兒還得早起呢，夫人好好安歇。」

馬欣榮點點頭，起身走到床邊，兩個丫鬟過來服侍她躺下，然後熄燈跟著馬嬤嬤出去。

馬欣榮打個哈欠，伸手給寧念之掖好被子，才合眼睡了。

第二天天沒亮，寧念之就被馬欣榮弄醒了。

馬欣榮手裡拿著還帶熱氣的帕子給她擦臉，道：「等會兒得去老太太那邊請安，妳先刷牙，吃點東西墊墊肚子好不好？」

寧念之搖頭，等馬欣榮一放手，立刻倒向床鋪。

馬欣榮哭笑不得。「妳這小懶豬，若是睏，等會兒回來再睡吧。現在呢，要去給祖母請安，弟弟妹妹都去，妳若遲了，會被笑話的。」

寧念之頗為哀怨，在白水城時，她可是想睡到什麼時候，就睡到什麼時候！

馬欣榮見狀，誘哄道：「快起床，妳哥哥要過來了，咱們吃完飯還要去外祖父家，妳忘記了嗎？外祖父家裡有很多很多好玩的東西，想不想去看看？」

正說著話，門口傳來原東良的聲音。「娘、妹妹，妳們起來沒有？我和弟弟進來了啊。」

本來，馬欣榮想讓閨女與小兒子跟她一起住，但原東良十分不樂意，且這樣難免會讓他覺得自己被排斥，所以改變主意，讓小兒子跟著原東良住前院去了。反正有丫鬟、嬤嬤在，原東良也可靠，肯定能照顧好小兒子。

一進門，原東良就拉了寧念之問：「妹妹，晚上睡得好不好？」

寧念之把腦袋靠在他的肩膀上，閉著眼睛不願意動。

馬欣榮無奈地捏捏她臉頰。「小懶蟲，妳看弟弟都起來了，妳是不是還比不過弟弟啊？」

寧安成扒著床沿，聲音軟軟嫩嫩地喊姊姊。

寧念之半點也不害臊，反正她現在就是五歲小孩，誰家的五歲小孩不賴床？

馬欣榮無奈，好哄硬嚇的，將寧念之拽起來，也顧不上墊肚子，直接帶人去請安了。

院子裡，趙氏也才剛起身，正捧著一碗蜂蜜茶，慢悠悠地喝著。

見馬欣榮進來，她掀掀眼皮。「一會兒呢，妳到親家那兒坐坐，好不容易回來，他們心裡也惦記妳。這些當長輩的，整日裡就是牽掛兒女們的安全，你們平平安安，我們便高興了。」

馬欣榮有些不好意思。「讓老太太擔心了，是我和世子爺不好。」

趙氏頓了頓，又道：「我讓妳弟妹準備了禮物，一會兒帶過去，代我向親家問個好。若想在那兒住幾天也可以，不用擔心家裡。」

馬欣榮忙點頭，這時李敏淑來說早膳準備好了，請眾人過去用。

寧念之不餓，拿著小花卷，有一口、沒一口地啃著。今兒寧博不在，所以原東良不必分開坐，端著小碗坐在寧念之旁邊，瞅準機會，就塞一勺子粥餵她。

李敏淑忍不住笑道：「東良真是個好孩子，吃飯都顧不上，還要先照顧妹妹。我們家安和可比不上他，只顧著自己吃呢。」

趙氏忙替自家親孫子說話。「安和年紀還小，再長幾年，就會照顧妹妹了。東良，你也吃，咱們家有丫鬟、婆子，不用你親自動手。」

原東良沒說話，寧念之也不吭氣，馬欣榮忙打圓場。「我們在白水城時，安成年紀小，我得天天照看，念之就是東良照顧大的，不讓他照顧，他還不習慣呢。」

趙氏點頭。「兄妹感情好，挺不錯的。不過，以後妳還是上心些，沒地讓人說，咱們家連丫鬟、婆子都用不起，要讓你們的義子來照顧妹妹。」

趙氏的話中有話，讓馬欣榮忍不住皺眉，看原東良一眼，見他的神色沒什麼變化，依然專注地盯著寧念之，才放心些。他這個年紀，正是心思敏感的時候，心裡知道自己並非親生子是一回事，但天天被人提醒義子的身分，又是另外一回事。話聽多了，難免會多想。

馬欣榮養了原東良好些年，感情深厚，自然不希望這孩子和自己離了心，遂抬手揉了揉他的頭髮。「東良是哥哥，當兄長的照顧弟弟妹妹，誰也不能說不對。咱們家自然有不少丫鬟、婆子，只是，念之和安成剛回來，難免不熟悉，這些人怕是照顧不好。東良願意幫我照顧，我高興還來不及呢。」

趙氏聞言，臉色不怎麼好，但也沒發脾氣，只點點頭。「妳心裡有數就行。我吃飽了，你們多用兩口，等會兒去馬家，替我問個好。」

馬欣榮點頭，看寧念之兄妹幾個吃得差不多，才帶著人出了趙氏的院子，去前面坐車。

馬嬤嬤早就準備好禮物，正等著他們，李敏淑又派人送來一箱，抬上車後，就出發了。

第十二章

馬家和寧家的距離不遠，不用半個時辰，就從這個門口到了那個門口。

馬家門口有小孩玩耍，看見馬車過來，轉身飛奔進去，一邊跑，一邊喊：「祖父、祖母，姑姑回來了！姑姑回來了！」

等馬欣榮下車，娘家大嫂就迎上來。「總算回來了。我看看，瘦了這麼多！臉上看著都沒肉了。爹娘看見，可要心疼了。」

馬欣榮拉住娘家大嫂的手，道：「其實是曬黑了，所以看著瘦，慢慢就能養回了。」

「真得養著。妳啊，從小就有自己的主意，這幾年去白水城，苦也吃了，累也受了，以後寧家那小子敢對妳不好，看我讓妳大哥抽死他！」

馬欣榮笑咪咪地點頭。「到時候就請大嫂替我出頭了。」

兩人說著話，進了正屋。

馬老太太有五年沒見到親閨女了，一見面就摟著馬欣榮哭，馬老將軍眼眶微紅，在一邊勸解。「孩子這不是回來了嗎？別哭了，讓小孩子笑話。」又對孩子們道：「這就是妳那幾個孩子？來來來，給外祖父看看。」

他先抬手捏了捏原東良的胳膊，忍不住點頭，轉頭看馬欣榮。「是棵好苗子，這身子不練武可惜了。現下是跟著妳家世子練武的？」

「世子爺得了空，會指點指點，沒空便帶到軍營裡，看誰有工夫就教兩招。」馬欣榮止住眼淚，笑著回道。「這孩子悟性好，別看他年紀小，武功可不低。對了，我那幾個姪子們呢？」

「昨兒他們就盼著見妳這姑姑，一早還說要給妹妹準備禮物，大概拿禮物去了。」

馬大夫人笑著道，抬手招呼寧念之到跟前，伸手摸摸她的小臉。「哎喲喂，長得和小姑小時候簡直一模一樣，白白嫩嫩的可人疼。小姑啊，不如讓念之在我們家住兩年？」

原東良聽了，立刻站到寧念之身邊，拉著她不鬆手，逗得長輩們忍不住哈哈大笑。

馬老太太摟著寶貝外孫女，說道：「咱們家啥都不稀罕，就稀罕小閨女。念之啊，妳跟著外祖母住好不好？外祖母有好多好多好東西，全送給妳好不好？」

寧念之搖頭。「我要跟著我娘。」

馬大夫人正要說話，見門口有人探頭探腦的，遂佯裝嚴肅道：「還不趕緊進來，這樣偷偷摸摸的，像什麼樣子！」

於是，兩個小豆丁先跳進門，後面跟著四個男孩。按照年紀排，最大的十四歲，是長房長子馬文瀚，繃著一張臉，又是無奈、又是鬱悶，被弟弟們拉著躲起來，太丟人了。其次是馬文博，長房次子，今年十二歲。後面是馬文昭，二房長子，今年十歲。再來是馬文軒，長房嫡幼子，今年六歲。最小的是兩個小豆丁——馬文才和馬文彥，是二房的雙生子。

馬欣榮很驚奇，把兩個小豆丁拉到身旁仔細瞧。「果然和二哥小時候長得一樣啊。來，告訴姑姑，你們幾歲了？」

小豆丁豎著手指頭，奶聲奶氣地回答：「四歲了。姑姑，白水城好不好玩？祖父說你們去打仗了，打仗好玩嗎？下次能不能帶我去？」

其他小男孩不停地打量寧念之，湊過來搭話。「妳是不是表妹啊？我是妳表哥，叫馬文軒，今年六歲了。妳叫什麼名字？」

原東良見狀，小手攥得越發緊了。以前妹妹就他一個哥哥，現在忽然呼啦啦多出來好幾個，難道以後妹妹不能再是他一個人的了？

馬文瀚伸手捏捏寧念之的臉頰，彎腰想將她抱起來。

原東良迅速抬手攔住他。「大表哥好，妹妹不喜歡別人抱。」

「嗯，你是東良吧？聽祖父說你從小練武，不如咱們倆比劃比劃？」馬文瀚饒有興致地提議。

馬大夫人斥了聲。「表弟表妹剛來，你鬧騰什麼？」

馬欣榮擺擺手。「小孩子玩起來很快就熟悉了，咱們不用管。文瀚，你帶弟弟妹妹出去玩吧，免得在我們這兒拘束了。」

馬文瀚忙行禮。「是，姑姑放心，我定會照顧好弟弟妹妹們。」

馬文軒性子急，已經拉住寧念之的另一隻手了。「表妹表妹，我們家有很大很大的練武場，我帶妳去看看好不好？」

原東良拽下他的手。「我妹妹不喜歡別人碰，你不要拉著我妹妹。」

「念之也是我妹妹。我娘說了，念之是我的表妹，我也是她哥哥。」

馬文軒不高興，原東良更不高興。「那也不行。我們又不熟悉，你放開。」

「我不放，你放開！」

馬文軒也有小脾氣，眼看兩個人要吵起來，馬文昭忙抬手橫在兩個人中間。「別吵別吵。東良是吧？我們真是念之的表哥，也是哥哥，所以你不能攔著我們親近念之知道嗎？要不然，我們揍你喔。」

原東良挑眉。「打就打，誰怕誰啊。」

「走走走，咱們去練武場。我聽祖父說，東良小子的武功挺不錯，咱們比劃比劃。」馬文博也興致勃勃地說道。

馬文瀚忍不住扶額。「你們兩個少起鬨。祖父和祖母說了，讓咱們好好照顧弟弟妹妹，不能打架。誰要是打架，今天中午不許吃飯！」

「大哥，不吃飯能吃點心嗎？」馬文才迅速湊過來問道，馬文彥也乘機要求：「我要吃玫瑰酥！娘不讓我吃。大哥大哥，不吃飯就能吃點心對吧？」

寧念之終於忍不住，噗哧一聲笑了出來。

馬文瀚有些不好意思，抬手揉揉下巴。「走吧，你們不是給表妹和表弟準備了禮物嗎？

再不去，東西就沒了。」

於是，幾個小孩子出門，看禮物去了。

看見他們準備的禮物，寧念之忍不住露出驚訝神色，實在沒想到，幾個小毛孩子竟然能做出這樣的禮物。

一座用木片組裝起來的房子，房頂裝著木盒，裡面盛水，抽出其中一塊木片後，水流出來，繞著彎沖擊下面的木片，讓房檐下的鈴鐺、窗前的沙漏，以及門口的風車依序動起來。

「大表哥剛才說，要是不來看，東西就沒了，怎麼會沒了呢？」寧念之看著看著，忽然問道。

馬文瀚伸手摸摸鼻子。「其實……我們是第一次做這種東西。」

寧念之眨眨眼，馬文瀚輕咳一聲，正要說話，馬文彥便喊起來。「大哥快點，水漏出來了！」

寧念之趕緊看去，果然，裝著水的木盒周圍，已經是一片水跡，也不知道是不是水泡的，那些木片居然有分散的傾向。

馬文瀚趕緊抬手抽掉另一塊木片，剩下的水嘩啦沖出來，發出一串風鈴聲、沙子聲，然後便安靜下來。水不夠，風車無法轉動，接著，木房子散架了。

馬文瀚這才將之前的話接著說完。「我們不太熟練，沒弄好，有些地方太粗糙，得趕緊看才行，水漏完，房子就會散架的。」到時候，便只剩下一堆木片了。

馬文博嘆氣。「哎，都是祖父說的時日太急，不然我們多練練，肯定能做個更好的。」

「這個已經很好了，我很喜歡，多謝表哥。」寧念之是真的高興，繞著木片轉了幾圈。

「我可以重新裝起來嗎？」

「可以可以，我來教妳。」馬文昭立刻擠過來。

原東良有些不高興。「我也能幫忙。妹妹，要是妳喜歡，以後我給妳做個更大的。」

「我們現在就能做更大的！」馬文軒喊道，伸手拽馬文瀚的衣服。「大哥大哥，咱們做個和真房子一樣大的好不好？」

馬文瀚笑咪咪地點頭。「我沒什麼意見，但你要先說服娘親，同意你去做木工，要不然，只能等人做出來讓你看了。」

這些年，因為太平盛世，馬家打算棄武轉文，不光給兒孫們取名字時十分用心，平日的功課也抓得緊。今日是馬欣榮帶著兒女過來，親戚們第一次見面，幾個小孩才放了假，要不然這會兒還在學堂唸書呢。

「那算了，我們還是做個小的吧。」馬文軒不高興地說道。

馬文昭想起剛才的事，拽拽原東良的衣服。「不是說要比劃嗎？咱們去練武場如何？」

原東良當即點頭，他看這幾個人不順眼很久了，自家妹妹，他們做什麼來討好啊？妹妹只收他給的禮物就行，表哥什麼的，統統扔到一邊去！

馬文瀚幾個聽見，也來了興致，便領大家去練武場。

馬家慣用的兵器是大刀，寧家慣用的則是長槍，不過練武場麼，多數武器都有的。

馬文昭和原東良各自挑選了擅長的武器，擺好架勢，就開始比劃了。

「三哥快點，揍他！」馬文軒領著馬文才和馬文彥使勁地喊。

「哥哥衝啊，要贏啊！」寧念之也不落後，揮舞著拳頭一蹦一跳，逗得旁邊的馬文瀚忍不住哈哈大笑。

大刀的招式是大開大合，威猛至極，長槍則是虛虛實實，銳不可當，兩個人又同是十歲的年紀，一個跟著祖父練武，一個跟著親爹學習，說起來沒啥大區別。但關鍵是，馬家棄武轉文，習武是為了強身健體，而原東良跟著寧震在戰場上學武，出招不是保命就是殺敵，所以不到一炷香工夫，長槍就點在馬文昭的脖子上了。

「好吧，是我輸了。」馬文昭也乾脆，扔了大刀，過來捶原東良一下。「你的武功這麼好，以後不和你比武了，咱們比讀書寫字吧，這個我肯定強些。」

馬文瀚聞言，伸手拍他的頭。「誰教你用自己長處去比別人短處？這麼不君子！」

馬文昭撇撇嘴。「君子是什麼啊，關鍵時候，就是要懂戰術才行，硬碰硬那叫傻。戰場上，可沒有非得用自己短處去碰別人長處的傻子，我這叫智謀！」

馬文博也伸手打他腦袋一下。「還智謀呢，就你那點兒水準，唬人都不夠。來來來，東良，換咱倆比劃比劃。」

「二表哥，我哥哥得休息一會兒。你們輪流和他打，這不行啊。」寧念之急忙道。

馬文瀚挑眉。「表妹不必擔心，他們沒用真功夫，只比劃招式，不費多大力氣。」

原東良也點頭。「妹妹放心，我不累。」

寧念之眨眨眼，便不阻攔了。男孩子的事情，女孩子最好別作主，他們跟小怪物一樣，這個年紀又是精力無敵，既然不會鬧出事情，隨便他們怎麼來吧。

結果，馬文博沒能撐過兩炷香工夫，最後連馬文瀚都來了興致，又比一輪，當然，獲勝的還是原東良。

大約是不打不相識，打完之後，幾個人還真少了幾分生疏。尤其是馬文昭和馬文博，勾肩搭背的，都要將原東良當親兄弟了。

「東良，以後你打算去哪兒讀書？上書院還是在家請先生？」馬文博興沖沖地問。「要是選書院，去青山書院吧，我們幾個都在那邊。青山書院挺好的，又能練武、又能習文。」

原東良聽了，微微皺眉。「如果去書院，是不是吃飯什麼的都得在裡面？那我豈不是見不到妹妹了？」

馬文博使勁拍他一下。「你這小子，怎麼能這麼兒女情長呢？時時刻刻纏著自己妹妹，算什麼事啊？將來怎麼學本領？怎麼有出息？再說，妹妹待在家裡，放學回來就能看見，有什麼好惦記的？」

馬文昭和馬文瀚也忍不住道：「男子漢大丈夫，想保護自己的親人，得有本事才行，若你什麼都不是，別人捏一下，就能把你捏死了。光會武功算什麼？你打一個可以，打兩個也行，打三個就勉強了，打五個、六個呢？你能保證次次都贏啊？」

寧念之坐在凳子上晃蕩小腿，手拿著下人剛送來的糕點，時不時瞄向說得火熱的幾個人。

原東良有些意動，但又十分捨不得妹妹。從小到大，他一天都沒和妹妹分開過呢。但他不是不懂事的小孩，爹娘教過，男人得有本事才能保護自己看重的人。就像爹爹，一個人去殺敵能殺幾個？可他有本事，能當將軍，指揮兵馬，一次戰役便殺敵數千，拚出前程，娘親才能帶著妹妹住大院子。而小胖子的爹只是小隊長，所以只能住小房子。

「我回去問問我娘。京城裡的學堂就只有青山書院嗎？」

馬文博搖頭。「當然不是，還有太學和白鹿書院。太學是朝廷開的，白鹿和青山書院是民間開的。太學的學生多是皇親國戚，個個眼睛長在頭上，你若看見，不搭理就行。」

「你們為什麼沒去太學唸書？」原東良有些好奇。

馬文昭擺出打拳的姿勢。「太學裡都是書呆子，看不起武將，我們才不願意挨白眼呢。再說，太學裡多的是皇親國戚，什麼王爺啊、世子啊，亂七八糟的，我們去了就是給人當手下，受這種委屈，還不如到青山書院當老大呢。」

馬文瀚聽了，在他腦袋上搧了一下。「胡說八道什麼呢。」轉頭對原東良解釋：「太學裡有不少官宦子女，平民百姓也能去。太學是京城裡最好的書院，他們沒能進去，是年紀還不到，而且太學只招收考上秀才的人，想進去還得考試，他們連童生試都沒過呢。」

馬文昭急了。「大哥，你怎麼能這樣說！」

馬文瀚挑挑眉。「怎麼，難道我說的不是實話？」

馬文昭偷偷瞄寧念之一眼。「那也不好在表妹面前說吧，我可是當哥哥的人呢，這樣多沒面子啊。再說，不是我沒過童生試，是我年紀還小嘛，過兩年下場，肯定能中秀才的。」

「知道沒面子，還不趕緊好好學。」馬文瀚沒好氣地道，又繼續跟原東良說：「青山書院和白鹿書院是教小孩子的，太學則是教秀才，不一樣。你要上學，得先去青山書院或白鹿書院，以後考中秀才，才能去太學。若考不中，就只能在家唸書了。」

「你想去太學啊，那書讀得好嗎？我考考你？」馬文博湊過來問道。

原東良頗有自知之明，抬手揉揉鼻子，不好意思地說：「也不好。不過，我以後想學武，太學有教這個嗎？」

「當然，太學什麼都有，連想學醫都能教。」

「你們都要考太學啊？那我也去，我肯定比你們強……」

男孩子之間話題多，原東良問問京城裡的事情，馬家幾個兄弟打聽打聽戰場上的見聞，越說越覺得意氣相投，這就打成一片了。

第十三章

吃午飯時，馬欣榮看著非要坐在一起的幾個男孩子，忍不住笑道：「我們回來的時候，東良還很捨不得他那幾個小夥伴呢。我想著，安成年紀小，又不好把他拘在家裡，現下能和文博他們說得來，我就放心了。」

打完仗，並非所有將領都要回京，元帥只帶著幾個人回朝，有些留在邊疆繼續守著，有些則調往別處，原東良的小夥伴們自然是跟著家裡走。

「以後讓東良多來轉轉。」馬大夫人笑著道。

馬老太太摟著寧安成，也跟著笑。「他們兄弟感情好，那是好事，不管來這邊還是去你們府上都行，別生疏了才是。」

幾人說著話，原東良又問起上學的事。馬欣榮教導孩子時，雖然挺嚴厲，但平日還是很寵愛他們，聽原東良想去青山書院，當即點頭同意，又問馬老夫人：「說起來，念之年紀也不小了，我正盤算著，是不是給她請個先生呢。娘這邊可有人選？」

「請先生？」馬老太太頓了頓，忽然拍手。「真是巧了，妳剛離京那年，太學開女學了。」

馬欣榮滿臉驚訝。「女學？」

「是啊，京城裡有不少人家的閨女都上女學唸書去了。」馬老太太笑咪咪地說道。「我也知道一點，女學和太學一樣，上午上課兩個時辰，下午兩個時辰，琴棋書畫什麼都教。」

「我也聽說過，很多女孩子想去還進不去呢。不過，娘說這個太早了，太學只收十歲以上的女孩子，念之才五歲。」馬二夫人跟著笑道。

馬老太太皺眉。「是十歲嗎？」

「是啊，說是孩子太小，去了容易哭鬧，所以不收。」馬大夫人點頭。「如果念之想去女學，現下還是請個先生比較好，進太學也要考試的。」

原東良揉揉下巴，妹妹要去太學的話，他在青山書院，不就更遠了嗎？要不然，他直接去考童生試，好進太學？

「東良要是想去，等會兒我讓人給你找找歷年的考題，你先看看。考上秀才後，才能去考太學的。」馬大夫人笑著說。

馬文博十分不滿。「東良，咱們不是說好一起去青山書院嗎？」

「我妹妹要去太學，我肯定得跟著去啊。萬一我不在，別人欺負妹妹怎麼辦？」原東良理直氣壯。「離得近一點，誰也不能欺負我妹妹。」

「那咱們就不能在一塊兒了。」馬文昭說道。

馬二老爺聞言，打他一下。「讓你們去唸書，還是讓你們去組黨結派的？不在一起，就不是好兄弟、好朋友嗎？若東良能考進太學，你們不如也加把勁？」

馬文昭聽了，做個鬼臉，馬文瀚則搖頭晃腦道：「哎呀，太學不是想進去就能進去的啊，不如我明年下場試試？」

馬二老爺轉頭問馬欣榮。「小妹，你們是怎麼打算的？現下太平盛世，如果東良當武將，以後怕是不好發展。」

馬欣榮搖搖頭。「我們現在沒什麼想法，看孩子喜歡什麼。要是東良喜歡練武，將來憑我們兩家在軍中的地位，不愁沒有他的前程；要是他喜歡唸書，從文也行。」

原東良低著頭，嘟囔一句：「我喜歡練武。」

「那就好好練，將來和你爹一樣當將軍。」馬老將軍哈哈笑著，揉揉他的頭髮。

馬欣榮也點頭。「就算不打仗，也還有別的差事，總能走出一條路的。」

「吃飯吃飯，孩子的事情，以後慢慢說，哪是一天能定下來的。」馬老太太擺擺手，親自餵了寧安成一勺蛋羹，又笑道：「你們幾個，不如在這兒住幾天？」

「那邊老太太也說想住就住幾天，只是公爹那兒不好說。」馬欣榮搖搖頭。「反正我們回京了，要來還不是一抬腿的事？回頭我們再過來就是。」

雖然寧震不在家，但馬欣榮畢竟是寧家的媳婦，剛回來就住到娘家去，寧家的面子往哪兒放？不知道的，還以為寧家怎麼虧待她了呢。

馬老太太也知道這個理，只好點頭。「好吧。過兩天，妳再帶我的寶貝外孫女來。」

馬欣榮點頭應下，留到太陽快落山，才帶著幾個孩子回去。

母子四人回到鎮國公府，趙氏那邊傳了話，說晚飯讓他們自己吃，不用過來。馬欣榮便沒客氣，帶著孩子們，在她的院子裡用了晚膳。

隨後，她看著時辰還早，就讓原東良帶著寧安成去給鎮國公請安。這個家，說到底，還是鎮國公作主，如果他喜歡原東良，就不用再擔心別人說什麼了。

兄弟倆出去後，馬欣榮抱著念之逗弄。「念之想不想和寶珠一樣，學很多東西啊？」

「娘要給我請先生？」寧念之扒在馬欣榮身上問道。

馬欣榮點點頭。「是啊，總不能讓妳跟個瘋丫頭一樣到處跑。咱們回家了，妳也該收收心，做個名門淑女，以後才好找婆家。」

寧念之撇撇嘴，她才不想當名門淑女呢，吃個飯都吃不飽。

「妳要聽話，等先生來了，好好跟著先生學，不然就罰妳不許吃飯。」馬欣榮嚇唬她。

寧念之笑嘻嘻地爬下來，在她身邊打滾。「娘，我很聽話，明天能不能多吃一碗飯？」

馬欣榮揉揉她的肚子。「吃那麼多，也沒見妳長高。多吃一碗飯是不行的，萬一以後長成胖妹，那怎麼辦？不過，可以多吃一塊點心。」

之前在白水城，馬欣榮不覺得閨女吃得多，可回來之後，看看寧霏的飯量，再看看寧寶珠的飯量，忽然覺得，自家閨女是不是吃得太多了點？

寧霏那麼大個人了，飯只吃小半碗，肥肉什麼的幾乎不碰，菜也沒動幾口。但自家閨女不只要一整碗飯，菜也不能少。雖說小孩子圓滾滾的挺可愛，但萬一長大了瘦不下來呢？

「娘，我正長個子呢，吃得多才長得高啊。」寧念之忙道。她才不要餓肚子，吃太多沒關係，以後多跟著原東良練練武、騎騎馬什麼的，肯定不會長太胖。

馬欣榮想了想，也覺得對。閨女正長個子呢，萬一吃太少了，對身子不好。

寧念之岔開話題。「爹什麼時候回來？」

馬欣榮算算日子。「還有十天。明天帶妳在咱們家園子裡轉轉，喜歡哪個院子和娘說，娘幫妳要過來好不好？」

「我要和娘分開住？」寧念之問道。

馬欣榮點頭。「妳是大孩子了，應該自己住。妳看寶珠，年紀比妳小呢，都要準備單獨住一個院子了。」

「那好吧，我是大人了，一個人住也不害怕。」寧念之皺皺鼻子說道。她的耳朵太靈敏，和爹娘住在一起，一不小心就會聽見各種不適合小孩子聽的聲音，很苦惱的。

仔細想想，府裡的院子，好像沒幾個合適的。上輩子，十歲前，她都住在趙氏那邊，十歲之後，在娘親的強硬要求下，才搬到距離正院不算遠，卻也不近的小院子裡。

可惜，沒等她及笄，娘親就過世了。及笄之後，日子過得更是艱難，若非有馬家在，怕趙氏就要隨意找個人家把她嫁出去。

「今兒見到幾個表哥了，喜不喜歡表哥們？」馬欣榮問道。

寧念之點頭。「喜歡，表哥們做玩具給我，我下次要給回禮。娘，我送什麼好呢？」

「妳自己作主。或者……可以送在白水城買的玩具？」馬欣榮點點她的額。

寧念之順勢倒在軟榻上，大眼睛骨碌碌地轉。「唔，好啊。不過，白水城的東西，不知道京城有沒有，我們明天去街上逛逛？」

「妳是想說最後一句吧？」馬欣榮忍不住笑，搖搖頭。「不行，明天咱們要先在府裡轉轉呢，難道妳不想看看府裡是什麼樣子的？」

「那什麼時候才能出門？」

「等妳爹回來吧。妳這麼皮，我一個人可看不住，有妳爹在，也省得妳亂跑。」

母女倆有一句、沒一句地說著，等原東良帶寧安成回來時，寧念之已經睏得快睜不開眼睛，卻還是掙扎著坐起來。「哥哥，爺爺有沒有考你功課？誇獎你還是罵你了？」

原東良笑著揉揉她的頭髮。「自然是誇我了。妳趕緊睡吧，我帶著弟弟回前院，明兒再來和妳說話。」

這天，馬欣榮一早就起來，和馬嬤嬤對帳冊。這次她帶回府裡的東西不少，該入庫的入庫，該當禮物的就拿出來。要送給娘家的禮，前天已經送出去，但自家這邊還沒安排呢。

其實打仗是件挺賺錢的事，騰特部落也有富豪，打一個就能發一筆財。元帥開明，知道這種事情禁不住，索性定了規矩，大頭小頭都分好，不僅湊足軍費，還能讓手下人跟著得利。寧震雖然不缺錢，但放在眼前的東西不拿，那就是傻子。

「這套首飾挺好看的，給寧霏吧。」馬欣榮伸手點了點，馬嬤嬤忙過去將首飾拿出來，另外找個好看的盒子裝。

寧念之在一邊晃蕩小腿。「娘，小姑姑喜歡秀雅的首飾，不喜歡這種華麗的。」

馬欣榮聞言，忍不住笑。「妳才見過小姑姑兩次，就知道她喜歡什麼樣的首飾？」

「嗯，我見她兩次，她都戴著碧玉首飾，一看就知道她喜歡什麼嘛。這種的，二嬸大概會喜歡。」寧念之笑咪咪地說。

馬欣榮抬手捏捏她臉頰。「我倒還沒妳看得清楚呢。好吧，換一換，這套白玉的送給寧霏，那一套送二弟妹吧。」

當年她離京時，寧霏只是九歲的小毛丫頭，身上配飾不過是錦緞流蘇，或者鈴鐺什麼的，真不知道她會喜歡什麼樣的首飾。不過，李敏淑的喜好，她還是清楚的。

「這個送給寶珠妹妹。」寧念之從凳子上跳下來，伸手翻翻揀揀，挑出一件玩具。

馬欣榮忍不住挑眉。「真捨得送給妹妹？」

「嗯，反正我現在不玩了。」寧念之嘟囔道。

馬欣榮又忍不住笑。「我還以為妳終於大方一回呢，敢情是自己不喜歡了，所以才要送人。這個不行，妳不喜歡了，還有妳弟弟呢，萬一安成喜歡呢？」

「弟弟才不喜歡，弟弟喜歡的是這個。」寧念之指著旁邊放著的投石車。那是木頭做的，比真的小很多，只有寧念之半身高，但因為手藝好，做得十分精緻，真能投石。

「好了好了，妳別在這兒搗亂了，娘心裡有數。」馬欣榮推推她。「如果太閒，就去找妳弟弟玩耍好不好？」

寧念之撇撇嘴。「弟弟光會傻笑。哎，要是哥哥在家就好了。」

孩子的學業耽誤不得，一早，馬欣榮就讓人送原東良去馬家，讓馬家兄弟帶他到青山書院看看，若覺得好，就在那裡唸書，回頭再送束脩。若原東良不喜歡，就得另外考慮。

「妳哥哥要唸書呢。要不然，妳也去唸書？」馬欣榮問道。

寧念之搖搖頭，趕緊跑。「我去找弟弟玩。」說著，一溜煙地進了內室。

寧安成正趴在軟榻上，陳嬤嬤拿了撥浪鼓哄他，他卻連動都沒動。

但聽見寧念之的腳步聲，他立刻轉頭，露出大大的笑容，抬手就喊：「姊姊，抱！」

寧念之伸手，陳嬤嬤趕緊攔住她。「姑娘年紀小，胳膊嫩呢，萬一傷著了怎麼辦？小少爺能走了，不如姑娘領著小少爺走走？」

寧念之想了想，道：「那我們去花園。」正好，昨天馬欣榮帶他們在園子裡轉過，不用擔心被人懷疑，便興沖沖地領著寧安成出門。

馬欣榮看見，忙吩咐兩個丫鬟跟上去照看了。

第十四章

「弟弟，這是花兒。來，跟姊姊學說話。」

寧念之慢慢地走著，一邊走，一邊重複說些簡單的詞語。寧安成乖巧，小胖手點著花，嘴裡跟著含糊不清地念叨。

「欸，念之姊姊。」剛走到花園門口，左邊就有個小炮彈衝了過來。

寧念之抬頭，見是寧寶珠，便露出笑容。「寶珠妹妹，妳也出來玩啊？」

「嗯，我本來想去找妳的。」寧寶珠奶聲奶氣地說道。「路過這兒，看見妳在，就過來了。弟弟，來叫姊姊。」

寧安成看看她，又看看寧念之，不開口。

寧念之忍不住笑，揉揉自家弟弟的嫩臉蛋，指了指寧寶珠。「叫二姊。」

寧安成這才開口，軟嫩嫩地喊了一聲。

寧寶珠樂滋滋，難得家裡來了個和自己差不多大的女孩子，又有小弟弟，笑得合不攏嘴，伸手遞來一個小荷包給寧安成。「請你吃糖，可好吃了。」

「妳哥哥呢？」寧念之好奇地問。

寧寶珠擺擺手。「他不和咱們女孩子一起玩，一早就去學堂了。妳會捉迷藏嗎？妳在白水城時都玩什麼呀？等會兒咱們捉迷藏好不好？」

「嗯，可是我要看著弟弟。」寧念之有些為難。

寧寶珠想了想，一拍手。「這樣好了，妳跟我來，咱們玩扔銅板。這個妳會嗎？弟弟也能玩，可以讓讓他，讓他站得近一些。」

寧念之點點頭，帶著寧安成跟寧寶珠走，見到玩遊戲的地方，忍不住抽了抽嘴角。這個遊戲居然還有講究！牆根處那幾個洞，竟是用木板鋪底，再看寧寶珠後面跟著的丫鬟拿出銅錢，一袋子新錢，一看就是專門為這個遊戲準備的。

其實扔銅板和投壺差不多，不同的是，扔銅板是看誰扔進洞的多，看誰扔得準，輸的人要將自己手裡的銅板給贏的人，可以一直玩到另一個人手裡沒銅板。

寧念之會射箭，但對投壺不怎麼在行。寧寶珠平常在家玩慣這個，一抬手，一把銅板就呼啦啦扔出去了，多半都落在洞裡。

寧念之呢，一撒手，銅板呼啦啦全撞牆上去了，落下來的沒幾個掉進洞中。

「哈哈哈哈，我贏了。這次是三個銅板，給我給我。」寧寶珠樂得哈哈笑，走路蹦蹦跳跳的。

寧念之也開心。「我還有五個。等等，這次我一定會贏的。」

寧安成抓著丫鬟送來的點心，坐在一邊想，哥哥什麼時候回來呢？

「念之姊姊，我可喜歡妳了，咱們倆住一塊兒吧？」寧寶珠扒著寧念之的胳膊撒嬌。

寧念之眨眨眼。「妳不是和妳娘住在一起嗎？我也要和我娘住一起啊。」

寧寶珠嘟嘟嘴。「我娘說我大了，該有自己的院子。我一個人害怕，咱們倆一起住好不好？」

寧念之忍不住挑眉，寧寶珠才四歲，二嬸居然捨得讓她自己住？莫不是知道娘親要給她挑院子，所以著急了？可是不應該啊，鎮國公府的院子不少，就算他們那房一人住一個都還有剩，二嬸應該不會讓寶貝閨女和別人擠一個院子吧？

「我要自己住一個院子，這樣地方大，想在院子裡放什麼就放什麼。我在白水城買了一匹好大的木馬，會自己走喔。」寧念之伸手比劃一下。

寧寶珠瞪大眼睛。「真的？我能不能看看？」

「可以啊，現在放在我哥哥的院子裡，等我哥哥回來，咱們就去看。」寧念之笑咪咪地點頭，沒有半點哄小孩的心虛。「等妳自己住一個院子時，讓人多挖幾個扔銅板的洞，這樣咱們就不用跑到花園裡來玩了。」

正說著，她聽見噗哧一聲笑，一抬頭，寧霏正站在前面不遠處，手裡還捏著一束花。

「小豆丁才多大點兒，就想要自己的院子了。念之是吧？來，知道我是誰嗎？」寧霏招招手。

寧念之眨眨眼，磨磨蹭蹭地過去。「小姑姑。」

「嗯，知道我是妳姑姑就好。我是長輩，妳得聽我的知道嗎？」寧霏笑著道。

寧念之點點頭，仰頭看她。

寧霏抬手指了指。「妳若想要自己的院子呢，那邊那個挺好的，特別大，還種桃樹，秋天就有桃子吃了。剛從樹上摘下來的桃子，特別好吃。」

那個方向有座桃園，確實挺大的，但離正院有點遠，是比較偏僻的院子。

寧念之無語，她住得那麼遠，對寧霏有什麼好處？連小孩住哪裡都要插一手嗎？

「我不愛吃桃子。」寧念之搖頭。

寧寶珠在後面流口水。「我喜歡吃桃子。小姑姑，我能住那邊嗎？」

寧念之轉頭嚇唬她。「妳要是住在那兒，就看不到妳娘了，只有每天早上去請安時才能看見。」

寧寶珠趕緊搖頭。「那我不去了。小姑姑是大人，不怕離開娘親，小姑姑自己去住吧。」

寧念之聽了，差點忍不住笑出來。

寧霏挑挑眉，抬手壓了壓寧寶珠的髮髻。「怎麼，才和新姊姊相處幾天，就不要姑姑了？忘記以前是誰陪妳玩了？」

寧寶珠撇撇嘴，沒敢說話，拽著寧念之往後退。「小姑姑，我和姊姊去捉迷藏。妳不是不喜歡這個嗎？我們先走了啊。」

姊妹倆就這麼逃了，帶著寧安成在園子裡玩了大半天，直到快吃午飯時，寧念之才牽著弟弟回去。

馬欣榮這邊已經在收尾，該入庫的東西正放入庫房，該送人的東西也寫好禮單了。

「娘，今天我看見小姑姑了。」寧念之把弟弟塞給陳嬤嬤，自己擠到馬欣榮身邊說話。「小姑姑說，讓我住到桃園裡。桃園好不好啊？」

馬欣榮微微皺眉。「妳小姑姑是怎麼說的？」

寧念之將之前的對話一字不差地重複一遍，馬欣榮聽完，搖搖頭。「桃園太遠了，妳還小，住那兒不合適。其實，最適合的院子是妳小姑姑現在住的錦繡閣，不過，妳小姑姑已經住進去了，總不能讓她給妳騰地方。」

她頓了頓，又說道：「青柳院也不適合，小姑娘家家的，應該住在花草多的地方，青柳和竹子什麼的太陰涼了些。要不然，妳住芙蓉園吧？」

寧念之點頭。「好啊，正好在娘親和哥哥的院子中間，不管來找娘親還是去找哥哥，都挺方便的。」

鎮國公府的院子是三進，但並非中軸對稱的大院，而是分割成各種小院子。

像二進院子裡，有原東良和寧安成現在住的扶搖院、寧博的書房品墨軒、寧震的書房墨香閣，還有寧霄的書房、寧安和的院子。二進和三進之間，中間有座很大的花園。

隔著花園，趙氏的榮華堂和寧震夫妻的明心堂正好相對。寧霏現在住花園邊的錦繡閣，挨著榮華堂。桃園在錦繡閣和榮華堂後面，可說是侯府最偏僻的院子了。

馬欣榮看中的芙蓉園，是挨著明心堂和花園的，隔著一堵牆和一片林子，就是原東良的扶搖院。

寧念之沒意見，連連點頭表示同意。

吃過午飯，哄睡了寧安成，馬欣榮摟著寧念之，開始教導一些事情了。

「馬嬤嬤是妳的奶娘，妳若是搬出去住，娘親不放心，讓馬嬤嬤跟著妳，幫忙管著院子裡的大小事情。另外呢，妳是咱們家嫡出的姑娘，身邊應該有四個大丫鬟、四個二等丫鬟、四個小丫鬟，娘親給妳找兩個，剩下的，妳自己作主好不好？」

馬欣榮想，反正有她鎮著，如果有人敢怠慢寧念之，直接發賣就行。而且，自己的閨女，自己了解，寧念之可不是那種軟綿綿、扎一針都不叫一聲的麵團性子，真有人給她委屈受，指不定就要攛掇著原東良去給她報仇了。

這種事呢，在白水城可發生得多了，但大家都是那樣，她便沒太約束她。可現在回到京城，不好這樣敲悶棍，畢竟原東良也大了，又不是親生子，萬一被趙氏那邊抓住把柄，就糟糕了，必須好好交代閨女才行。

馬欣榮說了好幾遍，寧念之聽得忍不住犯睏，腦袋一點一點的，又不能睡過去，實在是折磨人。

「……妳只看喜不喜歡，喜歡就留下，不喜歡就不要。過段日子，發現誰偷懶，或者誰不聽話了，咱們再換。」

鎮國公府的家生奴才很多，就算不夠，外面也能買，不缺那一、兩個人。至於給誰面子、不給誰面子之類的事，他們都四、五年不在府裡了，哪能知道誰進來是看誰的面子啊。

「桃園那麼遠，我才不去住。」寧念之嘀咕道。

馬欣榮愣了一下，這才反應過來，自家閨女還在惦記之前寧霏說的話。無緣無故，寧霏怎麼忽然說起這些呢？

開個玩笑？嚇唬嚇唬小孩子？這倒是可能。小姑娘沒及笄，玩鬧心重，說兩句玩笑話也是有的。

看閨女快睜不開眼睛了，馬欣榮才擺擺手，示意陳嬤嬤將孩子抱到床上午睡。

寧念之睡醒時，馬欣榮已經出門了，陳嬤嬤說是帶著馬嬤嬤去收拾芙蓉園。

寧念之立刻生出好奇心，也想去看，忙不迭穿上鞋子往外跑。

她才剛出明心堂，就看見趙氏身邊的丫鬟急匆匆地過來了。

「大姑娘醒了？可巧，老太太那裡讓人做了蒸乳糕，很是香甜可口，老太太惦記著大姑娘，讓奴婢過來請大姑娘去吃點心。」

寧念之眨眨眼。「二妹也去嗎？」

「二姑娘還沒醒呢，奴婢剛才去瞧了，睡得正香。」丫鬟笑咪咪地說，彎腰抬手。「奴婢抱姑娘去？」

「不用，我自己走。」寧念之忙擺手，光吃不動最容易長胖，京城又不是白水城，隨她出門玩耍，或跟爹爹、大哥他們練武。京城姑娘最講究溫柔嫻靜，雖然她不在乎，但家裡確實少讓她去練武場。所以，能走動的時候，還是要走動，免得長成大胖子，看著不舒服。

其實寧念之倒不覺得長胖有什麼不好，但世人眼光如此，她也沒辦法。就像上輩子認識的別家姑娘，胖乎乎的挺可愛，但小姑娘們就不願意和她玩，背地裡還常常說她是肥豬之類的。等到成親的年紀，她差點嫁不出去，若非吃了兩年藥瘦下些，能不能順利出嫁，還真不好說。

寧念之跑得快，丫鬟在後面追，還沒進門，就聽見榮華堂裡有嘀嘀咕咕的聲音。

「娘，爹不是說寧念之那小丫頭是福星嗎？咱們就讓她住桃園，出了事，看以後誰還能說她是福星。」

「妳這丫頭，這麼大剌剌地要寧念之去住桃園，即便妳爹不懷疑，妳大嫂會輕易答應嗎？」

「我就是看不慣嘛。打寧念之一出生，爹便只喜歡那丫頭了。」

「胡說什麼呢，寧念之是孫女兒，妳是他的親閨女。妳爹又不是老糊塗了，放著親閨女不管，去寵一個丫頭片子。」

「可是您看看，爹給了那丫頭什麼！我最喜歡的那方硯臺，要了好幾次，爹都不給我，寧念之一回來，馬上給她！以後爹的東西，是不是全要給這丫頭了？」

寧念之站在外面，摸摸下巴，所以……這是在爭寵？自家爺爺疼愛孫女兒，所以當閨女的吃醋了？雖然她知道寧霏不太明事理，卻沒想到，簡直是胡鬧了！

若是同輩姑娘爭寵，還情有可原，可寧霏是長輩啊！

看丫鬟追上來了，寧念之趕緊喊道：「祖母、祖母，丫鬟姊姊說您有好吃的點心要給我？」

裡面沒聲音了，丫鬟趕緊過來掀開門簾。

寧念之走進去，暗暗撇嘴。她不光聽力出眾，眼力也好得很呢，裡面的老太太，變臉不要變得太快吧。

趙氏滿臉笑，抬手招呼寧念之坐在身邊。「是啊，祖母特意讓人做的，妳嚐嚐看好不好吃。」

寧念之捏起一塊，咬了一小口。

寧霏見狀，忍不住笑道：「瞧瞧這姿態，可好看了。念之，妳也快六歲，是大孩子了，以後不能在院子裡大喊大叫，知道嗎？不知道的，還以為咱們家多了個瘋丫頭呢。」

寧念之眨眨眼，沒說話。

趙氏抬手衝寧霏揮了一下。「會不會說話？虧妳還是長輩呢，不懂別瞎說。咱們家念之還小，正是天真活潑的時候，小孩子這樣才有精神，才討人喜歡。」

看寧念之吃完一塊點心，趙氏才問道：「念之，妳娘讓人給妳打掃芙蓉園了？」

寧念之點點頭。「是啊，過幾天，我就要搬到芙蓉園去。對了，祖母，小姑姑可喜歡桃園了，不如讓小姑姑住進去吧？」

趙氏不解。「誰說妳小姑姑喜歡桃園了？」

「小姑姑自己說的啊，說桃園可好了，還有桃子吃。」寧念之歪著頭道。

寧霏不高興。「別胡說，我才……咳，我已經有院子住了，而且也習慣住在現在的院子裡，所以桃園就讓給妳吧。」

到現在，寧念之還是不明白，桃園到底有什麼不好，值得讓寧霏說動趙氏，兩個人合謀讓她去住？就算她答應，但馬欣榮不答應，不照樣不行？

這娘兒倆該不會將馬欣榮給忘了，或者以為她去白水城幾年，這府裡已經沒有她說話的餘地了？

「我不去。」寧念之搖搖頭，小身子從軟榻上滑下來。「桃園太遠了，再好我也不去。我吃完點心了，要出去玩。祖母、小姑姑，我先走了。」

不等趙氏和寧霏說話，寧念之就一溜煙地跑了。

寧念之找到馬欣榮時，馬欣榮已經吩咐人將整個院子打掃過了，正在安放家什。從庫房裡搬來的黃花梨木桌椅，顏色明亮活潑，很適合小姑娘用。

「娘，桃園真的很好很好嗎？」

寧念之直撲馬欣榮的懷抱，馬欣榮趕緊彎腰把人抱住。「怎麼了？又遇見妳小姑姑了？要妳去桃園住？」

寧念之點頭。「小姑姑還讓祖母來當說客呢，不過我這麼聰明，肯定不會被一塊點心收買的。」

馬欣榮忍不住笑，早知道閨女聰明，自從會說話後，就時不時冒出幾句驚人之語。兩歲那年，還指揮她爹偷襲的方向呢。

那時，元帥制定的戰術是夜襲，布局妥當，派了寧震帶頭，打算先燒了騰特人的糧草。寧震出發前，回家交代事情，卻突發奇想，問寧念之：「小閨女，妳說爹往哪個方向走更好啊？」

本來只是開個玩笑，卻沒想到，寧念之竟有模有樣地指了指前方，一臉嚴肅。「原先的方向有埋伏，不能走。」

寧震大吃一驚。「妳聽誰說的？」

更奇怪的是，兩歲的小孩子，平常說話不說含含糊糊吧，也帶著點撒嬌的味道，說什麼都疊音，這兩句話卻說得十分清楚，聲音還有點低沈，竟不像是小孩子說的。

寧念之說完，眨眨眼，一臉傻相，愣了會兒才歪頭。「爹爹？」

寧震問她之前說的話，她一臉迷茫。「走走？爹爹走走？我要去！」

寧震又問了兩、三遍，寧念之卻再沒重複那樣的話，弄得他心神不寧。

晚上出發時，寧震想起閨女幾個月大時發生的事，略一猶豫，遂換了方向。若是走錯，大不了繞個圈，晚個兩、三天，可萬一閨女矇對了呢？

沒想到，事後果真發現原定的路上有埋伏，寧震算是立了功，雖說沒啥獎賞，但功勞記下來，總有升官的時候啊。

於是，夫妻倆越發看重自家閨女了，平日裡寵愛得厲害。寧念之也聰明，兩、三歲時，更是活潑可愛，整日跟著原東良往外跑，也不知道打哪兒學的，會說的話越來越多，說起來一套一套的，聽得寧震和馬欣榮哭笑不得。

「好好好，妳聰明。」馬欣榮笑著點點閨女的額頭，心裡卻把這事記住了。起初還以為是寧霏和小孩子開玩笑，玩鬧一番，但趙氏也出面，這就有點不對勁了。

她嫁進寧家六年，新婚沒多久，寧震就去了戰場，她懷著身孕，又想念相公，基本上沒管過家，也沒心情打聽寧家有什麼不對的地方。

後來，她生了孩子便直奔邊疆，這才剛回來，管家權還沒摸到邊呢。寧家的一切，除了寧震，她只知道些明面上的事。

桃園那地方……到底有什麼古怪呢？

第十五章

回了明心堂，馬欣榮喊了陳嬤嬤來問：「陳嬤嬤，咱們院子裡可有老些的人家？」

陳嬤嬤有些不解。「除了我家和馬家，剩下的都是寧家的家生子，少說也有兩、三代了。夫人問這個做什麼？」

「想找人問問桃園的事情。」馬欣榮皺眉。「我可不覺得老太太有什麼好心。桃園那麼遠，地方雖然大，卻和咱們隔著一座花園，還有一個院子，平白無故讓個小孩子去住，她覺得我會放心嗎？」

陳嬤嬤搖搖頭。「這事應該不好打聽，一來咱們人手少，世子爺和夫人在外面那麼些年，府裡早是老太太和二夫人的掌中物了，夫人未曾管過家，手裡沒人。二來，這積年舊事，如果老太太下了封口令，怕是真問不出來。」

馬欣榮也搖頭。「寧霏這丫頭，我走的時候還好好的，回來時就長歪了。也不知道老太太這是心疼閨女，還是想害了閨女。」

陳嬤嬤忍不住笑。「咱們看來是老太太害了閨女，但老太太怕是覺得那才好呢，沒見她這輩子都過得挺如意嗎？她覺得那條路好，自然也想讓閨女走那條路。」

馬欣榮笑了。「倒是我想錯了。咱們和老太太的想法，本來就不一樣。」她覺得夫妻恩愛是幸福，趙氏卻覺得錦衣玉食才好，從根本上就不一樣。

只要一家人團聚在一起，馬欣榮能跟著寧震吃糠噎菜，趙氏卻是非要躺在金子上才能睡。至於鎮國公，只要不弄出太多庶子和她的兒女分家業就好，若是能將心給她，她不會不要；不給，她也無所謂。

「不管怎麼說，桃園不能去，晚上我和老太太說一聲。還有，管家的權，也該拿回來了。」

馬欣榮並非是不食人間煙火的人，不該她的，倒貼都不要；該她的，絕不會往外推。寧震是世子，以後要繼承鎮國公府，她自己又有兒女，憑什麼一直將管家權放在李敏淑那裡？

陳嬤嬤點頭贊同。「確實該說說了，但只怕老太太不會輕易答應。」

「她答不答應無所謂，公爹身體還好呢。」馬欣榮笑著說道，陳嬤嬤也點頭。

馬欣榮又問：「之前妳說的那個老太太院子裡的邱嬤嬤，往日和妳可有來往？」

「早兩、三年並沒有，這大半年才往來的。」陳嬤嬤微微皺眉。「這人怕是不能用，但也不會是老太太安插的釘子。咱們姑娘年紀還小，邱家的小姑娘也才十歲，能幹什麼？」

「有備無患嘛。」馬欣榮笑道。「回頭她再來找妳，妳就安排個三等小丫頭的位置給小姑娘。」看看時辰，快到吃晚飯的時候了，又念叨：「這會兒東良也該回來了吧？」

話音剛落，就聽見門口傳來腳步聲，丫鬟在外面招呼，然後是寧念之的歡呼聲。「哥哥，你回來了！唸書好不好玩？在書院裡有沒有受欺負？」

原東良的回答帶著幾分笑意。「有表哥們在，自然不會受欺的。再說了，妳哥哥武功高強，怎麼會被人欺負？妳在家想我沒有？」

「想了想了。」寧念之忙道。

馬欣榮在裡面聽著，忍不住噗哧一聲笑出來。上午閨女跟寧寶珠在花園裡玩了大半天，中午好吃好喝，下午又到處跑，連一句哥哥都沒有提，哪兒想了？

原東良進來行禮。「娘，我回來了。」

馬欣榮抬手揉他頭髮。「今兒上學上得如何？先生講的東西能不能聽懂？若是聽不懂，咱們下次換個先生；若能聽懂，那對你來說，簡單還是難？」

青山書院裡有好幾個先生，按照學生程度授課。原東良是由馬欣榮啟蒙，又跟著寧震唸書，自己也不知學到什麼程度，就跟著馬文昭去幾天，回頭再商議上學的事。

「能聽懂，娘親不用擔心。」原東良笑著說，抱起軟榻上的寧安成晃了晃。「安成有沒有想哥哥啊？」

寧安成笑咪咪地糊了原東良一臉口水，哥哥、哥哥的喊個不停，樂得原東良又抱著他轉了兩圈。

前幾年剛撿到原東良時，小孩大概是吃得不好，瘦瘦弱弱的。現在，原東良已經長高很多，身子也壯實，就馬家的幾個表兄弟能跟他比肩。京城裡其他十歲的小孩，站在原東良跟前，看起來硬是差了兩、三歲。

寧安成被轉了兩圈，想起另外一個轉他的人了，小手一拍，開始喊爹爹。

馬欣榮笑著捏他臉頰。「你爹還在趕路呢，不過，也快到了。」

「哥哥，書院裡好玩嗎？」寧念之又湊過來問道。

原東良放下寧安成，把她抱到軟榻上。「不怎麼好玩，大家都在看書寫字，一點意思也沒有，妳不會喜歡的。不過沒關係，再兩年，哥哥長大了，學會那些東西，不用去書院，就可以天天在家陪著妳。」

寧念之趕緊點頭。「那哥哥可得努力讀書，人家說，書讀越多越聰明，本事越大。我哥哥將來要當天下第一聰明的人、天下第一有本事的人。」

原東良嚴肅著表情點頭，既然是妹妹的願望，那肯定要完成啊。

「那今日妹妹在家玩什麼了？」原東良問道。

寧念之眨眨眼。「和二妹玩了。哥哥，我也有自己的院子了，和你的院子很近，隔著牆扔石頭，就能扔到你院子裡去。」

原東良眼睛一亮，想了想，轉頭看馬欣榮。「娘，能不能在我院子裡的牆上開道門？」

馬欣榮嘴角抽了抽，堅決搖頭。「不行！」閨女雖然小，但兒子已經十歲了，又不是親兄妹，在牆上開門，算怎麼回事？

晚上，眾人又在趙氏的榮華堂吃晚飯，趁著鎮國公也在，馬欣榮說起了管家的事情。

「之前我不在家，勞累老太太和二弟妹了，現在我回來，哪能繼續煩擾妳們，妳們不說，我心裡也不安。老太太這個年紀，正是頤養天年的時候，別人家的老太太悠悠閒閒地含飴弄孫，咱們家的老太太卻要管家理事，說出去，也顯得我不孝順了。」

說著，她轉頭看李敏淑。「還有二弟妹，這幾年真是煩勞妳了。咱們妯娌倆，我也不說那麼多客氣話，回頭給妳準備一份謝禮，不是多珍貴的東西，是在白水城買的，就圖個稀罕，妳可別嫌棄。」

李敏淑忙搖頭。「哪裡，大嫂能惦記著我們，我高興還來不及呢。」

趙氏輕咳一聲。「這管家的事情，不是我在忙，倒不用妳來體貼我。只是，妳剛回來，我瞧著事情不少，又要準備禮單、又要給念之安排院子，這院子收拾好了，是不是也要好好挑伺候的人？念之可是咱們家的嫡長女，萬萬不能出了差池。另外，震兒是不是也要回來了？」

說著，趙氏側頭看寧博，抿唇笑道：「不是我說，這小夫妻倆成親才幾年，震兒又忙著打仗，就算同在白水城，怕也沒多少相聚時候。好不容易回家了，我想著，是不是讓震兒和老大家的再給安成添個弟弟？」

寧博的目光掃向馬欣榮。趙氏說的話，馬欣榮實在不好接，總不能對公爹說，即便她管家，也能跟世子爺生孩子吧？所以只能裝沒聽見，垂著頭做出害羞的樣子。

寧念之倒是沒有顧忌，扒著寧博的膝蓋，嫩生生地說：「我要是單獨住一個院子，是不是會和小姑姑一樣，一出門，身邊就跟著好幾個丫鬟、婆子？」

寧博抬手抱起她，笑咪咪地點頭。「那是自然。妳是咱們鎮國公府的嫡長女，不管怎麼說，氣勢是要培養起來的，將來見了公主、郡主，也不用怕。」

鎮國公府可是實打實的軍功出身，父子倆都立過功，並非靠祖蔭才有名聲跟權勢。他們家的孩子，哪怕是對上皇子，只要不是太大的事，都能全身而退。

「那我能不能自己挑人？我喜歡長得好看的。」寧念之立刻要求道。

寧博點頭。「妳要用的人，自己來挑也行。」

馬欣榮忙客氣道：「爹，您可不能太慣著她。這丫頭，從小野慣了，什麼事情都要自己拿主意。她這點年紀，哪知道怎麼挑人啊？」

寧博擺擺手。「鎮國公府的姑娘，自然要大大方方，有自己的主意。念之不會挑，妳這個當娘的先過過眼，然後再讓她來選，不就行了嗎？」

馬欣榮忙點頭，又看李敏淑。「倒是又要煩勞二弟妹了，這兩天先將名冊送來，我斟酌斟酌。」

李敏淑聽了，沒敢露出不好看的臉色，忙應下來。「大嫂稍等等，明兒一早，我就讓人送過去。」公爹都開口了，這事不能賴下來，不如面上做得好看些，讓公爹滿意。

果然，寧博的臉色好看多了。他不傻，也不糊塗，這家日後該是誰的，就是誰的，他不過是不想當著眾多人的面，給趙氏難看。

同是嫡子，大不了他在錢財上多補貼小兒子，但家主得先確立起來，長幼不分是禍家之源。但趙氏畢竟給他生養了一兒一女，不好直接反駁她的話，所以才藉著寧念之的話頭說下來。

「東良去書院的事情，決定好了？」寧博摸著鬍子問道。

馬欣榮笑著摸摸原東良的腦袋。「是，明兒我讓人送束脩過去。以後，東良就要天天去書院了。」

「馬車跟書僮也準備妥當了？」寧博又問道。

馬欣榮笑道：「若是馬車，吩咐一聲，車房就能安排好。只是這書僮……爹可有合適的人選？畢竟我和世子爺多年不在府裡，府裡有哪些適齡的小孩，我還真是不大清楚。」

馬欣榮是聰明人，說著話，便起身向鎮國公行了個禮。「請爹多幫襯，您身邊的人，定然十分出色，如果東良能得一個，他在外面的事，我就不用太擔心了。」

寧博摸著鬍子打量原東良，好一會兒才點頭。「正好，管家的小兒子今年十四歲，年紀稍微大些，能幫忙照顧人。妳要是覺得妥當，回頭我就讓他進府。」

馬欣榮大喜，趕緊點頭。「爹挑選的人，定是極好的。東良，快謝謝祖父。」

原東良忙起身行禮，鎮國公伸手拍拍他。「進了書院，就該認真唸書，好好學習，將來當個武狀元。」

寧家和馬家不一樣，子嗣不多，也暫時沒有棄武從文的打算。如果原東良能栽培起來，將來寧安成便多個幫手，兩人從小像親兄弟一樣長大，感情深，若遇上事兒，原東良定會盡全力幫忙。

寧家不缺錢，多養個小孩並不費事，再者，原東良對自家兒子還有救命之恩呢。寧博不是那種用完就扔的人，自然願意把原東良當親孫子教養。

寧博給了書僮，又笑道：「書院是不是光教讀書寫字？」

「不是，也有騎射。不過孫兒今天看了看，只是普通的功夫，可以強身健體，但上陣殺敵就太弱了。」原東良正經地回答。

寧博點頭：「嗯，那每天早晚你來練武場，我找人指點你。」

馬欣榮大喜，寧博時常去練武場，到時若能親自指點原東良，那原東良在寧家的地位就會更穩固，遂忙拉了原東良，一起謝過寧博。

寧博擺手。「又不是什麼大事，東良也是我的孫子。若安和願意學，我也教他，不會厚此薄彼。」

李敏淑笑笑，沒敢接話，私心裡是不想讓兒子上戰場的。刀槍不長眼，打仗那麼危險，寧震可是老爺子手把手教出來的，當年不照樣生死不明，後來也受傷無數次嗎？危及性命的狀況，一個巴掌還數不過來。

說了一會兒話，寧博便起身，要帶著原東良去練武場瞧瞧。

寧念之想跟，寧博也沒阻攔，不過瞧她腿短走得慢，索性將人提起來放在胳膊上，一起過去了。

「今日在學堂裡都學了些什麼？」寧博一邊走，一邊問原東良。

原東良恭敬地回答：「學了《孟子》的〈公孫丑〉篇。」

「背一遍我聽聽。」

「公孫丑問曰：『夫子加齊之卿相……』」

小少年的聲音清清朗朗，寧念之聽得挺有意思，張著大眼睛，時不時瞧向原東良。

趁著寧博沒注意，原東良做了個鬼臉，逗妹妹開心。

寧博只當沒看見，問他：「知道是什麼意思嗎？」

「有些知道，有些不知道。今天先生只交代背誦，明兒才講。」原東良趕緊做出一副老實樣子來。

寧博點頭。「哪些不會？」

兩人一問一答，沒多久就走到了練武場。

寧博讓人找出一桿槍，挺寶貝地說：「這是你爹小時候用的，以精鐵打造，十分結實，日後就歸你用。等你長大些，身量差不多了，再讓人給你打造新槍。」

原東良忙點頭，寧博遂伸手朝院子中央指了指。「咱們家的槍法，你爹教過你吧？耍一遍給我看看。」

「是。」

原東良點頭，拎著長槍走到中間，擺好姿勢，唰的一聲，長槍刺出來，嚇了寧念之一大跳，趕緊抱著老爺子的腿站好。

「不錯，樣子有了，不過沒氣勢。咱們家的槍法，傳承於楊家槍，講究一個『快』字……」

等原東良練完一遍，寧博脫掉外衣，親自下場，拿了另外一桿槍示範。

寧念之托著腮幫子坐在小板凳上，有點兒無聊，早知道就不跟過來看了。不過，這邊好像離桃園不算遠啊，不然順便逛逛去？

「但不能傻快，沒有穩頭也不行……」

不過，她馬上又把這念頭按下了。這裡可是外院，她要回內院，必定會經過內門，那些婆子才不會讓她單獨溜走呢。或許，等哥哥哪天有空，再偷偷帶著她去轉轉？

寧念之想，上輩子也沒聽說桃園有什麼不對勁。唔，小姑姑討厭祖父說她是福星，那桃園是不是剛好相反，住進去的人，會倒楣一輩子？

這不是開玩笑嘛！別人不知道，她還會不知道嗎？所謂的運氣好、福星什麼的，完全是依靠老天爺給她的賞賜，提前聽見、看見，才能預警。走霉運這種說法挺虛幻的，不可信不可信。

「睏了？」

迷迷糊糊中，旁邊有人問了一句，寧念之側過頭，瞇著眼看去，見原東良滿頭大汗地蹲在她身邊，而老爺子正在穿外衣。

寧念之打個哈欠。「練完了？」

「嗯。我揹妳回去？」原東良問道。

寧念之伸手，原東良便蹲在她身前。

寧博忍不住笑。「你剛剛練了半天，不累嗎？放下來，我抱她回去就行。」

「爺爺，沒事的，我力氣大。」原東良笑著說。「時辰不早了，您趕緊回去休息，我送妹妹回去。」

寧博想了想，便沒反對，道：「若是揹不動了，就叫人幫忙。」

原東良點頭。「我知道。」

目送寧博出了練武場，原東良這才揹著寧念之回內院。

第十六章

寧念之過了睏勁，但又不想自己走，遂依然懶洋洋地趴在原東良後背上。

「哥哥，回京之後，你開不開心？」

原東良沈默了一下。「妹妹開不開心？」

寧念之點點頭。「開心。」吃好、喝好、睡好，得了空耍耍小心眼，日子過得差不多跟養豬一樣。若能像在白水城時那樣，天天沒事便出門跑跑，就更開心了。

「那我也開心。」

寧念之捏他耳朵。「不能撒謊，不開心要說。」

「不撒謊，妳開心，我就開心。」原東良笑著側頭。

寧念之拉住他的髮髻，拽了拽。「等爹爹回來，讓爹爹帶我們去莊子玩。馬上要冬天了，咱們可以堆雪人，京城的雪沒有白水城的大，但雪景更精緻漂亮，白水城的雪太粗了。」

京城的雪花細，白水城的粗；一個猶如柳絮紛飛，一個好似粗鹽粒子，撲在臉上，澀疼澀疼的。

「好，給妳堆個大大的雪人。」原東良答應道。

寧念之繼續念叨。「我要快快長大，然後咱們一起去太學唸書。聽說太學裡有好多好多博學的先生，哥哥將來一定會很有本事。」

原東良點頭。「嗯，全聽妳的，妳說去哪兒就去哪兒。」

「不知道爹爹現在走到哪兒了？之前趕路很辛苦，爹爹比我們更辛苦。」

「很快就能見到爹爹了，妳不是正在學寫字嗎？到時候可以寫給爹爹看。」

「弟弟太小了，還不會說話呢。」

「妳小時候也不會說話啊，多教教就會了。妳現在對弟弟好一點，將來弟弟也會對妳好。」

「娘要開始管家了，以後一定很忙。」

「沒事，到時候我照顧妳，妳想做什麼，都可以來找我。」

兩個人嘀嘀咕咕，寧念之左右看看，發現沒人，趕緊壓低聲音，湊到原東良耳邊，悄聲說道：「我覺得，小姑姑好奇怪啊，總是想讓我去住桃園，也不知道桃園裡有什麼。咱們偷偷溜進去看看？」

原東良耳朵動了動，瞇了瞇眼。「桃園？」

「嗯，現在太晚了，等書院放假，咱們偷偷去看看。」

這會兒，自家娘親還等著她回去呢，拐去桃園轉轉，少不了得半個時辰，馬欣榮肯定會著急，一著急，說不定會派人來找，事情就鬧大了。

兄妹倆回了明心堂，馬欣榮果然還在等著，看原東良揹著寧念之進來，便忍不住伸手捏捏寧念之的臉頰。

「小豬，又讓哥哥揹妳。妳長大了，一天比一天重，哥哥都快揹不動了！」

原東良忙道：「娘不用擔心，我揹得動。不管妹妹長多大，我都揹得動。」

馬欣榮抽了抽嘴角。算了，一個願打、一個願挨，她就不要當壞人了。

寧念之見狀，趕緊撒嬌。「娘，睏睏。」

馬欣榮彎腰把人抱起來，摸摸原東良的腦袋。「時候不早了，明兒還得上學呢，趕緊回去休息吧。今晚安成留在我這兒，省得他半夜鬧你。」

「那我回院子了，娘也早點休息。」

原東良行了禮，慢吞吞地走回扶搖院。

回房洗完澡，原東良正打算去睡覺，忽然想起寧念之說的桃園，便有些睡不著了。

對他來說，整個寧家，除了寧震夫妻、寧念之姊弟、祖父鎮國公之外，其餘的都是陌生人，沒有血緣關係，更沒有親情。所以，從一開始，他就抱持著戒心。

在他心裡，寧霏連長相都是模糊的，為什麼她非要讓自家妹妹住進桃園呢？

想著想著，原東良睡不著，翻個身，凝神聽外面的動靜。等守夜的小廝、婆子睡了，便立刻坐起來，隨手拽過外衣穿上，簡單紮緊褲腿，躡手躡腳地下床，偷偷開了門。

寧家內院，牆外有護衛巡邏，牆內則是婆子巡邏。但原東良身量小，加上小時候被狼群養大，學著狼走路，很難讓人發現。

趁著換崗，他側身便溜出去，一路躲著巡邏的人，小半個時辰後，就摸到了桃園。

園子裡大概很久沒住人，兩扇門上掛著鎖鍊，有些生鏽。

原東良拽了拽，鎖鍊挺結實，沒拽動。

他抬起脖子看看牆頭，後退幾步，再往前猛衝，借力跳起來，把手攀在牆上，俐落地一翻，就進了桃園。

院子裡種著十幾株桃樹，這會兒已經入秋，樹上的葉子開始落了。

原東良掏出火摺子，用蠟燭點燃，仔細打量周圍。

屋子雖然舊，但看著完好無缺，窗紙沒有破洞，更不見蜘蛛網之類的，就是地上一層落葉，下面是枯黃的草，看著有些荒涼。

走近看，正房有五間，左右廂房各三間，後面還有三間小房子，大約是給丫鬟、婆子住的。院子其實挺大，格局中規中矩，但除了桃樹，沒有假山、沒有流水，也沒有小花園，感覺沒什麼特別之處。

原東良看完，走到正房門前，又是俐落一翻，然後回扶搖院去了。

第二天，寧念之聽原東良說起這事，立刻不樂意了。

「哥哥不講信用。咱們不是說好要一起去嗎？哥哥竟然自己去，沒有等我。」

「我先去看看有沒有危險，沒有的話，再帶妳去。」原東良忙解釋，又搖頭道：「但妳還是別去了，那地方就是個舊院子，空空蕩蕩，連小花園都沒有，只有草地，草都枯了，沒什麼好玩的，更沒有妳所想的古怪。反正妳要去住芙蓉園，就不用管那院子了。」

他頓了頓，又道：「我想著，小姑姑大概只是想給妳挑個偏遠點的地方住，如果真有不妥，爺爺肯定不會答應。雖然祖母和姑姑待在府裡的時日比咱們長，但爺爺才是鎮國公府的主人啊。」

寧念之聽了，像模像樣地點頭。「你說得是，或許是我多心了，既然那地方十分破舊，姑姑就是想噁心我一下吧。」就算寧霏不喜歡她，十三、四歲的小姑娘，能做出什麼來？

她大概警覺過頭了，現在的寧念之只是五歲小孩，她卻依然當自己是上輩子那個十幾歲、擋了別人路、被人厭惡的寧念之。

「既然沒什麼危險，改天咱們一起去轉轉。」寧念之笑咪咪地說道，送原東良到內院門口，揮揮手。「哥哥去上學吧，我乖乖待在家，等哥哥下午放學了陪我玩。」

原東良揉揉她的頭髮，笑著點頭。「好，妳乖乖在家等我。」說完便擺擺手，帶著書僮出門了。

寧念之扒著圓拱門，直到看不見人，才轉回去。

內室裡，馬欣榮正端著茶杯和陳嬤嬤說話。

「我猜著，二弟妹要過兩天才會把帳本送來。」

陳嬤嬤頗為不屑地道：「不將帳抹平，二夫人哪敢送來？夫人回來得早，老太太和二夫人來不及，再過個三、五天，她們就能把帳給平了。」

按說，馬欣榮應該是在寧震動身之後，才帶著孩子回京，沒想到卻是他們先回來，寧震落在後面。這一顛倒，就差了十多天的工夫。

馬欣榮倒是不大在意。「若是不多，就當是這些年二弟妹幫我管家的辛苦錢。念之，過來，這兩天要先給妳請先生，妳喜歡什麼樣子的？」

寧念之嘟著嘴，不樂意了。「我才五歲呢。之前外祖母說，等我六歲，才要請先生。」

「五歲和六歲沒差多少，妳不是快要過生日了嗎？」

馬欣榮伸手把閨女抱到身邊。「我告訴妳，先生請回來後，妳得老老實實地唸書，要是再帶著弟弟瞎玩，回頭我就罰妳抄書。知道嗎？」

寧念之做了個鬼臉，從馬欣榮身邊逃脫。「那趁著先生還沒來，我先去多玩一會兒！」說著，便一溜煙地跑出門。

寧念之出了明心堂，遠遠瞧見有幾個婆子拉著東西過來，忙跑去看。

「欸，妳們拉的是什麼？這是樹苗嗎？什麼樹的？要種到哪兒去？」

現下寧家的人都知道大姑娘回來了，就算沒見過寧念之，也能認得出人，趕緊行禮，滿臉是笑地回答：「這是桃樹，要種到桃園去的。府裡有不少地方得種新樹苗，大姑娘若是喜歡，奴婢們也幫您種上？」

「種到桃園？」寧念之摸摸下巴，她和原東良一起長大，後來馬欣榮懷孕，就是她在帶原東良，可以說，小屁孩有今天，都是她的功勞。所以，原東良心裡打什麼鬼主意，她是一清二楚。

今兒早上他說的那番話，一聽就有鬼，還糊弄自己，說桃園沒什麼可看的。趁他現在不在家，自己偷偷去瞧瞧？

寧念之想著，便笑嘻嘻地說：「我沒看過別人種樹，我和妳們一起去行不行？」

大姑娘說要去，婆子們不敢攔，卻是有些擔心。「是不是和馬嬤嬤說一聲？」

「不用不用，馬嬤嬤正忙著幫我布置房間呢，不用跟她說。」

寧念之擺手，跟著幾個婆子去了桃園，看她們先將原本的樹苗挖走，再種下新苗。

寧念之繞著挖出來的樹苗轉圈，雖然不大明顯，但從根部能看出來，已經有些腐爛了，難怪得換上新樹苗。

有個婆子生怕寧念之在這兒無聊，想討好她，便笑哈哈地和她說話。「咱們府裡，每到秋天都要買樹苗跟花苗，姑娘若想種什麼花花草草，像蘋果樹、石榴樹，還有芙蓉花、木棉花之類的，只管來找奴婢，奴婢保證給姑娘買到最好的。」

「每年都要買啊？」寧念之抬手摸了摸新種上去的小樹苗。「桃園的樹苗每年都換嗎？」

婆子笑著點點頭。「是，每年秋天換一次。您看，這桃樹一直長不大，奴婢們就想，桃園的地怕是不大好。」沒敢多說，總不能給寧念之講解什麼叫上肥吧。

寧念之若只是個孩童，聽了這個，怕也不會當一回事，花花草草，每年死、每年種的也不少。可她活了兩輩子，又不覺得寧霏是好人，自然而然地，就想到了不祥的兆頭。

花花草草每年死，可見桃園的確是個不大好的地方，難怪寧霏和趙氏非得讓她來這兒住，要能用這園子剋了她的福氣，變成災星，爺爺不喜歡她，那寧霏又會是寧家最尊貴的姑娘了。

寧念之嘖嘖兩聲，可惜她一開始就沒上當。

既然來了，寧念之打算到處逛逛，去推房門，卻發現上了鎖。

婆子趕緊過來說道：「這園子很久沒住人，所以才鎖著。如果姑娘想進去看看，奴婢去給您拿鑰匙？」

寧念之點點頭，那婆子便急忙出院子找人，沒多久，就帶著鑰匙回來。打開門，正打算進去，就聽見裡面嗚嗚響了兩聲。

婆子有些膽小，表情立刻僵硬。「大姑娘，這屋子很久沒打掃了，怕裡面灰塵多，不如先出去，等打掃過再來看？」

寧念之膽子大，她也是見過死人的人了，再說光天化日下，就是真有鬼，也不敢現形啊。凝神聽了一會兒，那聲音也不似厲鬼哭叫，反而像是風聲。

她轉轉眼珠子，所以昨晚原東良是被嚇著了，今兒早上臉色才那麼不好看？真是小孩子啊，還在她面前逞強，硬做出沒事的樣子。不過，這也是體貼，寧念之心裡美滋滋的，沒白養這小孩。

「說不定有小貓？」寧念之笑嘻嘻地說，探著腦袋往裡面瞧。「我找找看，是什麼在叫呢？」

看寧念之往屋裡走，婆子趕緊拽住她。「姑娘，裡面真的有很多灰塵，萬一掉進眼睛，可是要疼的。咱們別進去了，等打掃完再看吧。」

寧念之才不是會聽人勸的，非得進屋，婆子攔不住，又不敢讓她一個人去，只得咬咬牙，臉色發白地跟在後面。

兩人進了屋，寧念之東摸摸、西看看，順著聲音摸到一座書架前，但書架卻是空的。她摸著下巴，仰起小臉想想，心裡一驚，差點要跳起來。空書架、風聲，這不就是密室嗎？難道桃園裡有藏寶室？所以，寧家家主才沒讓人住進去？

從她記事起，加上上輩子，都沒見到有人住在桃園。再往上一代，也沒聽說有誰住過。

寧念之控制不住自己，露出個大大笑容，正打算去推書架，卻忽然頓住，輕咳一聲，對婆子說：「的確沒什麼好玩的。妳叫什麼名字？在哪裡當差？」

婆子心裡一喜，趕緊回道：「奴婢家裡姓張，姑娘叫我張家的就行，現下在花園當差。」

「嗯，我院子裡少個種花草的，妳以後就到我院子來，多種些芙蓉花，另外再種棗樹什麼的，還要搭個葡萄架。」寧念之像模像樣地吩咐。

張家的喜不自禁，連聲答應。

幸好她沒看大姑娘人小就應付了事，這不，果然被看上了。去嫡長女的院子裡當差，可比待在花園強得多，這算是巴結上貴人了。

第十七章

寧念之蹦蹦跳跳地回到前院，眼巴巴盼了一天，才把太陽從中天盼到西邊。

原東良放學，剛到內院門口，寧念之看見，立刻撲過來。「哥哥，你總算回來了！」

原東良忍不住笑。「想我了？」

寧念之不住點頭。「是啊，哥哥肚子餓不餓？哥哥想吃什麼？我給你留了點心，是廚房今天剛做的，特別好吃。剛才弟弟也念叨你，肯定是想你了。今天先生布置功課了嗎？哥哥吃完飯是不是要做功課？」

原東良捏捏她鼻子。「妳問這麼多，哥哥要回答哪個？」頓了頓，開始一個個回答。「娘親讓人給我帶了點心，馬家也有準備，所以肚子不餓，謝謝妹妹惦記，給我留了點心吃。先生布置了功課，不過，吃完飯可以帶妳和弟弟玩一會兒，然後再去做功課。」

寧念之做了個鬼臉，拽拽原東良的胳膊，讓他低下頭。「我有個大發現，就是桃園裡……」

她的話沒說完，原東良就直起身子，不高興地問道：「妳去桃園了？我今天早上說了什麼？」

寧念之眨眨眼，儘量讓自己顯得可愛。哪怕知道她是裝的，可原東良就吃這一套，嘆口氣，臉色緩和下來，伸手揉她頭髮。

「我不是不讓妳去，只是妳答應過我，等我回來再去。在白水城時，妳說了，危險的地方，就讓我先去看看，我說可以去，妳才去；我說不能去，妳就不去，難道要說話不算數嗎？是誰說要給弟弟做榜樣，當個言而有信的君子？」

寧念之低聲嘟囔。「我不是君子，娘要我當個淑女。」

原東良語重心長道：「妹妹乖，聽話好不好？萬一真遇見危險，我不在，爹爹也不在，誰來保護妳？」

寧念之眨眨眼，她又不是傻的，桃園若有危險，怕是會連大門都鎖上，不讓人年年換樹苗了。真的死過人和不吉利，可是兩回事。

不過，瞧著原東良的臉色，寧念之不敢再辯解，乖乖點頭，保證道：「這次我錯了，以後不會再這樣了，哥哥別生氣。」

原東良忍不住鬱悶，對著妹妹，每次生氣都只能維持那麼一會兒。算了算了，大不了，以後他更努力些，變得強大，能護住她，讓她隨心所欲，想做什麼就做什麼。這回，還是陪她去探探吧。

於是，兩人一起回明心堂，和馬欣榮說要到花園玩，趁著天沒黑，偷偷摸摸地去了桃園。

這次，兄妹倆沒忘記帶上人，開了房門，寧念之就一臉興奮地拉著原東良，衝到書架旁邊。

「我聽見風聲，後面肯定有個密室，說不定藏著很多很多金子。要是這樣，我們就發了！」

張家的忍不住搖頭，大姑娘果然是小孩子，這密室……還沒想完，就見原東良伸手將書架直接搬開，後面居然露出了一個只能通過一人的洞口，連馬嬤嬤都忍不住瞪大了眼睛。

馬嬤嬤回過神，發現兩個小孩已經手拉手，準備進去了，趕緊把人拽住。

「還不知道裡面到底有什麼東西，你們兩個不許進去！等我叫人過來。聽話點，你們看，那裡是不是烏漆墨黑的？說不定有吃人的怪獸！不許進去知道嗎？」

說完看向張家的。「妳看著姑娘和少爺，我去叫人。」說完便轉身，跑去喊人了。

張家的很聽話，堵著門口，不許原東良和寧念之進去。

馬嬤嬤飛快回了正房，向馬欣榮稟報，馬欣榮一聽便著急了。「哎呀，那兩個死孩子，這麼不聽話！早說了不許他們去桃園胡鬧，錯眼不見，竟然就跑去，真是欠打！馬嬤嬤，妳趕緊去找國公爺，這密室裡不管有什麼，都得先讓他知道才行，萬一要有什麼機關、陷阱之類的，那就糟了！」

馬嬤嬤聽了，不敢耽誤，連忙到前院找人。

寧博收到消息，急匆匆地趕到桃園，就看見寶貝孫女兒正靠著原東良，兄妹倆坐在牆根下發呆呢。

進了門，寧博先繞著洞口轉兩圈，側耳聽了約一盞茶工夫，這才轉頭問後面跟著的人。「是誰聽見風聲的？」

先到的馬欣榮忙上前解釋：「爹，是念之跑進桃園玩，才發現不對勁的。」

寧博點點頭，伸手揉了揉寧念之的頭髮，然後率先踏步進去。走了兩、三步，就是臺階，後面跟著寧家家將，都是能信得過的人，舉著火把保護馬欣榮、寧念之和原東良。

寧念之在心裡默默地數，大約十二個臺階之後，就是平地了。

這密室大得很，東西擺得滿滿當當，有箱子、兵器，還有書架。

寧博上前一步，正要掀開箱子，後面的家將趕緊攔住他。「國公爺，說不定有機關，等我先試試看。」

寧博皺眉，左右掃視一眼，看見兵器架，遂大踏步過去拿了一桿槍，挑開箱蓋──沒有機關，直接露出滿滿一箱、像磚頭一樣厚實的金塊！

其他人見狀，合力開了幾個旁邊的箱子，除了金子之外，還有銀子、珠寶首飾、瓷器等等，琳琅滿目。

「哇，真的是藏寶室！」寧念之忽然開口道。「我就說屋裡肯定有寶貝！」

難怪上面的桃樹種一年就枯死，地下被掏空，密室外牆又是用煤渣修的，桃樹能長一年，都算命大。

密室裡居然有這麼多金銀珠寶，簡直太出乎意料了！那麼，這密室是誰修建的？裡面的東西又是誰放的？

不光是寧念之想到了，寧博臉上閃過喜色之後，表情立刻變得凝重。

「這件事不能宣揚出去。」寧博皺眉，轉頭掃視眾人。

家將是可信之人，不必擔心；兒媳不用說，洩漏此事對她沒有好處，而孫子只要囑咐好便行。至於剩下的兩個婆子……

馬欣榮見狀，忙上前行禮。「父親放心，這事兒，兒媳絕不會讓人說出去一個字。今天是他們兄妹倆來桃園玩耍，念之不小心撞到腦袋，所以我才趕緊帶人過來看看。」

原東良有些緊張地拽住寧念之的手，張家的趴在地上發抖。要命喔，馬嬤嬤是夫人的陪嫁，夫人自會保住馬嬤嬤，可她不過是個粗使婆子，只在花園裡種種花草，今兒是頭一天去大姑娘的院子，連點事都沒做呢。這裡面，就她一個是外人！

「娘，張家的挺老實的。」寧念之不忍心，仰頭看馬欣榮。「她還要給我種花呢。」

馬欣榮頓了頓，說道：「先看看。父親放心，我必會約束好下面的人，若有一言半語傳出去，必定嚴懲。」

寧博點點頭，正打算離開，看見另一邊的書架，便踱過去看，卻忍不住震驚了，抬手抽出一本冊子，又連著翻開三、四本，然後猛地合上，嚴肅道：「先出去。」

大家離開密室後，寧博命人取來新鎖，鎖上桃園的門，並親自保管鑰匙。

馬欣榮作戲作全套，出了房門，就用帕子在寧念之腦袋上纏了一圈，揉揉眼睛，眼圈立刻通紅。原東良雖然哭不出來，卻繃著一張臉，倒也看不出太大的破綻，幾個人便張揚地回了明心堂。

另一邊，趙氏和寧霏也收到消息，寧霏有些鬱悶地抱著趙氏的胳膊撒嬌。「娘，您看，寧念之一回來，爹爹就只顧著她了。不就是摔了一下嗎？大嫂還非得讓人去叫爹爹！難不成爹爹過去，寧念之就不摔跤了？」

趙氏皺眉，斥了寧霏一句：「妳閉嘴！」這話傳出去，寧家的閨女別想嫁人了。誰家的媳婦兒遇上事情不找婆婆，卻去找公爹的？

只是，寧念之摔傷腦袋的事已經傳開，她不好不去看看，遂打算起身，就有人通報，說鎮國公來了。

趙氏趕緊迎出門。「你怎麼過來了？我聽說念之那丫頭摔了腦袋，正要去看呢。嚴不嚴重？大夫是怎麼說的？」

「我也不知道。」寧博含糊道，端起茶抿了一口，沈默一會兒，才繼續說：「桃園有賊，被東良發現，我帶人過去，那賊推了念之一把，念之才摔到腦袋的。」

趙氏聞言，鬆了口氣。遇上賊人，確實應該叫老爺子過去看看。

「我派人鎖了桃園，妳回頭吩咐一聲，誰都不許靠近那裡。明兒我帶人檢查檢查，看是哪兒能闖進人來。」

寧博交代完，放下茶杯起身。「我有點事情，晚上不回來吃飯。」說著便出去了。

等寧博走遠，寧霏有些得意地對趙氏說：「我就說桃園的風水不好。您看，寧念之不過是去裡面轉轉，便遇上賊，撞了腦袋。要真住進去，肯定會大病一場。」

趙氏點點頭。「那地方的確有些邪氣，不過，以後妳不要再說讓寧念之去住桃園的話了。妳爹又不傻，桃園多少年沒住過人，妳卻非得讓寧念之住進去，這不是招妳爹的惱嗎？」

寧霏皺皺鼻子。「我只是提一提，爹不願意就算了，如果願意，豈不是正好嗎？說句話也不費勁。」

「妳別把別人都當傻子，妳大嫂若是個傻的，當年會出京去找妳大哥嗎？妳瞧瞧，這回不光是找到妳大哥，還生養了兒子，又有跟著妳大哥吃苦的情誼。妳等著看吧，三、五年內，妳大哥定不會納妾，或做些讓妳大嫂生氣惱恨的事來。」

趙氏說著，轉轉手腕上的鐲子。「這麼同生共死一場，妳大嫂在妳大哥心裡的地位，就只有妳爹能比了，即便以後納妾，也是妳大嫂說了算。原本我還覺得妳大嫂是個傻的，沒想到，她才是有福氣的。」

趙氏有些自嘲，馬欣榮帶著閨女出京時，她暗地裡別提多高興了，長房的人死絕，整個鎮國公府就是他們母子三個的。馬欣榮若有腦子，就該留在京裡養大孩子，她是長嫂，將來寧家誰也不敢虧待她。

可她偏偏想不通，要去送命，還帶著閨女一起去，全天下沒有比她更傻的人了。卻沒想到，她居然是傻人有傻福。

寧霏有些不服氣，低聲嘟囔。「那也不一定。白水城風沙大，大嫂只去五年，整個人就老了三、四歲。這幾年大哥忙著打仗，自然顧不上，等回京看見更多美人兒，說不定……」

趙氏瞪她一眼。「小姑娘家家的，這些話是妳能說的？不管妳大哥將來納不納妾，都和妳沒關係。」說著，轉頭吩咐後面的婆子。「邱嬤嬤，我記得我的私庫裡還有一枝老參，妳找出來，我要帶去大房。」

「寧念之是小孩子，哪能用這個？娘，咱們留著燉湯喝，也好補補身子。」寧霏不高興地說道。

趙氏伸手戳她腦袋。「妳怎麼養成了這麼小家子氣的性子？我從來沒少給妳銀錢用，怎麼看見一點好東西就不放手？人參放的時日長了，藥性會變弱，這會兒咱們拿去當人情，將來妳大哥、大嫂會還來更好的！」

寧霏聞言，雖然還是不高興，卻沒再阻止，跟著趙氏去了明心堂。

明心堂的內室裡，一聽見外面有人喊，寧念之便迅速閉眼，手中的點心也被急慌慌地塞到被子內。

馬欣榮看見了，心疼得要命，那點心可是油炸的！但這會兒沒空計較了，趕緊把簾子拉下來，擋住日光，又給原東良使個眼色，這才起身去迎接。

「娘、小妹，妳們過來了。」

趙氏點點頭，直奔床前，佯裝心疼道：「哎喲喂，我孫女兒可受苦了，撞得疼不疼啊？大夫是怎麼說的？」

「大夫說，雖然頭撞到牆上，但幸好東良擋了下，避開要害，休養幾天就好，讓娘擔心了。也怪我，剛才著急，竟忘了派人去跟娘說一聲。」馬欣榮忙解釋道。

寧霏探頭看了看。「看著是沒什麼大問題，大嫂不用擔心。爹說過，念之是咱們家的福星，想來福大命大，肯定會好起來的。」

馬欣榮點點頭，壓低聲音道：「這會兒念之睡著了，咱們先出去喝口茶？」

趙氏聽了，把人參塞給馬欣榮。「我就是來看看念之，既然念之沒事，便不多留了，等會兒吃晚飯，妳不用過來榮華堂，留在這裡照顧念之吧。這人參是妳爹早些時候買來給我備著的，先給念之補身體，若有什麼要用的，再找人向我要。」

趙氏說完，正打算離開，又忽然想起一件事。「既然這兩天妳要照顧念之，正好妳二弟妹還沒把帳本整理完，我讓她晚兩天送來。」

馬欣榮抽了抽嘴角，點頭道：「行，那便多辛苦二弟妹兩天了。」

算了，密室裡有那麼多金銀呢，讓李敏淑再平平帳，算是賞她的辛苦錢吧。

第二天正逢休沐，寧博臨近中午才回來，匆忙吃完午飯，隨即讓趙氏準備朝服，換了衣服進宮。

馬欣榮得知消息，想了一會兒，嘆氣道：「看來，這金子落不到咱們家了。」

寧念之眨眨眼，一臉懵懂。原東良不在家，她無聊得很，索性去找寧安成，領著他在花園裡來回地跑。

寧寶珠也過來湊熱鬧，三個小孩除了捉迷藏，還學會踢毽子。當然，寧安成是負責撿毽子的。

正玩得開心，就見寧博路過，寧念之率先撲上去。「爺爺，您去哪兒了？來陪我們玩遊戲好不好？」

寧博還沒說話，旁邊的人忽然開口道：「這是寧震的千金？」

寧念之這才發現，寧博的左前方還站著一個人，因為被擋住，她竟然沒看見。

寧博恭敬地抱拳。「是。皇上恕罪，臣的孫女兒年幼……」

穿著淺藍色便服的男人擺擺手。「無妨，叫什麼名字？」

「回皇上，叫寧念之。」寧博趕緊說道，衝寧念之使個眼色，然後想起寧念之年紀小，應該看不懂，又不動了。

寧念之仗著年紀小，偷偷摸摸地打量皇帝。兩輩子頭一次見皇上啊，活生生的皇上，得好好看看才行。比起寧博，皇帝顯得更年輕些，看著大約四十多歲的樣子，正值壯年，面容帶著幾分威嚴，雖說含著笑容，卻自有天儀。

於是，寧念之不敢多看，乖乖巧巧地站在寧博身邊行禮。「給皇上請安。」

「喲，這是教過規矩了？」皇帝略挑眉，笑著問道。

寧安成一向是姊姊做什麼便跟著做什麼，見寧念之行禮，他也一彎腰，差點直接栽到地上，幸好寧念之在前面擋著。

寧博忙解釋道：「之前孩子她娘教過一點。孩子已經五歲了，準備請先生，就先讓她熟悉熟悉規矩。」

皇帝微微點頭，像是挺喜歡寧念之，招招手示意她過去，揉揉她的腦袋，笑著問：「念之是嗎？聽妳爺爺說，藏寶室是妳發現的？」

寧念之不敢轉頭看爺爺，思緒飛速地轉了轉。今兒娘親得知爺爺出門，就說寶藏藏不住了，爺爺又親自帶皇帝過來，很明顯，這筆財富大約是要直接給皇帝的。

幾乎是眨眼間，寧念之笑嘻嘻地點頭了，有些得意。「是啊是啊，我聽見了風聲，讓哥哥帶我去找的。裡面有好多好多亮晶晶的金子，還有書，我想拿出來玩，不過爺爺不讓我拿。」說著便有些委屈。

皇帝忍不住笑。「回頭我送妳一些好不好？」

寧念之正要歡呼，又趕緊轉頭看寧博，寧博忙推辭。「不過是小孩子家家，皇上不用如此看重。」

皇帝擺擺手。「就算是小孩子，也是立了功，朕一向賞罰分明，自然要記上一筆的。」轉頭看寧念之。「咱們去看看寶藏？」

寧念之忙點頭。「好啊好啊，我給你們帶路。不過我沒有鑰匙，爺爺把門給鎖住了，不讓人進去。」

寧博把她抱起來。「我帶著鑰匙呢。妳乖點兒才帶妳去，知道嗎？」

說著，他便派人把寧安成跟寧寶珠送回去，帶一行人去了桃園。

第十八章

到了桃園，寧博打開門，跟著皇帝進了藏寶室，後面還跟著兩個太監、兩位官員，還有好幾名侍衛。不用想就知道，在鎮國公府門外，定然還有數百數千的軍隊。

不知這些箱子在地下埋多少年，上面有挺多灰塵，哪個箱子被開過、哪個沒有，完全一目了然。再看屋子裡的腳印，皇帝心裡有數，看來鎮國公是真沒挪動過密室裡的東西。

兩個太監在皇帝示意下，開了幾個箱子，露出各種金銀珠寶。

寧念之挺高興。「都是我和哥哥找出來的。」

皇帝忍不住笑，抬手指了一個箱子。「那這箱當作獎勵賞賜給妳，好不好？」

寧念之眨眨眼，沒敢說話。

寧博連忙推辭。「皇上，萬萬不可，她小孩子家家……」

皇上忍不住笑了。「難道還要朕再說一遍？對了，這女娃的哥哥是誰？」

「是震兒在白水城收養的義子，今年十歲了，兄妹倆一起長大，感情挺好的。」寧博答道。「震兒給他取名叫原東良，現下正在書院唸書。」

皇帝點點頭，轉到書架前查看。

寧博跟上去，壓低了聲音道：「昨兒老臣翻了兩本，瞧著像是帳冊，就沒敢仔細看。若這些是定親王留下來的，帳目怕是對不上。」

皇帝輕笑一聲。「定親王老謀深算，狡兔三窟，自是不可能將所有東西放在一處。這事兒，你立了大功。因著連年打仗，國庫已經空了大半，大軍歸來，論功行賞，又是一大筆錢，這正好解了朕的心頭之憂。想要什麼賞賜，你只管說，朕定不會虧待你。」

「能為皇上分憂是老臣的榮幸，皇上不用記在心上。」寧博恭謹地說。「老臣不要賞賜，只要皇上記得老臣一片忠心即可。皇上，老臣準備了箱子，這些東西……」

皇帝點點頭。「回頭我派人過來運走。這桃園可有角門？」

寧博搖頭。「桃園是在內院深處，所以沒有。若是皇上不急，老臣讓人開個角門？」

皇帝擺擺手，轉身出門。「那倒不用，就是麻煩些而已。」

寧博抱起寧念之跟著，後面侍衛過來上鎖，寧博順勢把鑰匙給了旁邊的太監。

出了桃園，就見趙氏率領一家子人，在門口戰戰兢兢地候著。

皇帝略微挑眉，道：「行了，朕這就回去。若有事，朕會派人來找寧公。」

寧博忙放下寧念之，恭恭敬敬地跟在後面，將人送出去。

等寧博回來，趙氏已經帶著人到榮華堂等著了。

寧博端著茶，一飲而盡，伸手抱寧念之，用鬍子扎她的臉頰，笑哈哈地說：「念之果然是我們家的福星！這次的事辦得好，震兒的爵位說不定不用降等了。」

寧博的親爹是軍功起家，本身沒什麼靠山，爵位只能傳一代，到寧震，就要開始降了。雖然看在寧震軍功的分上，不會降太多，但能不降更好啊。

更何況，除了爵位，皇帝的印象也很重要。雖然寧家看似風光，除了皇室，在朝堂上，鎮國公的爵位可是一等一的，但人口稀少，根基淺，往上數三代便是平民百姓。這爵位像是空中樓閣，一陣風颳過去，說不定就要塌下來了。所以，皇帝的好印象、皇帝的看重，就是打地基。打得牢固了，房子才能日久天長地立在那兒。

「爹，到底是什麼事？」寧霏十分不解。「皇上怎麼會無緣無故來咱們家？而且，這件事和念之有什麼關係？怎麼就是她的功勞了？」

「妳不用知道。」寧博伸手摸了摸鬍子。「先把桃園封起來，任何人都不能靠近，若是靠近，出了事，我不一定能救下來。你們只需要知道，這是好事就行。」

說完，他抱著寧念之起身。「你們不用在這兒聚著了。這次念之立下大功，我帶她出門轉轉，給她買點好東西當獎賞。」

寧霏不滿了，急道：「爹！」

寧博皺皺眉。「妳也不小了，該懂事了，不該問的就不要問。」說完便大踏步地出門。

屋子裡的人，你看看我，我看看你，趙氏先出聲了。「老大家的，妳不是說念之在桃園裡撞傷腦袋嗎？昨兒剛撞，怎麼今兒就好了？」

馬欣榮有些尷尬，小孩子家家正是鬧騰的時候，閨女在白水城養成了習慣，吃過飯就出門去玩。這一時半會兒的，她就忘了之前撒的謊。於是，她忙解釋道：「大夫開的藥膏好，撞得也不是太厲害，只要不使勁揉，就不會有事。」

趙氏皺眉，又問：「桃園裡到底出了什麼事？妳爹不說，但咱們是一家人，若什麼都不知道，辦錯了事，惹怒皇上，到時候挨罰的可不光是我們幾個。」

「娘，我是真不知道。昨兒我在院子裡等著二弟妹送帳冊跟名冊，張家的忽然來說念之在桃園撞著腦袋，我就趕過去了。那張家的不過是個粗使婆子，不懂事，半路遇見爹，便吧嗒吧嗒地說，讓爹跟著著急，才急慌慌地去桃園。確定念之沒事，爹就走了，我也帶著她們回院子。至於桃園發生什麼事，我就不知道了。」

馬欣榮打算裝傻到底，公爹都說了，這事不准傳出去，她就當沒發生過。當務之急，還是得先把管家權拿回來。桃園的金子已經沒了，剩下的家底，不能全給了二房。

鎮國公府地方大，幾乎占了一條巷子，出門右拐走出巷口，才算到了大街上。

寧念之被寧博抱在懷裡，好奇地東張西望。小時候的京城，她還真沒見過。

「咱們先去接妳哥哥？」寧博側頭問她。

寧念之忙點頭。「好啊好啊，這會兒哥哥快放學了，咱們先接他回來。晚飯要在外面吃嗎？我聽爹爹說，京城有個百味居，做的東西特別好吃。」

寧博笑著說：「他們家的醬肘子特別出名，不過每天只賣五十份，不知道現在還有沒有。如果沒有，我訂下來，明兒再吃好不好？」

「好，我聽爺爺的。」寧念之笑咪咪地答應。

她本來就長得好，光挑著父母生得好的地方長，比如說，馬欣榮的大眼睛、寧震的挺鼻子，雖說曬得有點黑，但這個年紀的小孩子就是可愛，看得寧博忍不住打心底露出笑容，捏捏她的小鼻子。「真乖。」

青山書院不遠，爺兒倆走過去，不用一炷香工夫。門口有僕人守著，寧博說要接孩子，僕人問清他的身分後，進去帶原東良出來，確定是認識的，這才放行。

寧念之趴在寧博肩膀上，嘰嘰喳喳地說話。「咱們去百味居吃好吃的，等會兒再去看雜耍。爺爺，晚上有唱戲的沒有？有沒有花燈？有沒有舞龍或舞獅？」

寧博耐性好，一個一個地回答，說著話，祖孫三人便到了百味居。

他們剛進去，就聽見上面在喊。「寧老哥，真是巧啊！這是帶著孩子們出來走走？」

寧博抬頭看了看，笑著打招呼。「趙老弟，沒想到你也在。」

趙侯爺扒在欄杆上喊道：「來來來，咱們兄弟好不容易碰見一次，今兒我請客！正好呢，我也沒點菜，咱們一起。」

等他下來，看見跟在寧博後面的原東良，便好奇打量一番。「這小哥兒是……」

「哦，我大孫子，剛跟著他娘從白水城回來。今兒我有空，就帶著他們倆出來轉轉。」

寧博笑著說道，然後坐下，把寧念之放在一邊，寵溺地問：「要不要喝茶、吃點心？」

趙侯爺看著挺稀罕。「沒見過你帶家裡的小姑娘出來，這還是頭一次。看你這溫柔勁，讓你那些老部下瞧見，還以為看錯人了呢。」

「我孫女可是我的心肝寶貝。」寧博笑咪咪地說。「你不也很寵愛你家的小棉襖嗎？」

「那是！你瞧，這是我閨女親手做的，頂頂好看！」趙侯爺挺得意地拉出自己的荷包向寧博炫耀。

寧博撇嘴。「得意什麼，我閨女也會做。等我的寶貝孫女長大，做得更好看。」

趙侯爺笑呵呵地點頭。「那也得等你孫女長大，要好幾年呢，可我這會兒就能用上。來來來，小寶貝，和趙爺爺說說，妳叫什麼名字？今年幾歲了？」

「我叫寧念之，今年五歲。這是我哥哥，叫原東良，今年十歲，馬上就要跟我一起過生日了。」因原東良是狼孩兒，不知道真正生辰，所以寧震和馬欣榮讓他和寧念之同一天過生日，兄妹倆作個伴，也熱鬧。

趙侯爺不大明白，看看寧博，寧博輕咳一聲。「你怎麼一個人在這？這麼有興致。」

趙侯爺擺擺手。「哪是一個人，我大孫子頤年還沒來呢，之前你也見過的，剛才出門買肉餅了。前兒他說想吃百味居的醬肘子和烤鴨，今兒特意帶他來。」

寧博聽了，笑著對原東良說：「這位趙爺爺家裡的小哥哥比你大一歲，以後得了空可來找他玩。趙哥哥對京裡各種好吃的如數家珍，跟著他保證你能吃到全京城最好吃的東西。」

趙侯爺無語。「哎哎哎，你這樣說，顯得我孫子是個吃貨似的，就不能說點好聽話？」

「當然能。」寧博笑呵呵，又對原東良說：「光會吃可不行。首先，得知道哪兒有好吃的，要會打聽，可自己去打聽肯定忙不過來，得會用人。這吃的東西，最不容易比較，你喜歡甜的，我喜歡辣的，還有人喜歡酸的，得讓大家都認可，這可不是隨便說說就行的，得有實力是不是？」

趙侯爺聽了，更是哭笑不得，原東良倒是很認真地點頭。「爺爺說得對，謝謝爺爺教導。」

「有你這麼教孩子的嗎？」趙侯爺無奈道。

寧博點頭。「別看這些小事，事事有學問，就看人願不願意教了。我這大孫子聰明，我自然要多教導幾句。」

兩人說著話，趙侯爺的孫子趙頤年就過來了，拎著一筐子肉餅，正興沖沖地進門找趙侯爺，一眼瞧見寧念之兄妹倆，趕緊做出正經嚴肅的表情來。

「見過寧爺爺。寧爺爺，這是您家的……」

雙方介紹過，趙侯爺便對趙頤年擺手。「你帶著弟弟妹妹在旁邊說話吃肉餅，互相認識認識。」說著，他壓低了聲音，向寧博問道：「今兒你進宮了？」

寧博點頭。「我大兒子快回京，大孫子也十歲了，我想趁這機會將爵位傳下去。」

趙侯爺大吃一驚。「這麼早?!你身體好好的，怎麼就……」

寧博搖搖頭。「哪兒早了？前幾年大病一場後，我的身子就有些差，要不是擔心寧震，早退下來休養了。眼下寧震要回來，也立了功，想來能撐起寧家，我自是放心把擔子交給他。至於我，以後含飴弄孫，日子過得豈不逍遙？」

趙侯爺有些含酸。「也就你捨得。說來手心手背都是肉，若你還是鎮國公，家裡的老二好歹能多享福幾年，如果讓出爵位，老二家可就不能和現在比了。再者你不是還有個閨女嗎？鎮國公的嫡女、掌上明珠，名頭可比鎮國公的妹妹好聽。你不為他們兄妹打算？」

寧博皺眉。「我現在把爵位給出去，看我面子，老大不會太過分。再來，只要我活著，就能給老二謀一條路。若我一味護著老二，寧震心裡會高興？等我百年了，他還會願意看顧老二家嗎？」

和短暫時日比起來，自然是長長久久更讓人放心。而且，授人以魚，不如授人以漁，他退下來，寧霄也能長進點，若一直護著，寧霄什麼時候才能自立？

還有寧霏，若是衝著鎮國公嫡女的名頭來求娶她，還不如不結這門親。

不過，這些話也沒必要對別人細說。

於是，寧博換了話題。「別說我了，這事兒呢，我已經打定主意，就等老大回來。倒是你，家裡的事情如何了？」

趙侯爺嘆口氣。「一言難盡。還是那句話，手心、手背都是肉，哪個受苦，我都心疼。」

寧博忍不住搖頭。「你越是這樣，事情才越是難辦。」老大是承爵的人，他卻偏心老二，寒了老大的心，養大老二的胃口，家裡不鬧才怪呢。

寧念之在心裡回想，姓趙……家世又和寧家差不多，難不成是趙侯爺一家？要真是他們，可就巧了，上輩子，趙氏正是把她許給了趙家嫡長子。據說趙家嫡長子會承爵，難不成就是眼前這個小胖墩？

寧念之想著，忍不住眼神詭異地打量他一番，真是小胖墩啊，比自家哥哥大一歲，卻沒自家哥哥個子高！

「我和你們說，東城門那邊有一家賣魚丸的，他家的魚丸都用新鮮魚肉做成，特別的鮮、特別的嫩。早上喝碗魚丸湯，再吃上一個他家隔壁賣的燒餅，一整天都會高高興興、暖洋洋的。」

寧念之聽了，嘴角抽了抽，但轉念一想，吃貨也挺好，無憂無慮，只是有點沒出息。不過，這已經和她沒什麼關係了。這輩子，爹娘跟祖父都好好的，她肯定不會嫁到趙家去。上輩子都沒成，這輩子肯定更成不了。

說著話，小二端著飯菜過來，趙小胖子深深地吸了口氣，陶醉地感嘆。「他們家的菜，可真香啊！」

寧博見狀，忍不住打趣他。「喜歡的話，讓你爺爺把廚子買回去？」

小胖墩趕緊擺手。「不要不要，買回去就不是這個味兒了。這樣挺好，隔三差五來打個牙祭才新鮮，吃多便不好吃了。寧爺爺請用，嚐嚐這個，他們家的醬肘子真是一絕！」

他這樣子，讓寧博忍不住哈哈大笑。

趙侯爺沒好氣地給孫子挾了一筷子菜。「你自己吃。你可是答應過我，吃了這頓飯，回去要寫三篇文章的。」

小胖墩立刻苦了一張臉，更是逗得寧家三口樂個不停。

吃完飯，眼看太陽差不多落山了，寧博遂先起身。「我還打算帶著兩個孩子到處轉轉，你若是有事，自管去忙；若是無事，不如咱們一起逛逛？」

趙侯爺想了一會兒，點點頭。「我也沒事。你有什麼安排？」

「都已經這會兒了，茶館裡也沒有說書的，打算去戲院看看。看完之後，若時辰還早，便去珍寶齋逛逛。」寧博笑著道。「或者到聞音閣轉轉，並沒有特別的安排。你呢？」

「那咱們一起。」趙侯爺當即笑道，起身拽了孫子一把。「難得出來，這會兒回家也沒意思，頤年，你想不想去逛逛？」

趙頤年看看寧念之，又看看原東良，挺高興地點頭，難得遇見喜歡的小夥伴，當然要多玩玩才行啊。

於是，一行人離開百味居，直奔戲院望江樓去了。

第十九章

望江樓外貼上了今晚要唱的戲曲名，三三兩兩的人站在門口觀看。

寧博抱著寧念之，剛進去就有人迎上來，只是沒等他說話，又聽見有人喊了一聲：「寧兄，好巧啊！」

寧念之跟著抬頭，同樣是二樓，有個中年人扒在欄杆上，長得挺和善，笑咪咪的，很討喜的樣子。

寧博朝他點點頭，那人又道：「咦，還有趙侯爺啊，來來來，咱們坐一起，正好說說話。」

寧博抽了抽嘴角，感覺今天走到哪兒都能遇見熟人。不過，京城就這樣大，最好的地方也只這麼幾個，來來回回，確實很容易相遇。遂不客氣，跟著趙侯爺上樓了。

那位老爺本來摟著兩個美嬌娘，一看見寧博和趙侯爺還帶著孩子，便趕緊坐正，擺手對她們道：「這裡不用妳們伺候了，端些茶水點心過來。」

這種地方的人都很有眼色，兩個姑娘端端正正行過禮，規規矩矩地退出去了。

他正打算說話，忽然一眼看見寧博身後的原東良。剛才在樓下，原東良被寧博的身影遮擋在後面，燈光又不大明亮，看得並不清楚，這會兒近看，便嘖嘖兩聲。「這孩子長得……

可真是眼熟啊。」

寧博笑了笑，介紹道：「這是我大孫子原東良，這是我孫女兒，叫念之。老趙家的，你肯定認識，我就不說了。東良、念之，喊韓伯伯。」

韓老爺微微頓了下。「姓原？」

寧博也沒多解釋。「嗯，你怎麼一個人在這兒？」

三個大人聊起來，趙頤年扒在窗口看了一會兒，喊原東良和寧念之過去。

「看，那個是碧落，他唱青衣特別好聽，今兒還有他的戲呢，之前我家祖母過生日，就是請這個戲班子的。下次我請你們去我家看好不好？」

原東良不大喜歡看戲，不過，不好意思駁了小夥伴的面子，便敷衍地點點頭。

趁著小孩子在看熱鬧，韓老爺壓低聲音問寧博：「這孩子，不是你們家親生的吧？」

寧博點點頭，也壓低聲音。「我家寧震收養的，不過，和親生的一樣，以後也要繼承寧家的產業。你剛才說瞧著眼熟，可是有什麼話要說？」

「知我者，寧博也。」韓老爺的聲音壓得更低了。「我跟你說，若只像那麼一點點，我便不開口，但我正好見過那人十來歲的樣子，這孩子簡直和他是一個模子刻出來的，加上不是你家親生，這就有點意思了。而且，算算時日，十來年前的事，你沒有印象嗎？」說著，伸手指向北方。

寧博皺皺眉。「十來年前，白水城那邊的事情，若說大的，只有撫遠將軍嫡長子一家無故失蹤的事了。」

撫遠將軍駐守西疆，和白水城相距很遠，又很少回京，寧博跟他並不熟悉。

寧博想了想，搖頭道：「這事不好說，你以後別提了。既然東良是我們家收養的，以後就是寧家子孫，和別人家沒什麼關係。如果有緣遇見，東良真是他家的血脈，我也不會攔著他認祖歸宗。只是現在孩子年紀小，鬧出事來，對他沒什麼好處。」

韓老爺嗤笑一聲。「就算你家東良想回去，人家也不見得肯認。你以為撫遠將軍的嫡長子是無緣無故出事的？一個鎮守西疆的將軍，兒子卻去了白水城，還在那邊失蹤，其中難道沒有貓膩？」

他說著，搖搖頭。「不是誰都跟你家一樣，老大、老二走不一樣的路，所以沒什麼互相擋路的事。」又瞄了原東良一眼。「我瞧著，這孩子養得不錯，想來你家也是花了大力氣，還回去可惜了。」

寧念之垂下眼簾，她和爹娘都以為，原東良是狼孩兒，親生父母肯定已經過世，說不定是流民之類的，才讓孩子流落草原，卻沒想到，竟還有這樣的內情。

不過，這也不能作準，人有相似，就像京城人和江南人放在一起，總是有些特徵能分辨出兩個地方的人，白水城那邊的人，自然也有特點。再說，這都十幾年了，說不定長相有些變化呢？或者，記憶出現了一些偏差？

可這事到底在寧念之心裡留下痕跡，看戲時心不在焉的。

寧博注意到了，有些疑惑。「是不喜歡看戲，還是睏了？不然，咱們去看雜耍？」

「沒有，爺爺喜歡看戲，咱們就看戲。」寧念之軟軟糯糯地說，讓鎮國公抱著捏點心吃。「我沒事，可以和哥哥下去看看嗎？」

寧博點頭，叫個小廝過來，塞了幾枚銀瓜子，囑咐他看好孩子，這才放他們下去玩。

寧念之不讓人跟太緊，湊到原東良耳邊，壓低聲音道：「哥哥，你想不想自己的爹娘？」

原東良疑惑地看她。「我爹娘不就是妳爹娘嗎？喔，對了，還有狼娘，我挺想她的，不知道咱們什麼時候能再去白水城。哎，一直找不到狼娘，不然就把牠帶來了。」

「不是這個，是哥哥的親爹娘。」寧念之扳著手指數道：「你看，我們有爹娘，爹娘也有爹娘，所以我們有祖父、祖母、外祖父、外祖母，還有堂哥、表哥、堂妹。哥哥肯定也有這些親人，你想他們嗎？想不想見見他們？」

原東良正要搖頭，忽然頓住，沈默好一會兒才道：「不想，反正我也沒見過。除非妳不要我了，否則，妳的親人就是我的親人，我也有這些親人，不用再想別的。」

「萬一那些人在找哥哥呢？他們不知道哥哥出事了呢？」寧念之很矛盾，讓她來選，定然是要把原東良留在自家的。相處了這些年，就是小貓、小狗都會有感情，更何況是一個活生生的人。

整個寧家，和原東良感情最深的人，就是寧念之了。從會說話開始，寧念之就纏著原東良，一個照顧、一個引導。如果原東良找到親人，肯定會離開寧家，她自是捨不得。可將心比心，若是她自己的親弟弟失蹤了，她也會時時刻刻惦記著，一有消息就去找。若她是孤兒，也必定很想找回自己的親人，哪怕只是和他們說一句：她還好好地活著。

「念之，妳是不是聽說了什麼？」原東良微微皺眉。

寧念之垂下頭，但凡被原東良喊了名字，都不是什麼好事。

「乖，和我說說，咱們一起商量。」原東良揉揉寧念之的丫髻。

寧念之用腳尖在地上蹭了蹭。「剛才那個韓伯伯說，你長得和撫遠將軍的嫡長子一模一樣，又說撫遠將軍的嫡長子好像就是在白水城一帶失蹤的。」

原東良聽了，眉毛擰成一個疙瘩，頓了頓，搖頭道：「長得像，不一定就是親人。人有相似，一南一北兩個人，說不定還頂著同一張臉呢。不過，既然相像，回頭和爹娘商量，偷偷派人去打聽打聽，若是那邊也在找，我就寫封信，說我想住在寧家，偶爾去看看他們。若是那邊已經不找了，咱們豈不是白白擔心一場？」

寧念之小心翼翼地觀察他神色，原東良忍不住笑了。「妳放心，那邊若是沒人找我，我也不會難過，我自有爹娘親人，並不稀罕多幾個；若是那邊在找呢，我也不會回去，生恩不如養恩，更何況我的親生爹娘不在了，想來祖父和祖母不會只有一個兒子，不缺我這麼個人。」

念之嗯了聲，心想眼下這事不能和爺爺提，總不能說是她耳力特別好，自己聽見的吧。

她一向將自己的靈敏五感當作是老天爺的賞賜，誰都不敢說，生怕說出去後，老天爺就要收回，連爹娘都只知道一半。這事還得慢慢謀劃，得和自家爹娘說好才行。

兄妹倆心裡惦記這事，也沒玩好，等趙頤年找過來時，就見他們無精打采的，趕緊問道：「可是睏了？還是剛才沒吃飽？他們這裡的雲片糕做得很好吃，要不然，咱們再叫一盤雲片糕？」

「不用，趙哥哥，我是有些睏了。」寧念之打個哈欠，揉揉眼睛。「趙哥哥，這裡除了看戲，還有什麼好玩的？」

「你們若是想玩，不如咱們偷偷溜到後臺去？」趙頤年想了一會兒，提議道：「去後臺看他們上妝也挺有趣的，往年我曾經去過，不過長大就覺得沒意思了。」

寧念之看看他的身材，忍不住笑，現在他還是個小孩好不好？還長大了。

趙頤年不知道寧念之的腹誹，興致勃勃地帶著他們去後臺。對後臺感興趣的小孩子不少，早有兩、三個扒著下面的帷幔往裡面看了。

班主認識趙頤年，見著他，趕忙迎過去。「趙公子來了，可是要到裡面看看？」

趙頤年擺擺手。「我們自己看自己的，你去忙吧，不用跟著。」

班主忙點頭應了，把他們三個送進去，低聲吩咐小廝照看好，這才離開。

後臺裡總共坐著十來個人，面前各有銅鏡，桌子上擺放著各種顏料，要麼自己拿了筆在臉上塗塗抹抹，要麼是身邊有小廝、婆子幫忙。

寧念之轉了一圈，站到一名少年跟前，記得趙頤年好像說他叫碧落來著。

少年的眼角掃到寧念之，忍不住笑笑。「原來是個小姑娘，敢問姑娘貴姓？」

寧念之也笑咪咪地回道：「我姓寧。」

小小孩子，卻是一本正經地回答，怎麼看怎麼可愛，周圍幾個人都跟著笑了。

碧落抬手，本來想摸摸寧念之的腦袋，但瞧著她身上的衣服，手還是沒敢落下，只笑著問：「喜歡看戲嗎？剛才我唱得好不好聽？扮相好不好看？」

「好看。」寧念之點頭。「你唱戲幾年了？以後要一直唱戲嗎？」

碧落忍不住挑眉，小姑娘看著也就四、五歲，說話倒像大人一樣，竟然還能問出這樣的問題，未免太聰明些。不過，富貴人家的小孩向來早熟，大約是聽家裡人問過類似的話，所以記住了。

「我唱了六年。」碧落伸手比劃一下。「至於以後，大約還要再唱幾年吧。」唱戲也是分年齡的，最好的年齡是十七、八，最壞的年齡是三十，再往上，就唱不了太好的角兒了。

大多數過了這個年紀的人，要麼是自己開戲班子，要麼是去當先生教導小戲子，或者攢夠銀錢，當良民去了。他還沒認真想過，過了三十，自己能做什麼呢。

寧念之也不是真心想問，扒著桌子，看上面擺著的顏料。

碧落笑咪咪地往她跟前挪了挪。「要不要試試？」

原東良從旁邊擠過來，拉著寧念之，戒備地看向碧落。

碧落依然笑咪咪。「這裡面放了蜂蜜，很好吃的。」

「真的放了？」寧念之驚訝道。

碧落點點頭。「我們這些戲子，臉是很重要的，這些顏料就算不能養顏，也不能對臉不好，所以會摻些蜂蜜或珍珠粉什麼的，吃一點沒關係。」

寧念之趕緊搖頭。「看著很奇怪。你不上妝了嗎？一會兒不是輪到你了？」

碧落笑笑，沒說話，低頭拿起筆，繼續在臉上塗塗抹抹了。

原東良乘機拽了寧念之出來。「沒什麼好看的，這裡的男人一個個跟小娘子一樣，不像是男人。」

寧念之做了個鬼臉，趙頤年倒是心滿意足。「除了碧落，還有個小黃鶯，那嗓門叫一個好，簡直絕了。等下他會出場，你們仔細聽聽，特別好聽。」

說著話，三人回了樓上包間，老爺子們正聽得上勁，手還在桌上打拍子。

寧念之打個哈欠，鑽到寧博懷裡閉上眼睛，真的睏了。

寧念之醒來，已經是第二天早上，一翻身，馬欣榮就察覺到了，伸手戳戳她的臉頰。

「睡得跟隻小豬一樣，早上哥哥來看妳，連點反應都沒有。快起床，一會兒自己去玩，娘要忙別的事情，妳幫忙照顧弟弟，不許搗亂知道嗎？」

寧念之對馬欣榮扮個鬼臉，自己拽過衣服穿好，洗漱完吃了早飯，就領著寧安成出門。

花園裡沒什麼好玩的，寧念之想了想，偷偷摸摸到了桃園附近，然後吃驚地發現，門上的鎖已經沒有了。左右瞅瞅，發現沒人，便趕緊溜進去看看。

寧安成跟在後面，還以為自家姊姊和他捉迷藏呢，等看見密室門口，小孩怕黑，就死活不願意下去。

寧念之獨自跑下去看了，忍不住抽了抽嘴角。難怪不用上鎖，才一個晚上，裡面的東西已經全部搬完，只剩下一個空殼子，別提多乾淨了。喔，也不是很乾淨，還有點灰塵呢。之前出現的金銀珠寶、武器帳本之類的，好像都只是她作夢夢見的一樣。

寧念之撇撇嘴，默默走上去，拽了寧安成出了桃園。這裡有間密室，家裡除了爺爺和她，還有娘親、哥哥之外，就沒別人知道了，說不定以後爺爺還用得著，可以藏點寶貝什麼的。

第二十章

一個月後，大軍得勝回朝，已經到了京城，暫且駐紮在城外，休整一番，等第二天早上進京。

馬欣榮早早得了消息，忙不迭讓人去酒樓訂房間。

「說是要走朱雀大街，那食為天酒樓右邊的包間都可以，若只有我和三個孩子要去，一間房就夠了。」頓了頓，又搖頭。「算了，派人問問老太太和二房，看他們願不願意去吧。」萬一趙氏想散散心，或者想宣傳宣傳她的好名聲呢？

陳嬤嬤忙應下，出去安排。馬欣榮在屋裡轉兩圈，親自開箱，拿著衣服問寧念之。「寶貝，幫娘瞧瞧哪件好看？這套襯得身材好，那件襯出膚色，顯得年輕。妳爹要走朱雀街，說不定會看見咱們呢，就算看不見，慶功宴後也要回家的。」

寧念之笑嘻嘻地抬手指，爹娘感情越好，她越高興。

寧安成雖然不太明白發生了什麼事，但聽到馬欣榮的話，也挺高興，揚著聲音喊了幾聲爹。

馬欣榮抱起他逗著。「我們的小寶貝高不高興？爹爹要回來了！」

寧安成拍手。「爹爹，騎馬馬！買糖糖！扔高高！」

馬欣榮轉頭看原東良。「明兒你不要去書院了，咱們一起去看你爹騎馬回京。」

這時，陳嬤嬤進來回話，說趙氏那邊也要去，二房不去，在家準備酒席，慶祝大哥得勝歸來。

第二天一早，馬欣榮便起床打扮，就算知道寧震不一定看得見，但也一絲不苟地梳妝，萬一他看見了呢？

寧念之興奮得一晚沒睡好，早起就在床上打滾，滾著滾著，忽然想起一個重要問題——之前她年紀小，又是女孩子，爹爹不在家，可以跟著娘親睡，但這會兒爹爹回來，她是不是該挪地方了？

可是，芙蓉園還沒整理好，那她是不是要睡明心堂的廂房啊？豈不是又要聽整晚的羞人聲音？還是……她去跟寧寶珠借張床？可一般小孩子的反應，親爹回來了，應該會更纏著爹娘吧？

寧念之忍不住把腦袋埋在被子裡，嘆口氣。算了算了，又不是沒聽過！

接著，她翻身坐起來，頗有氣勢地喊陳嬤嬤拿衣服。「我要穿那件紅色的新衣，配馬靴，要打扮得最好看！」

陳嬤嬤一迭連聲應下，趕緊過來幫她換衣服了。

馬欣榮太心急，匆忙帶孩子們吃完飯，就趕緊去見趙氏。結果，趙氏倒是不緊不慢，又等了半個時辰，眾人才出門。

大家一到街上才發現，今兒看大軍進城的人太多，人滿為患。

巡捕營的人正維持秩序，馬車過不去，只好繞道。到了朱雀街街口，便不得不下車步行了。幸好鎮國公府的名頭好用，要不然，怕是連包間都訂不上。

卯時末，朱雀街外忽然傳來敲鑼聲，巡捕營的人快步走出，順勢喊道：「不許吵鬧，不許衝撞，大軍已經過來，小心看路，被馬蹄踩到可就虧了。萬萬小心，不許過線，不許驚擾馬匹，不許隨意碰觸……」一路吆喝過去。

隨後，馬蹄聲響起，馬欣榮還沒看見人影，就開始激動了。「哎呀，來了來了！念之快看看，妳爹是不是在前頭？」

寧念之站在凳子上，原東良拽著她，以免掉下去。寧安成則被馬欣榮抱在懷裡，也探頭探腦，使勁往外面張望，等著看自家爹爹的身影。

「來了來了！」寧念之揮著小手喊道。「第二排，左邊第一個！」

趙氏坐著沒動，不過馬欣榮也不在意，倒是寧霏有些含酸。「大嫂，妳也收斂一點，這裡雖是樓上，卻是臨街，妳這樣又喊又叫，不說我大哥能不能注意到妳，若有別人看見……」

馬欣榮不願搭理她，寧念之就當沒聽見，扯著嗓子喊：「爹！爹！」

很快，軍隊到了酒樓下面，周圍的老百姓熱情得很，拿著各種手絹、鮮花往士兵身上丟，寧震的馬上已經積了不少手絹、荷包。

寧念之早早準備好了，抓著帕子就往下面扔。大約是心有靈犀，或者寧念之的小嗓門太高，抑或馬欣榮也沒降低音量，總之，寧震真的抬頭看了，而且一眼就看見窗戶旁的妻兒，臉上忍不住露出笑容。

寧震長得不錯，又很有男人味，這一笑，周圍的大姑娘、小媳婦們就忍不住開始喊了。寧震見狀，迅速收斂笑容，正好已經過了酒樓，遂繃起臉，面無表情地繼續往前走。

馬欣榮滿臉笑意，夢遊一樣地蹭寧安成的臉蛋。「寶貝，你爹一定是看見了咱們對不對？他肯定也很想念咱們，要不然，也不會笑得那麼開心。哎，幾個月沒見，總感覺你爹又瘦了點呢。」

寧念之聽不下去，轉頭看原東良。「哥哥，我要下來了。」

原東良抬手抱她，一使勁，把人放到地上。

寧念之噔噔噔地跑到桌子邊，扒著桌沿看寧霏。「姑姑，我要吃點心，請幫我拿。」

寧霏抬手將點心盤子拿過來，讓寧念之自己挑。寧念之吃了一塊，又要茶水喝。寧霏雖然不耐煩，但這是在外面，酒樓裡人來人往，她也怕寧念之鬧，便倒了茶遞給她。

寧念之一邊喝，一邊往寧霏身邊靠。寧霏不怎麼喜歡小孩子，尤其是搶了自家親爹寵愛的寧念之，遂側身躲了躲，寧念之的身子卻冷不防一歪，一杯茶水就全倒在她的裙子上了。

寧霏懵了下，臉色立刻大變，抬手要推寧念之。

寧念之卻早早閃開了，滿臉忐忑不安。「姑姑對不起，我不是故意的。我本來想靠著姑姑，但姑姑動了下，我沒站穩。」

寧霏氣死了。「這麼說還是我的錯了，我不該動是不是？」

寧念之縮縮身子，表情愧疚。「不是，是我不應該靠近姑姑。姑姑別生氣，我錯了，我不應該拿不穩茶杯的，我賠姑姑裙子好不好？」

「我呸，妳拿什麼賠？」寧霏的臉都要氣歪了。雖說她不想來看大哥得勝歸來的風光場面，但出門在外，女孩子總得打扮得漂漂亮亮，於是穿了今年剛做的、她最喜歡的新衣服，結果竟然被潑了一杯茶！茶漬很難洗掉，這裙子還是淺色的，說不定就這麼廢了。

寧霏越想越氣，張嘴要吼，趙氏卻按住她。「不過是件裙子，念之還小呢，妳都多大了，要和小孩子計較嗎？現在可是在外面，鬧出來了，妳的名聲好聽？」

寧霏強忍怒意，深吸幾口氣，狠狠瞪了寧念之一眼，卻是沒再繼續說下去，但心有不忿，又看向馬欣榮。

「大嫂，不是我說，念之的規矩實在太差了些。她在白水城長大，雖說那邊生活艱苦，也沒有教養嬤嬤什麼的，但大嫂好歹也會一些，就沒教教念之嗎？」

寧念之聽了，瞪大眼睛道：「姑姑，不是我娘沒教，是我娘沒空。我娘可不像祖母和姑姑一樣，在家享清福呢，不管做什麼都有丫鬟、婆子伺候。在白水城時，我娘要照顧我爹、我哥哥、我，還有弟弟，姑姑都沒想起來給我娘送些下人使喚嗎？」

趙氏忙攔住了她的話。「小小孩子倒是牙尖嘴利。行了行了，大軍歸來的熱鬧也看過了，寧震他們怕是要晚上才回來，咱們就回去吧。」

馬欣榮露出個假假的笑容，道：「娘若是累了，不如先回去。難得出門一趟，一早念之就跟我嘮叨著，想吃食為天的珍珠銀魚羹，我帶著孩子們在外面吃午膳吧。」

寧霏皺眉，又要說話，馬欣榮卻沒給她這個機會。「小妹的裙子既然髒了，怕是不好留在外面用膳，就先跟著娘回去吧。小妹別惱，回頭我讓人多做兩件裙子賠給妳，小孩子家家不過四、五歲，難免有些站不穩，還請小妹見諒。」

話說到這分兒上，再爭下去，就顯得沒風度了。寧霏雖然不高興，但在趙氏的示意下，沒再多說，只氣呼呼地跟著起身，和趙氏回去。

看人走遠了，原東良才不太高興地問：「剛才妹妹怎麼不讓我說話？」寧霏瞪寧念之時，他就忍不住了，卻被寧念之暗暗捏了一把，搖頭阻止。他不願意讓妹妹不高興，這才暫且忍下，可到底是生氣的。

寧念之像小大人一樣嘆氣。「你又不會說話，萬一說錯了呢？再說了，女人之間的爭吵，男人怎麼能插嘴？」

馬欣榮聽了，噗哧一聲笑出來。「就妳還女人呢。不過，東良確實不能插嘴，若是女人能應付，男人就不用插手；若是不能應付，也不能在言語上動腦筋，知道嗎？你是男子漢大丈夫，將來要學大本事，摻和女人之間的事情，太小家子氣了，日後難免影響眼界。這男人啊，是看得越寬，看得越多，看得越廣，才能越有本事，若眼界侷限在內宅，將來肯定不會有多大出息。」

原東良沒吭聲，馬欣榮繼續說道：「還有念之，妳老實交代，是不是故意的？」

寧念之做了個鬼臉，馬欣榮戳她額頭。「光會搗蛋。以前在白水城就算了，現在在京城，以後可不能再這樣做，知道嗎？」

「她說爹爹的壞話……」寧念之不高興。

馬欣榮伸手揉揉她的頭髮。「說兩句話又不會掉一塊肉，她也只能說兩句了。如果每句話都要和她計較，天長日久地，妳就只能在這些雞毛蒜皮的小事上打轉。做人呢，要心胸開闊，知道什麼事情能計較，什麼事情不值得計較。她說酸話，肯定是因為比不過妳，在某些方面不如妳，只要讓自己過得比她好，方方面面比她優秀，這些話就算不了什麼了。」

她頓了頓，舉個例子。「你們倆在草原上看過，狼群捕捉獵物，牠們會抓羊、會抓馬，但牠們抓過螞蟻或蟲子嗎？

「人的眼光能看見什麼樣的敵人，才能把自己培養成什麼樣的人。你們若只是盯著內宅女人，以後長大了，也只能找內宅女人當對手。」

馬欣榮伸手拉拉原東良的衣領。「若你們把目光放在外面，將剛才路過的大將軍當成對手，那就得長成大將軍，才有資格和人家競爭。我的意思，你們明白嗎？」

原東良點點頭，神色認真。「娘，我明白了，以後不會只盯著內宅這片地方了。」

寧念之不敢露出聽明白的表情，趕緊做出懵懂的樣子，點點頭，軟軟糯糯地出聲保證。「娘，我知道了，以後不這樣做了，也不和小姑姑計較。下次小姑姑說話不好聽，我就當作沒聽見。」

馬欣榮笑咪咪地點頭，摟著閨女親了一口。「明白就好，不明白也沒關係，今天先記住，長大就慢慢懂了。來來來，難得出門一趟，有什麼想吃的？」

「我要吃珍珠銀魚羹！」寧念之忙說道。

原東良猶豫一下。「我想吃烤乳豬，不知道他們有沒有只賣一點兒的？要是一整隻，咱們吃不完，就浪費了。」

馬欣榮笑咪咪地說：「那咱們先訂下，晚上送到家裡，等爹爹回來了，咱們一起吃好不好？」

「好。」原東良也不是非得現在吃，點頭應了，就和寧念之湊在一起，繼續商量還要吃什麼。

這時，牆根處有個老頭，正遠遠盯著他們瞧，伸手摸了摸鬍子，點點頭，轉身走回桌邊。「叫菜吧，時候不早，吃完飯就該出城了。」

大約是寧震回來了，馬欣榮心裡高興，一整天都笑得合不攏嘴，在外面吃完飯，就帶著寧念之兄妹回府。今兒寧博也上朝，估計是晚上和寧震一起回來。

前兩天，馬欣榮已經把帳本跟名冊拿到手了。以前的帳目，她不打算追究，銀錢這種東西，生不帶來，死不帶去，寧家又不是快到過不下去的地步，她沒必要太計較。

當然，最重要的原因是，馬欣榮的私庫快滿出來了，裡面都是寧震這些年來弄到手的好東西。再者，馬欣榮也是個會持家、會做生意的人，府裡的產業到她手裡，三、五年就能將這筆銀子補回來。

不缺錢的人，自然不會太看重肯定要不回來的銀子。寧震是嫡長子不錯，可寧霄也是寧博的親生兒子，還是幼子，看在老爺子面上，不能對二房趕盡殺絕。

「晚上讓廚房做幾道菜，挑世子爺喜歡吃的。」馬欣榮點著單子說道。

陳嬤嬤連連點頭。「沒想到，這麼些年了，世子爺的口味都沒變，還是……」話沒說完，就聽見丫鬟的聲音。「夫人，聖旨來了！」

馬欣榮趕緊起身。「什麼？」

「禮部的大人來宣聖旨了！」

聖旨也有講究，若是太監來宣旨，多半和內宮、後宅有關，比如冊封馬欣榮誥命，或者宣寧家姑娘入宮；若是禮部的官員來，那十有八九是跟朝堂有關係。

寧震剛回京，還立了功，這聖旨很有可能是嘉獎他的。

馬欣榮又驚又喜，但也沒慌，趕緊讓人布置案桌，領了閨女、兒子出來接旨。趙氏和二房落後一步，卻也來得不算晚。

和馬欣榮所料無差，果然是好事。原來，鎮國公已經上了摺子，要將爵位傳給寧震。寧震自己有本事，在戰場上立功，又因為定親王寶藏的事情，鎮國公在皇上心裡有了好印象，所以皇帝下旨，讓寧震直接承襲鎮國公的爵位，並未降等。

馬欣榮接了旨，趕緊起身給那幾位大人塞紅包。「請諸位大人喝茶。今兒朝堂繁忙，還要勞累幾位大人過來宣旨，實在不好意思，大人們辛苦了。」

「不辛苦，職責所在。」領頭的大人抱拳，笑著說道：「恭喜夫人。誥命的聖旨，我們也順便帶過來了，還請夫人再接一次聖旨。」

沒想到有意外之喜，馬欣榮當真愣住了。冊封誥命和承爵是兩回事，得看家裡男人的態度。若寧震願意給她臉面，承爵後再請旨冊封誥命；若寧震不喜歡她，也可以不請旨。

有些不得自家相公喜歡的女人，嫁進去十多年，都不一定有個誥命，所以才有句話說：「靠相公不如靠兒子。」日後兒子出息了，也能為自家娘親請封。

馬欣榮實在沒想到，承爵的旨意剛下來，誥命冊封的聖旨也跟著來了，激動得臉色通紅。旁邊的趙氏心裡發酸，卻不敢在這當口鬧出事來，反而要幫著馬欣榮，趕緊讓人再布置案桌，又接了一次聖旨。

連著兩道聖旨，今兒寧家算是雙喜臨門了。

第二十一章

送走禮部的大人，趙氏強撐著笑意，說道：「晚上的慶祝宴，可要豐盛些，難得雙喜臨門，什麼鹿茸、人參的，全都拿來做菜！」

李敏淑笑著搖頭。「娘，您這是歡喜過頭了。鹿茸、人參怎能做成菜餚？該是雞鴨魚肉，怎麼稀罕，咱們怎麼吃。大嫂，恭喜恭喜，以後您就是國公夫人了。」

這話說完，趙氏的臉頰一抽。原本鎮國公府裡是她身分最高，又是長輩，自恃府裡第一人，現卻連兒媳的誥命都和她一樣。最重要的是，寧震當上鎮國公，寧博是過氣的人了！現在，鎮國公府裡，寧震夫妻才是名正言順的當家人。

寧霏想說什麼，但是又憋住了，伸手扶了趙氏，轉頭對馬欣榮說：「恭喜大嫂了，大嫂怕是要忙著準備慶祝宴的事，我和娘不打擾了。如果大嫂有什麼要幫忙的地方，就讓人來說一聲。」然後轉頭看趙氏。「娘，我扶您回去？」

趙氏忙點頭，又笑著打圓場。「這人老了，就是站不住。我先回去了，有什麼事情，不要怕麻煩，儘管讓人去找我說一聲。另外，等會兒要用什麼東西，也只管開口。」

「娘不用擔心，不過是一頓飯，慶祝咱們闔家團聚，不用太豐盛了。有什麼需要的，兒媳自然不會跟您客氣。」馬欣榮也笑著說道。

送了趙氏和寧霏出去，看李敏淑也打算走，馬欣榮忙喊道：「二弟妹稍等，還真要煩勞妳一下。往日咱們府裡的採買，可有固定的人家？除了莊子上送的，京城還有何處能買到最好、最新鮮的？」

「大嫂問我，真是問對人了。」李敏淑忙笑道，過來挽住馬欣榮的胳膊。「咱們家每日吃的蔬菜都是莊子上送的，不管春夏秋冬，都有專門的人種，白菜、蘿蔔、冬菇全都有，肉也是，可新鮮了！只有一些水產是另外買的，京城有家水產鋪子，他們家的東西最齊全，但有點貴……」

馬欣榮聽著，一邊點頭，一邊拉了李敏淑進門。

寧念之左右看看，覺得無趣，寧寶珠便湊過來說話。「咱們去花園玩跳繩？或者踢毽子？天氣冷了，穿得厚，我覺得腿都快彎不起來了。不然，咱們捉迷藏？」

「咱們猜謎語。」寧念之笑咪咪地說道。

寧寶珠是有得玩就行，原東良一向聽自家妹妹的，寧安成有意見也是被忽略的。寧安和不高興也不行，三比一，要玩就只能答應。

不過，寧念之玩得心不在焉，隔一會兒就看看門口，萬一自家老爹提早回來了呢？但直到天色擦黑，宮裡的慶功宴才算結束。

寧博和寧震一起回來，兩個人剛在門口出現，寧念之就撲過去了。

「爹、爹，我好想您，您想我沒有？」

寧震彎腰把她抱起來，使勁親了一口。「想了！爹的心肝寶貝女兒，讓我看看長高沒有？」他伸手在寧念之身上量一下，挑眉笑道：「還真長高了，也胖了點。」

寧念之不高興。「才沒有胖，我最漂亮了！您問哥哥，我可沒長胖。」

原東良也上來行禮，寧博抬手拍拍寧震的肩膀。「先去洗漱，一會兒過來吃飯。」

寧震應了聲，領著原東良和寧安成行禮，準備去明心堂。

寧安成也想寧震，剛才被寧念之搶先，這會兒急得直轉圈，「爹、爹、爹」地喊個不停。寧震樂呵呵地將人抱起來，一個胳膊上坐一個，低頭看原東良。「來來來，爹揹你，趴背上。」說著就蹲下了。

原東良有些不好意思。「爹，我長大了，弟弟妹妹們還小……」

「再大也是我兒子。」寧震笑著道，轉頭看原東良。「趁爹現在還能揹得動你們，多揹幾次。等你再長幾年，爹就揹不動了，到時你想讓爹揹都沒得揹了。」

原東良也確實挺想念寧震，猶豫一下，還是沒忍住，走過去趴在寧震背上。

寧震一使勁，站起來。「你可要抱好啊。來，再往上一點。」

原東良往上爬，等他抓穩，寧震抬腳就往明心堂走了。

父子四人轉個彎，就看見馬欣榮正在院子門口等著。

夫妻倆有幾個月沒見了，站在門口，妳看看我，我看看妳，本來還有點曖昧的氣氛，但架不住寧念之搗亂，踢踏著小腿抗議。

「我要下來！爹，娘可想您了，您要親娘親才行。」

馬欣榮臉紅，寧震也尷尬。「妳這孩子，從哪兒學了這些話？」

「才沒學。」寧念之做了個鬼臉，掙扎著爬下來。

有孩子在，馬欣榮和寧震不敢太親密。大家進了屋，馬欣榮過來幫他換衣服。「先換衣裳去榮華堂吃飯，吃完再回來洗澡。」

寧震沒意見，寧安成抱著他的腿不肯鬆手，寧念之也繞著寧震轉圈圈。

「爹，今天皇上有沒有稱讚您啊？有沒有給您賞賜？我的字寫得好，娘都會獎勵的。」

寧震戳戳她額頭。「人小鬼大，還知道問皇上有沒有給我賞賜。」

說著，他轉頭看馬欣榮。「皇上倒是賞了不少金銀珠寶，只是……我都沒留著，我手下的將士有不少……」

馬欣榮點頭。「我理解，我爹也是當過將軍的。你做得對，那些人跟著你出生入死，這些是應該給的。另外，那些陣亡的將士……你多給些，照顧一下他們的家小。」

寧震笑著捏捏她手心。「我就知道，妳是個體貼善良的，肯定不會怪我。放心，我心裡有數，該安置的都會安置妥當；不該插手的，也絕對不會去管。」

照顧陣亡將士的家眷，本是朝廷職責，如果寧震的手伸得太長，難免讓皇帝起疑，所以中間得有分寸，不能寒了將士的心，卻也不能有收買之嫌。

說著話，寧震已經換好衣服，便帶著妻子兒女去了榮華堂。

榮華堂裡，寧家上下齊聚一堂，共祝闔家團圓。

「恭喜大哥得勝歸來。」寧霄手捧酒杯，笑咪咪地對寧震舉杯。

李敏淑也很熱情，不停地給馬欣榮和孩子們挾菜。「大哥總算回府，大嫂是苦盡甘來了。」

馬欣榮忙擺手。「之前也未受苦，雖說白水城比不上咱們家裡，但嫁雞隨雞，嫁狗隨狗，又有孩子們陪伴，日子還是過得挺順心。幸好有二弟妹在，我不在府裡時，辛苦二弟妹了。」

寧安成很久沒見到寧震，他從小就親近父親，這會兒貼著寧震不願意走，寧念之便時不時過去餵他幾口飯，逗得趙氏忍不住笑。

「咱們家不是沒有丫鬟，念之丫頭不用跑來跑去了，小小孩子，倒像個小大人。」

「這孩子從小便如此，我忙起來顧不上，都是她照顧弟弟的。」馬欣榮笑著說道。

寧念之回頭做了個鬼臉，正要後退，背後被人扶了一把，一轉頭就看見端著盤子，亦步亦趨跟著她的原東良。她來餵寧安成，原東良就跟著餵她，兄妹三個在屋子裡轉來轉去，看著很是可愛。

「以後寧震就是鎮國公，我想，他們夫妻該搬到正院了。」寧博喝了杯酒，開口道。

趙氏的臉色變了變，張嘴要說話，卻又頓住。這事她不好插手，便看了寧霏一眼。

寧霏會意，急忙笑道：「爹，您這話說得可不對了。雖然大哥已經是鎮國公，但爹娘還在，爹娘住正院，不是應該的嗎？」

寧震也忙笑道：「對。爹，以後不用再說這事，您和娘安安心心地住下。若是再提這件事，倒顯得兒子不孝，剛承爵就急慌慌地將爹娘趕出去，以後兒子可沒臉見人了。」

馬欣榮也跟著推辭。「住哪兒不重要，重要的是爹娘順心如意。再者，明心堂距離這裡也不遠，三、五步的距離，也不用來來回回折騰了。若爹心疼寧震，以後有閒暇，不如多指點指點東良，含飴弄孫，照顧好自己。您過得好，寧震才安心。」

寧霄也跟著勸道：「就是，大哥不是那等小氣的人，爹萬不用如此。收拾院子得要好幾天，太過麻煩，不如還是照舊。」

寧博想了想，點點頭。「暫且先這樣。這事並不著急，日後再說也一樣。」

趙氏和寧霏總算鬆了口氣，只是，有事在心裡梗著，吃飯便有些心不在焉。

好不容易等著一頓飯吃完，趙氏也不多留人，眾人便各自散了。

內室裡，趙氏一邊伺候寧博更衣，一邊忐忑地問：「你真打算搬院子？」

寧博看她一眼，想了想，道：「妳且放心，我這身子至少還能再活個十來年，到時候霏兒已經嫁人，老二也站穩了腳跟，定不會讓妳老無所依的。」

趙氏輕呸一聲。「我豈是擔心這個？我有兒有女，就算將來寧震不孝順，大不了我搬出去跟著老二一起住，難不成分了家，寧震還能不放過我們？我是擔心你。

「雖說你老了，但男人麼，哪能閒得下來，你自己也知道。以前忙忙碌碌，我是想讓你多休息休息，可猛然閒下來了，你能習慣嗎？」

寧博忍不住笑。「這妳倒是不用擔心，老大家的不是說了嗎？含飴弄孫。改天我也養幾隻鳥兒，或者種點花花草草，總能找到事情做的。」

趙氏點頭。「你自己能找點事情也好，免得無聊，閒得生病。我可是見多了，人一退下來，心思猛地放鬆，反而生出一堆毛病。」

說著，她又換了話題。「明年咱們霏兒就及笄，你看，婚事是不是該準備起來了？」

「妳有相中的人家？」老爺子挑眉問道。

趙氏搖頭。「我不怎麼出門，對京城裡的適齡少年還真不清楚。你心裡是怎麼想的？我可先說好，就算你退下來，咱們霏兒的親大哥也是鎮國公，對方家世什麼的，萬萬不能給我往下降！」

說著，她又有些埋怨。「這些年，你心裡只有寧震，同樣是親生的，你就不能多想想霏兒和霄兒嗎？晚個兩年，等霏兒訂親，再將爵位傳給寧震不也行嗎？非得挑這個時候。霏兒快及笄了，馬上要說親，你卻弄這麼一齣。」

她哀怨地看著寧博。「你怕霄兒惦記你這爵位嗎？你且放心，從他生下來，我就一直和他說，這爵位是他大哥的，沒他的分兒，不許他惦記，難不成你還不知道自己兒子的脾性？霄兒就是讀書讀傻了，人又死板固執，才不會起這等心思呢。」

寧博被趙氏夾槍帶棒地說了一通，也有些不自在了。「我沒有懷疑妳……」

「你嘴巴說沒有，實際上還是有的，要不然，兩、三年都等不下去？霏兒的婚事，你自己說，鎮國公的嫡女，和鎮國公的妹妹，哪個身分更高？」趙氏怒目橫眉。「還有霄兒，現在他只是個五品官，你不能等他站穩腳跟再退下來嗎？

「我不是要你將寧震的東西分給寧霄和寧霏，可一樣是親生的，都是你的骨血，也不能太過偏心是不是？你自己說，我嫁進來這麼些年，可有虧待過寧震？」

趙氏的眼圈紅了，抬手揉眼睛。「雖說有下人照顧，可天冷、天熱，該吃飯、該睡覺了，我何曾疏忽過？雖說我待他不如寧霄，可也算是把他拉拔大是不是？好吃好穿，還給他娶了心儀的好媳婦，如今又建功立業，生兒育女，這輩子順順利利了是不是？」

趙氏越說，越讓寧博覺得愧疚，抬手把她攬進懷裡。

「我知道，這些年辛苦妳了，寧震長到現在，妳功不可沒。妳的性子，我還不知道嗎？這事是我做得不對，沒和妳商量，也沒考慮到霄兒和霏兒，是我疏忽了。妳且放心，我定不會虧待霄兒和霏兒，就像妳說的，他們兩個也是我的親骨肉，我怎麼可能不照顧他們？」

「說得倒好聽，可看看你辦的事！」趙氏不滿。

寧博忙道：「多年夫妻，難道我是那種冷心冷血的人嗎？我身子好好的，再照看霄兒和霏兒十來年沒問題，改天我就給寧霄走走關係，讓他的仕途更順利些。霏兒的婚事，妳也不用擔心，就算我退下來，可皇上那裡，我還是能說得上話，除了皇子龍孫，剩下的勛貴清流隨便妳挑，若挑中了，我立刻讓人上門提親！」

趙氏忍不住笑。「這不是胡鬧嗎？哪有讓女方上門提親的？」

「好好好，那我們不上門提親，我找人暗示一下，讓他們上門提親！」寧博忙說道。

趙氏不是蠢人，她只是想勾起寧博的愧疚，給兒女們爭點好處，現下得到他的保證，便見好就收了。

寧震和馬欣榮自是不知道那老倆口的事情，回到自家院子，連洗澡都沒顧得上，便先沒羞沒臊地在床上滾了一圈。

睡在隔壁的寧念之，覺得很心累，虧她活了兩輩子，又是從小聽這事長大，換個真正五、六歲的小孩，怕是在他們做到一半時，就要衝進去拯救娘親了。

「家裡可曾發生什麼事情？」寧震攬著馬欣榮，懶洋洋地問道。

馬欣榮點頭。「說起來，還真有一件大事，不過是好事。咱們閨女在府裡找到了定親王當年的寶藏。」

定親王是太祖嫡幼子，很是受寵，和當年的太子幾乎是分庭抗禮。後來太祖過世，先皇登基，定親王便起了謀反的心思，收集錢財和武器，打算攻入皇宮。

可惜，他時運不濟，早早被人發現，到先皇跟前告了密。先皇先下手為強，在定親王府搜到龍袍和假玉璽，趁勢抄家，該殺的殺、該流放的流放，但定親王密藏的錢財卻是找不到了。先皇又找了幾年，實在沒辦法，就放棄了。反正，先皇手下能人眾多，會賺錢的不少，國庫日漸豐足，找不到的錢，就暫且不找了。

寧博祖上跟著太祖打江山，到了老爺子的父親一代，好不容易立下一次大功，先皇就賞了這宅子，到寧震一共三代人，都是住在這裡。偶爾修繕過宅子，卻是誰也沒有發現桃園裡的古怪，只當是風水不好，偶爾處置不受寵或犯錯的姨娘時，才會用上那麼一、兩次。

聽馬欣榮說完，寧震有些吃驚。「聽起來，那機關並不算複雜，之前竟沒人發現，實在太不可思議了。」

馬欣榮點頭，但又笑著搖頭。「說不定，這藏寶室就是等著咱們閨女來發現的？」

當年先皇在位，雖然國庫不大充裕，但風調雨順、國泰民安，他在位二十多年，竟是沒發生過一次天災。可當今皇帝上位後，事情就多了，先是無定河決堤，接著是騰特入侵，花錢的地方越來越多，國庫的銀子根本不夠用。

這會兒定親王的寶藏被發現，可是大大幫了皇帝的忙，這份功勞，現在不顯，可日後絕對會惠及子孫的。

寧念之聽了一會兒，實在忍不住睏意，便打個哈欠，睡了過去。

第二十二章

第二天，寧念之起床時，寧震已經上朝了，馬欣榮在對帳本、名冊，原東良去書院，只剩寧安成在被窩裡睡著。

寧念之迷迷糊糊地坐了半天，等著丫鬟過來給她穿衣服。

穿好衣服，陳嬤嬤把她領到前面，馬欣榮抱起她親了親。「來得正好，芙蓉園已經整理妥當，咱們去看看。若有想添置的東西，再去庫房挑選妳喜歡的，好不好？」

寧念之眼睛一亮，立刻點頭。

芙蓉園不算大，正屋五間，左右廂房各三間，但對寧念之來說，這院子其實已經挺大了。她自己住，正屋五間就夠用，一間當臥室、一間做書房、一間是正屋，再加上一個沐浴的房間，剩下那間當花廳，正好。

東邊的廂房呢，可以空出一間當她的庫房，剩下兩間放衣服、鞋帽、被褥等等。西邊廂房，讓馬嬤嬤帶著大丫鬟們住，小丫鬟是各歸各家的，倒是不用算進去。

「之前妳說要種果樹，這是張家的給妳種上的，以後這院子裡的花花草草，就讓她伺候了。」馬欣榮笑著說道。

寧念之點頭。「嗯，我已經答應她了，說話要算數。」

兩人進去看，和臥室連著的書房裡，擺著新採購的書，多是市面上剛出來的，什麼種類都有，走近了還能聞到墨香。轉過去有座多寶槅，正好將書房隔開，內裡是起居之處，也可以當繡房用。

多寶槅上只擱著幾件東西，是寧念之很喜歡、從白水城帶過來的，便先放上去。

「這裡要放一架古箏。」寧念之鼓著臉頰，想了一會兒道。

馬欣榮挑眉。「妳會彈古箏嗎？」

「不會可以學嘛。」寧念之笑嘻嘻地說。上輩子她學過，雖說只學了幾個月，但這輩子重新學，一定可以彈得更好。

馬欣榮不反對，她不要求閨女什麼都會，更沒希望寧念之當個才女，只要閨女一輩子開開心心就行了。閨女不願意學才藝，她也不逼迫，只要能讀書寫字、明事理就行。可閨女若是願意學，她也贊成。

「庫房正好還有一架上好的古箏，一會兒讓人擺過來吧。」馬欣榮笑著道。

寧念之又指著一邊。「這椅子不好看，能不能換成太師椅？」

「不行，妳小孩子家家的，坐那個容易壞了身形。」馬欣榮拒絕。「這個雖然不好看，但是好用啊。等妳長大了，娘再讓人給妳換新的，好不好？」

寧念之嘟嘟嘴，也不糾纏，看了一會兒，確定要添置一架古箏、兩把椅子、一座炕屏，剩下的暫且想不起來。

接著，因管家的鑰匙都在馬欣榮手裡，所以也不用客氣，娘兒倆直奔公中庫房了。

這邊馬欣榮剛開了庫房的門，帶寧念之進去挑選，那邊二房就得了消息，急慌慌帶著寧寶珠趕來。

「聽說大嫂在給念之挑選合用的東西，我想著，明年寶珠也該搬出來住，順便過來看看，心裡好有個底。將來給寶珠布置院子時，就不用那麼慌亂。」李敏淑笑著道。

寧寶珠人小，還不知道那麼多彎彎繞繞，過來拉寧念之的手。「念之姊姊，咱們去玩扔花球好不好？叫上弟弟，咱們三個一起。」

寧念之搖頭。「我要布置自己的屋子呢，這會兒沒空。咱們下午再玩？」

寧寶珠聽了，嘰嘰喳喳地說：「布置屋子？用什麼布置？咦，這個箱子裡裝著什麼東西？哇哇哇，這個好看！娘，我要這個！」

馬欣榮轉頭看了一眼，忍不住笑。「喜歡就搬去自己屋裡，不過是個擺件，咱們家多的是，拿去吧。讓丫鬟幫妳搬，免得妳力氣小，半路摔了。」

李敏淑忙道：「大嫂可不要縱容了她，她小孩子家家的，哪知道什麼喜歡不喜歡的，不過一時看個稀罕。這擺件，我瞧著挺好看，不如放在念之院子裡吧。」

馬欣榮微微挑眉，原以為二弟妹是個眼皮子淺的，生怕她拿太多東西，所以跟過來監督，順便給寧寶珠占點寶貝，卻沒想到，竟還有開口相讓的。

馬欣榮正要說話，就聽寧念之喊道：「哎呀，這幾個箱子是空的！」

李敏淑的臉色變了變，馬欣榮臉色也一沈，跟過去看，檢查了箱子上的編號，立刻吩咐人去拿帳冊。

李敏淑連忙伸手阻攔。「大嫂，我剛才就想和妳說這事。是我渾忘了，這箱子裡原先裝著花瓶之類的瓷器，前兩年妹妹換新院子，就送到妹妹院子裡。」

馬欣榮皺了皺眉。「是嗎？可我怎麼記得，這幾個箱子是裝古董的？」

李敏淑笑道：「大嫂是不是看錯了？確實是花瓶。」

馬欣榮搖頭。「我不會記錯的。有沒有記錯，咱們看看帳本就知道。

「若只是花瓶，我也不在意，雖說那花瓶是前朝的，但妹妹要用，咱們不好不給，閨女兒，自然要嬌養，日後妹妹嫁出去，花瓶又不會平白消失是不是？可那幾件古董不一樣，公爹說過，那是傳家寶，不許變賣，更不許損壞，我若是不看一眼確定，不能安心。」

李敏淑嘴巴有些發苦。「聽大嫂這話說的，倒像我之前沒看管好一樣。這古董不比別的東西，若是見光太多，怕會有折損……」

「無妨，又不拿到院子裡看，就在這兒開箱瞧瞧，能對得上便收好，對不上，我就得去給公爹請罪了。」馬欣榮說道，看李敏淑的眼神便有些犀利了。

李敏淑從小富貴，自從進門，不曾受過磋磨，去過最遠的地方就是京外，也不過轉轉而已。但馬欣榮跟著寧震待過邊關，見過殺敵，甚至有次騰特人攻進了白水城，還帶著孩子逃命。

所以，面對馬欣榮這樣的眼神，李敏淑只堅持了半盞茶工夫，臉色就有些發白了。

這時，陳嬤嬤送了帳本來，馬欣榮打開，伸手點點。「二弟妹，這幾個箱子裡，裝的可不是花瓶啊。」

李敏淑依然嘴硬。「那大概是我記錯，或者放錯了。東西都在咱們家，丟是肯定丟不了的，大嫂不用太擔心。」

馬欣榮轉頭看馬嬤嬤。「妳領念之和安成到花園裡轉轉，對帳是件麻煩事，到午飯前都不一定忙得完，妳且照看好孩子們。」

馬嬤嬤應了聲，李敏淑一聽，有些著急了。「大嫂是懷疑我管家時貪墨了？」

馬欣榮搖頭。「我想，二弟妹應該不是這樣的人。」

「那大嫂何必急慌慌地對帳？」李敏淑急赤白臉地問道。

馬欣榮有些奇怪地看她。「二弟妹，交接帳本之後，對帳不是很正常的事情嗎？我都拖了兩、三天，如今發現不對，順勢對帳，有什麼不妥當的？還是說，二弟妹真做了什麼，這會兒心虛，所以要攔著我？」

寧念之也不解，公中的庫房，若只拿走金銀倒還好說，可若連傳家古董也拿走，未免太蠢了。鎮國公府當家的是長房，早晚有一天，帳本和庫房都要歸他們，李敏淑這樣做，哪會有不被發現的時候？

再者，他們回來幾個月了，李敏淑應該有機會將容易被發現的東西放回去，怎麼非得拖到今天？

「跟大嫂說實話吧，倒不是我心虛，我自問這些年並未做什麼大錯事。」

李敏淑深吸一口氣，直視馬欣榮。

「這庫房確實少了些東西，但並非進了我的私庫，而是拿去送禮。前幾年大哥在邊關出事，爹讓人備了禮單，當時情急，有些就沒記帳，禮單也寫得不很齊全。

「後來，爹要為準備糧草操勞，這也不是說句話就能成的事，上上下下都得打點好。戶部的人，可不管什麼打仗不打仗，民生也是大事，要賑災、要修河堤，哪樣不要錢？公爹要糧草不是好要的，都要打點。那些東西，都是那會兒送出去的，大嫂就是看帳本，也對不上來。」

李敏淑又皺眉道：「我原想著，都是一家子人，花出去就花出去了，可大嫂卻非要對帳。事到如今，我無話可說，大嫂該怎麼辦，就怎麼辦吧。」說完，一甩袖子出去了。

馬欣榮摸摸下巴，低頭看扒著門框不願意出去的閨女。「妳說，妳二嬸這話，有幾分真？」

寧念之假裝聽不懂，笑嘻嘻地轉頭跑走了，她是絕不會相信二嬸說的話。當然，也可能有兩、三分是真話，但二嬸的性子，不像做了好事還要隱瞞的，爹出事時，馬欣榮還沒離京，二嬸完全有機會炫耀她對長房的關心。就算沒機會炫耀，他們回來這麼久，她給帳本和鑰匙時，也能無意間提兩句，賣個好總比現在被懷疑強啊。

二嬸又不蠢，為什麼非得等到馬欣榮發現東西不見了，才急急忙忙來辯解？要麼是其中有貓膩，東西可能不光拿出去送人，說不定還被二房截下來不少；要麼是二嬸還有其他目的，事情鬧大了，好從其中獲得利益。

但前一個機會不大，馬欣榮不是斤斤計較的人，若真為了長房，哪怕二嬸有半分的貪墨，她也絕不會追究。至於是不是後一個，那就說不準了。

馬欣榮搖搖頭，無奈道：「這丫頭，小小年紀便鬼靈精的，看來請先生這事得儘快了。念之聰明是聰明，我就怕她被聰明誤，自以為天下她最聰明。」

陳嬤嬤忙笑道：「夫人不用擔心，咱們姑娘聰明，至少不用擔心她吃虧是不是？」

「不吃虧是一回事，就怕她心思歪了，走上歪路。這人啊，還是要活得坦坦蕩蕩才行。否則，一朝不慎，便容易招人嫌棄。」

馬欣榮搖搖頭，出門鎖好庫房，帶人去了榮華堂。

榮華堂裡，趙氏一臉吃驚地看馬欣榮。

「妳要對帳？妳是覺得妳二弟妹替妳管家這段時日，貪了公中的財物？」

「兒媳不是這個意思。剛才二弟妹說過，庫房裡的東西，多是拿出去送禮了。我明白二弟妹的辛勞，況且這又是為了長房，我謝謝二弟妹還來不及，怎麼會去懷疑她？」

馬欣榮忙笑著解釋：「只是聽二弟妹說，有些東西送出去時沒有記帳，所以想趁這個時候把庫房的東西再整理整理，沒了就劃掉，還在的便重新登記，帳目明明白白，將來找東西也方便。娘說是不是？」

看趙氏臉色還是不怎麼好，馬欣榮又道：「不管以前有什麼疏漏，都不再說了，只看以後的帳本。」

趙氏盯著馬欣榮。「妳的意思是，不管從前帳目有多少對不上的，都不追究了？」

馬欣榮大大方方地點頭。「是。」

其實這好是賣給公爹的，看看別人家的老爺子，都快走不動了，還死拽著身上的爵位，把自己擺在高臺上，受子孫跪拜。

可自家公爹呢，人雖然老了，卻是精神矍鑠，身子又棒，在練武場上耍一個時辰的槍都不會喘，卻毫不留戀權柄，寧震一回來，馬上就讓他承爵。

公爹對寧震是一片慈父之心，馬欣榮和寧震當然願意孝順他。不就是錢嗎？生不帶來，死不帶去，有什麼稀罕？現在沒有，以後慢慢再賺來不就行了？就算賺不來，只要閨女有嫁妝便好，兒子們將來自己去賺。

趙氏有些不敢置信，又問一次。「妳說的是真的？不管這庫房現在有多少東西，這次登記造冊後，就再也不追究了？」

馬欣榮再次點頭。「娘放心，我不是那不知好歹的。以前我和國公爺不在家，多虧了二弟夫妻和妹妹承歡膝下，回頭我還要多謝他們呢。」

趙氏盯著她看了半天，確定她臉上沒有半分不甘願，大抵說的是實話，才往後靠了下，繃著臉道：「日後這國公府是妳和震兒的，妳是當家夫人，妳想怎麼辦就怎麼辦吧。我也老了，沒那精神去管你們。」

馬欣榮不在意趙氏話裡的譏諷，只笑著點頭。「那明兒我就找人清點庫房。對了，小姑也快及笄，她的婚事，娘是不是有打算了？嫁妝可曾準備齊全？若是娘不嫌棄，明兒讓小姑去庫房看看，有看中的只管說，我單獨留出來給她當嫁妝。」

趙氏臉上這才露出一點笑容。「妳倒是有心了。這事不急，該存的嫁妝，打小我就給她存著，庫房裡的東西暫且不用動，要用的時候，我不會跟妳客氣的。行了，時候不早，聽說妳今兒要給念之布置院子？趕緊去吧，天氣一天比一天冷，我瞧著像是快下雪，院子早早布置妥當，念之也好早早搬過去。」

馬欣榮笑著應了聲，便起身告辭了。

另一邊的花園裡，寧念之一溜兒小跑，追上抱著寧寶珠的嬤嬤。「快放妹妹下來，妹妹說要和我們捉迷藏呢。」

那嬤嬤陪笑道：「大姑娘，二姑娘得回去唸書，不然二夫人要生氣了。等二姑娘寫完大字，再來找大姑娘玩捉迷藏好不好？」

正說著，前面的李敏淑喝了一聲。「妳這老奴還不走快點兒，磨磨蹭蹭地想做什麼？」嬤嬤趕緊應了一聲，快步趕上去。

寧寶珠怕自家娘親，不敢吭氣，趴在嬤嬤肩頭上，對寧念之擺擺手。「姊姊等等我，我寫完大字再去找妳，還要帶上弟弟。」

寧念之點頭，瞧著前面一行人轉彎了，想了想，轉身往另一條小路跑去，趕在李敏淑回來前，在二房院子後面躲好。

李敏淑回了房，先是一迭連聲喊人上熱茶，又叫人把寧寶珠帶下去。好一會兒，李敏淑才道：「妳說，這事能不能成？」

一個略有些蒼老的聲音回道：「夫人放心吧。奴婢瞧著，大夫人是個手頭寬鬆的，又愛撒錢，這事十有八九能成，回頭庫房說不定又要被她填滿了。」

李敏淑頓了頓，聲音帶了些笑意。「若能填滿，自然是好的；若不填滿，只要她不追究，我們也算是賺了。還是嬤嬤有辦法，與其慌慌張張平帳，將東西送回去，不如光明正大地說開。大嫂也是個愛面子的，不至於為了幾樣東西就讓二房沒臉，就是不看二老爺的面子，也得看公爹的面子。」

她又輕輕哼了一聲。「公爹也是偏心，若非他現在就把爵位給了大房，我何必要挖空心思為二房謀劃？這天長日久的，還怕沒機會嗎？」

之前說話的嬤嬤接道：「夫人萬不可大意了。老奴瞧著，大夫人雖然手頭寬鬆、不愛計較，卻也不願被人當成傻瓜；她願意放過這事是一回事，可心裡明不明白、計不計較，又是另一回事。而且這種事情，不可再三，否則壞了兩房交情，有朝一日，若老爺子……」

李敏淑渾不在意。「壞了交情又如何？我們家老爺也不是半點勝算都沒有。國公府是給了長房，但我們老爺也是老爺子的親生兒子，難道老爺子會眼睜睜瞧著老爺一事無成？我們老爺難道就沒個位極人臣的時候？倒是長房那邊，那個原東良整日練武、學兵法，我瞧著倒像還要走老路。可天下太平時，哪怕都是一品官，武將到文官跟前，就是差了幾分呢。」

寧念之聽了，差點憋不住笑，就二叔那書呆子樣，還位極人臣呢，皇上又不是昏君。這位極人臣的，哪個不是狡猾如狐狸，誰會連自家後宅都管不住？不過，聽二嬸的話，主要還是為了錢財。

既然如此，寧念之也沒興趣再聽，遂偷偷摸摸從花叢後轉出去，瞧著沒人，便飛奔回自家院子了。

第二十三章

寧念之回到明心堂，馬欣榮整理完帳本，正在找她。

「妳跑哪兒去了？有些東西要讓妳選呢，快看看。這個要不要？這可是前朝的香爐，精緻得很，裝一塊香便能用一天。」

寧念之無語。「這麼舊了？誰知道裡面已經燒過多少香塊啊，我才不要。我要新打造的。」

馬欣榮抽了抽嘴角，伸手戳戳閨女的額頭，想說這可是古董，貴得要命，但看看她那一臉不屑的表情，心想算了，新的就新的吧，小孩子家家，不懂得欣賞古董，萬一打壞，可就沒地方找了。

「好，回頭讓人給妳打新的，要玉的還是金銀的？」馬欣榮問道。

寧念之摸著胖乎乎的小下巴猶豫。「玉石的好看，但金的打不爛，不然……兩個都要？」

「好，打兩個。」馬欣榮大方點頭，沒道理給二房那麼多錢，到自家閨女這兒卻小氣了。

接下來，既然整理完庫房的帳，馬欣榮也沒遮遮掩掩，晚上吃飯時，便帶著帳本去榮華堂了。

往日這個時候，寧博都在，今兒自然也不例外。

「現下庫房的東西都重新登記造冊，以往那些便不作數了，兒媳想著，把帳冊拿過來讓爹娘看看。」

馬欣榮也不多說，將帳本送上去。

趙氏趕忙看了寧博一眼，笑著道：「這孩子真是小心，國公府日後是你們夫妻倆的，有什麼東西，你們自己知道就行。我和妳爹上了年紀，只管享福，這些個麻煩事，我們就不管了。」

馬欣榮點頭。「我知道爹娘不愛管這麻煩事，不過，到底是咱們家的東西，有什麼、沒什麼，心裡有數，將來送禮或自用也方便些。」

寧博翻翻帳冊，點頭。「放著吧，回頭我看看。日後誰取用了裡面的東西，都要登記在冊。」

趙氏忙應了聲，又道：「時候不早了，震兒怎麼還沒回來？」

「大約是事情忙。爹娘不用等他，回頭讓廚房備著他的飯菜就行。」馬欣榮笑著說道，起身吩咐人上菜，又站在趙氏身後伺候一陣，這才坐下來吃。

吃完飯，馬欣榮說起正事。「念之轉眼就六歲了，過年後，也該讓她跟著先生唸書，我想著，咱們是不是請個先生回來？小姑當年的先生，可嫁人了？」

寧霏點點頭。「自是嫁人了，都多大年紀，總不能一直熬著。要我說，念之年紀也不算太大，平日又機靈得很，晚個一、兩年不要緊。等寶珠大些，姊妹倆一起唸書，也好作伴，免得程度不一樣，還得再請個先生。」

李敏淑完全沒想到，馬欣榮竟然把帳本遞到老爺子跟前，這會兒正心慌呢，聽見寧霏的話，臉色僵了僵，趕緊偷瞄馬欣榮的神色，生怕她一生氣，不給二房留情面，忙趕在馬欣榮開口前道：「雖說是女孩子，但上課的事也不能耽誤了。咱們這樣的人家，十來歲就要出門交朋友，耽誤一年，就比別人少學不少東西，出門在外，難免惹人笑話。」

她頓了頓，又笑道：「再者，念之比寶珠聰明，只請一個先生，也誤了功課。不如看看情況，再請個先生也使得。」

寧霏聽了，背地裡撇撇嘴，寧念之則興沖沖地扒著寧博的大腿。「爺爺教我唸書好不好？我跟著爺爺學。」

趙氏忍不住斥道：「胡說什麼，妳爺爺學的是領兵打仗，妳個小姑娘家家的，不說學些《女誡》、《女則》之類的，也要學琴棋書畫，妳爺爺哪能教妳？」

寧念之不樂意地癟起嘴，寧博寶貝孫女兒，忙道：「沒事，念之得了空來找我，學認字、寫字什麼的，我還是能教一點。不過，唸書很辛苦，念之可不能叫苦啊。」

「肯定不會，念之最聽話，會好好唸書的。」

寧念之賣乖，原東良又給她塞了塊果子，吃得腮幫子鼓鼓囊囊的，看著越發可愛了。

趙氏看了，便道：「到底是京城的水米養人。你們看，念之才回來一個月，臉色就比之前好看多了，白淨不少。女孩子啊，還是要白白淨淨才好。」

寧霏撇撇嘴。「小孩子不都這樣嗎？好好養一段時日，就能養回來了。」

說完，她轉頭對寧博撒嬌。「爹，天氣越發冷了，咱們府裡能不能買些銀絲炭？那個最好用，也不是很貴。」

寧博皺眉。「府裡採買的事，不是有妳大嫂管著嗎？」

寧霏嘟嘴。「大嫂忙著對帳，今年府裡的炭火還沒買呢。」

馬欣榮接話道：「妹妹不用著急，買炭的事，我已經找人安排，最遲後天就能買回來，不會讓妳凍著的。」

「銀絲炭？」寧霏忙問。

馬欣榮笑著搖頭。「這還不確定，得看帳面上還有多少銀子，沒銀子總不能賒帳去買是不是？說出去，咱們國公府也沒臉面了。」

寧霏聽了，整張臉都皺起來，在她看，就是馬欣榮刁難她，不願意給她買銀絲炭，遂轉頭抱著老爺子的胳膊晃。

「爹啊，您看，以前二嫂當家時，我吃的、用的，哪樣不是最好的？可現在卻連銀絲炭都用不上了。」

馬欣榮不在乎錢財，甚至為了盡孝，不讓公爹操心，連二房貪墨庫房一半東西的事都願意隱瞞，但這不代表她願意當個受氣包，當即挑眉笑道：「妹妹這話說得可不對了，妳二嫂也是寅吃卯糧，要不然，滿滿當當的庫房，也不會三、五年就變成這樣。」

說完，她略有深意地掃了趙氏放在旁邊的帳冊一眼。「人哪，不管做什麼都要留點底是不是？若庫房都空了，日後妹妹的嫁妝打哪兒來？」

寧霏聽了，又是氣、又是羞，趙氏拍桌子道：「行了！老大家的，我不是說過，霏兒的嫁妝自有我操心嗎？妳只要管好這個家就行。妳既是當家媳婦，家裡吃的、用的、穿的，自然由妳作主。可是妳也說了，得顧著國公府的臉面，堂堂鎮國公府，嫡出姑娘若是連銀絲炭都用不上，還有面子嗎？」

寧博見狀，有些頭疼地揉揉額，早知道這府裡不可能像鐵板一樣黏在一塊兒，但天天為這麼點事情吵吵鬧鬧，也實在讓人煩悶，索性抱了寧念之起身。

「管家理事是妳們女人的職責，以後府裡是老大家的當家，該怎麼辦，老大家的心裡有數就行。總不能為他們姑姑的幾盆炭，搬空了整個庫房，日後讓子孫們說起來，著實太丟人了些！」

他說完，便招招手。「東良、安成、安和，跟我來，我考考你們功課。」

寧寶珠想跟，卻又不敢，欲言又止地看寧念之，寧念之趕緊出聲道：「妹妹一起啊，我們跟去玩！」

寧博看了，笑咪咪地用鬍子扎寧念之的小臉。不是他偏心，是這孩子得人疼，出生帶著福氣不說，還幫忙照看弟弟，並不因為大人之間的事情就遷怒妹妹。有顆善良的心，說話又甜，會討好長輩，不偏心她偏心誰？而且，寧念之不過是女孩子，多偏心幾分，也不影響家族發展，若是個男孩子，他倒要想一想了。不是嫡長子，就不能太過偏心。

寧寶珠猶豫一下，對玩遊戲的渴望終於超越對祖父的害怕，拎著小裙子，飛快趕上。於是，寧博領著一群小孩，往前院去了。

沒了幾個孩子在場，馬欣榮說話更加不客氣。「妹妹也太著急了些。我還沒弄妥當，妹妹就先急著在父親跟前告我一狀，若是帳面上有銀子，我還真不得不給妳買這銀絲炭了。」

寧霏的表情立刻變了。「妳這話是什麼意思？」

馬欣榮挑眉。「妹妹也太不懂事。要我說，娘還是趕緊教妹妹看帳本吧，都老大不小了，別等嫁了人卻還是這麼任性，到時候娘可是護不住。」

趙氏臉色鐵青。「有妳這麼和沒出門的小姑子說話的？直接說妳容不下小姑子不就行了嗎？」

說著，她開始拍著腿哭。「我造了什麼孽啊！掏心掏肺將寧震養大，若不是我，你們夫妻哪有今天？現在倒好，寧震一回來，就先把我趕出榮華堂，妳又容不下小姑子。她小小孩子，想用些銀絲炭，有什麼不對？

「妳到外面打聽打聽，誰家沒出閣的千金連這點炭都用不起？妳倒好，不光不給用，還要嫌她，說她沒教養。有妳這樣當大嫂的嗎？妳容不下我們娘兒倆就直接說，大不了我們回祖籍去，要不然上街討飯，總不會礙了妳的眼。

「我命苦，只知道繼母難當，原以為你們夫妻倆是好的，卻沒想到，竟是我空想了！我一把年紀，還要被你們夫妻倆嫌棄，我沒臉見人了！霏兒，咱們娘兒倆命苦啊！」

趙氏摟著寧霏哭，馬欣榮眨眨眼，完全沒想到趙氏竟會用撒潑這招，這話若是傳出一、兩句，她和寧震別想做人了。

她當機立斷，一拍桌子道：「娘，您別哭了，實在不行，咱們把帳本拿出去讓人家看看，巧婦難為無米之炊，咱們家沒錢，我也沒辦法是不是？要不然，我和寧震去街上討飯，來給小姑子買銀絲炭！」

不就是比不要臉嗎？她一個已經生兒育女的婦人，難道還比不過沒出閣的小姑娘？再者，她敢打賭，如果李敏淑想保住貪來的財產，這會兒必得站在她這邊。

其實真算下來，一個冬天用的銀絲炭，花的銀兩怎麼都比不上李敏淑管家五年貪污的錢財。馬欣榮氣的是寧霏生事，她已經看過帳冊，往年冬天買炭火是在十月十五日，明明還差兩天，寧霏卻非得在公爹面前說這事。

雖然她不屑於後院女人之間的爭鬥，但不代表她不明白，這不擺明在公爹面前說她管家不行、沒本事，然後還打算剋扣小姑的銀絲炭嗎？

要是今兒公爹附和她，哪怕只說句「老大家的，那就買銀絲炭吧」，那便糟了，別聽只是簡簡單單的話，回頭府裡的人都該知道她這國公夫人沒本事理家，是個沒出息的，連李敏淑的一半都比不上。

接著，馬欣榮在下人心裡的威信就會降低，吩咐他們做事時，偷奸耍滑的少不了。一個世家的落敗，除了主子們不爭氣，當家夫人管不住家、下人們愛嚼舌根偷懶什麼的，也是原因之一。

馬欣榮可不相信寧霏只是想撒個嬌，什麼時候撒不行，非得當著公爹的面前？她看向李敏淑。「二弟妹，咱們府裡帳面上沒銀子的事，妳也是清楚的吧？」

李敏淑有些心虛，又不敢跟趙氏對著幹，有些支支吾吾的。

馬欣榮卻不願意放過她。「二弟妹怎麼不說話？難不成，二弟妹管家幾年，竟是連咱們府裡有多少銀子都不知道？」

「我知道……若是買銀絲炭，倒是綽綽有餘。」李敏淑看了趙氏一眼，低聲道。

馬欣榮聞言，冷笑一下。「對了，剛才父親好像沒怎麼看帳本，我想著，是不是應當將前些年的禮單也找出來，一一核算？」

李敏淑聽了，連忙接口：「不過買完銀絲炭，怕是不會剩太多了。不管如何，帳面上得留著一筆銀子，以防萬一。」

馬欣榮看寧霏。「若是妹妹不著急，說不定過兩天，我就按照往年舊例買了炭火回來。

但妹妹這麼著急……罷了，回頭我就讓人給妹妹送炭火，只是妹妹也多體諒一下，咱們府裡確實沒有太多銀子，怕是要委屈委屈妳了。」

說完，她便起身。「雖然庫房的東西已經清點完，但帳目多有對不上的，我還得回去仔細算算。若娘沒別的事，我先回去了。」

不等趙氏發話，馬欣榮便轉身走人了。

寧霏氣得要命。「娘，您看看大嫂，像什麼樣子！還是二嫂當家時好，我吃什麼、用什麼，都是頂頂好的。現在大嫂當家，我竟是連銀絲炭都用不上了。」

李敏淑尷尬地笑了笑，對寧霏擺手。「那怎麼能一樣。我們老爺和妹妹到底是親生兄妹，就是看老爺的面子，也不能委屈了妹妹是不是？」

說著，她眨眨眼，做出說小秘密的樣子。「前段時日，我剛從庫房拿了個擺件，妹妹應該會喜歡，不如去我院子裡看看？」

寧霏看看她，再看看趙氏，撇撇嘴。「就知道妳們有事要說，所以趕我走。算了算了，我去看看，妳們說吧。」

等寧霏一走，李敏淑便著急地問：「娘，大嫂不會真的查帳吧？」

「怎麼，妳還怕她查帳？我早跟妳說過，庫房的東西不要動太多，要動就動不容易被發現，或者好找藉口的，比如布料、瓷器什麼的，到時候要麼說送人，要麼說不小心打碎了，她就算知道有問題，沒有證據，能拿妳如何？妳倒好，貪心不足，非要拿那些古董，如今庫房重新清點，怕是妳爹也要發現這事了。」

趙氏嘆口氣，皺眉道：「現在就怕妳爹會以為，老二是知情的。」

李敏淑有些訕訕。「那些瓷器能值幾個錢？我這不還是為了老爺和安和著想。爹一向偏心，大哥沒回來，就恨不得把家底掏空，全送到白水城。大哥剛回京，便馬上傳了爵位。再過幾年，說不定這府裡沒有我和老爺的立足之地了，我能不早點為他們打算嗎？」

趙氏揉揉額頭。「這幾日看下來，妳大嫂可不是什麼好脾氣的人，她若是願意揭過這事，就沒事了；可她若不願意吃這個虧，怕是妳吃進去多少，至少要吐出一半來。」

她頓了頓，擺擺手。「算了，是寧霏這孩子不懂事，我替她描補描補。一年的銀絲炭，用下來應是三千兩銀子，回頭我讓人將銀錢給妳大嫂送去，另外再多給些，讓念之用。」

李敏淑忙笑道：「哪能讓娘出這筆錢，若不是為了替我遮掩，也不會少了妹妹的銀絲炭。回頭我讓人把銀子送過來。」說完向趙氏行禮，回了自己的院子。

第二十四章

雖然李敏淑說得大方，心裡卻在滴血。她是搬走一些庫房的東西，但也不敢明目張膽地全弄走。

現在她手上有十多件古董，賣出去，能換個十幾萬兩銀子。可這會兒偏偏不能賣掉換錢，等於是死物了。

寧霏加上寧念之，兩個人就要給出六千兩，說多不多，但說少也不少。趙氏是繼室，出身定然不能比元配高，不說小門小戶，卻絕不是高門大戶，再加上老爺子生怕長子受委屈，特尋了個娘家沒多大出息的，嫁妝算下來，不過一萬兩。

李敏淑比趙氏強，嫁妝翻倍，可也不代表手裡有這麼多銀子啊。六千兩，私房錢的一半了！

李敏淑咬咬牙，拿出錢匣子，又叫了身邊的嬤嬤。「那幾樣東西裡，不是有件白玉貔貅嗎？拿出去賣掉，不能少於三萬兩！」

嬤嬤有些遲疑。「萬一被大夫人發現……」

「大嫂又不是整天閒著沒事去當鋪或古董店轉。再者，妳不會找偏遠的地方賣嗎？讓人偷偷賣到通州或應天府去。」頓了頓，又道：「就算被發現，不是咱們賣的便行了。」

「是，老奴這就去辦。」嬤嬤趕緊應了聲。

李敏淑捏著銀票，不捨了好一會兒，才遞給身邊的大丫鬟。「給老太太送過去。用什麼銀絲炭？要我說，竹炭就差不多了！」

大丫鬟猶豫一下，問道：「夫人，這銀子是給霏姑娘和大姑娘買銀絲炭的，那二姑娘那裡……」

李敏淑氣得臉都紅了，心裡恨不得咬寧霏兩口，但她就寧寶珠這麼個閨女，不得不再拿出三千兩銀票，匣子一下空掉一半，可把她心疼死了。

大丫鬟不敢再看，急匆匆拿起銀票，去了趙氏的院子。

馬欣榮收了趙氏派人送來的銀子，並不知道這其中的彎彎繞繞，但她也知道，以趙氏的吝嗇，這銀子十有八九是二房拿出來的。吃了那麼多，吐出一點也是應當的。

寧念之的院子安排妥當了，接下來就是給她找伺候的人。

馬欣榮拿著名冊翻看，邊問陳嬤嬤：「這個嬤嬤家裡是什麼情況？家中有幾個人在咱們府裡？都在什麼地方當差？」

「對了，我記得妳也有個孫女兒，今年幾歲來著？」

「多找些人，到時候讓念之自己選。」

陳嬤嬤一一記下來，鎮國公府的家生奴才不少，適齡的丫頭自是有的。按照馬欣榮的意思，四個大丫鬟得挑已經懂事的，但年紀不能太大，至少能在自家閨女身邊伺候五、六年。五、六年後，閨女十幾歲，正好換一批丫鬟，換上來的，就能伺候到她出閣。帶著用熟的丫鬟，到了新地方，也不至於太心慌。父母為子女，總是考慮長遠的。

馬欣榮又道：「還有東良身邊的小廝。現下書僮是公爹給的，但一個肯定不夠用，得有四個小廝，兩個跟著出門，兩個留在府裡。原先在前院伺候的，讓東良瞧著，能留著的就留著，不能留的也換掉。這麼算下來，我倒是覺得府裡的人不大夠了。」

「夫人的意思是，再從外面買人？」陳嬤嬤問道。

馬欣榮皺眉。「咱們剛回京，馬上就從外面買人，太張揚了，暫且不買，若實在不行，用年輕的媳婦子也成。念之那院子裡，得放些穩重的人，她那性子也不知道像了誰，明明是個女孩子，卻整天胡鬧。」

陳嬤嬤忍不住笑。「自然是像了夫人。姑娘這樣子，和夫人小時候簡直一模一樣。」

馬欣榮搖頭。「嬤嬤別胡說，我小時候可是十分乖巧聽話。念之這樣子，定是像極了國公爺。」

兩人正說著，就聽見門口有笑聲傳來。「妳說誰像極了我啊？」

馬欣榮忙起身迎上去。「說念之呢。小小孩子，整日裡調皮搗蛋。」

寧震伸手摸摸下巴。「這樣倒是挺好，我瞧著她整天跑來跑去，身體倒是比一般女孩子好，一年到頭不生病，像寧霏這樣的，身子有些弱了。對了，妳不是說庫房有些空嗎？爹剛才叫我去了，這些給妳收好。」

馬欣榮接過他手上的東西看了下，有些發愣。「這些地契和鋪子……」

寧震不在意地坐在軟榻上，端起茶抿一口。「都是咱們府裡的。以前爹不放心，現在讓妳管著。」

沒想到竟有意外之喜，馬欣榮笑得合不攏嘴，但笑完了，將東西塞回寧震手裡。「裡面怕是有爹的私房。爹雖然退下來，但得空和幾個老友喝喝酒什麼的，也需要銀子……」

寧震忍不住笑，伸手揉揉馬欣榮的頭髮，他就是喜歡她這性子。

「不用擔心，難不成我還沒想到這些？爹的私房，我自是不會動。這確實是國公府的財產，不過，老太太那兒並不太清楚。日後，妳得慢慢將這些放回公中。」

馬欣榮點頭。「那是自然。就算我不喜歡老太太，但看在她為爹生兒育女、陪伴爹這麼些年的分上，不會給她難看的。」自然忘了今兒傍晚的事情。

她做事自有底線，自己願意給的，哪怕是傾家蕩產，她都不在乎；若是被人逼迫，那一分錢也別想要到手。

寧震忍不住哈哈笑，瞧著馬欣榮將東西收好，對她招招手。「有件事情得和妳說。」表情嚴肅，語氣也十分認真。

馬欣榮有些疑惑。「什麼事情？」

「是東良的身世。」寧震猶豫一下，把馬欣榮拉到身邊。「之前咱們不是猜測過嗎？東良出現在白水城，他可能是普通百姓的孩子，但父母也有可能是途經白水城的人。」

馬欣榮點頭，生出幾分緊張。「你的意思該不會是……現在東良的家人找上門了吧？」兩隻手扭在一起，表情又是不捨、又是鬱悶。「難不成他們要把人帶回去？東良可是咱們的兒子，咱們好不容易養大的……」

寧震挑眉。「妳捨不得？」

「那是自然。咱們把他從這麼小養到這麼大，光是給東西吃就行嗎？」馬欣榮有些失落。「更何況，念之和安成也肯定捨不得。」

「既然捨不得，那咱們就不去找了。」寧震立刻說道。

馬欣榮瞪大眼睛。「不去找？什麼意思？難不成不是東良的家人找上門，而是咱們要去找東良的家人？」

寧震點點頭，不逗弄自家媳婦了，將父親剛才跟他提的事一五一十說出來。

「……所以，咱們要派人去打聽打聽，看他們是不是東良的家人。如果是，那邊要是捨不得……」

他頓了頓，看看馬欣榮的臉色。「可妳也捨不得，那不如不找了。不管他們想不想念孩子，當初能把孩子丟了，就是不負責。誰家孩子丟掉不找啊？咱們在白水城這麼些年，也沒人打聽是不是？

「我想著，那家人大概已經忘記東良的存在，咱們索性不去自尋煩惱了。」寧震笑著說道。不管有多少苦衷，當初東良那樣子，一看就是至少在狼群裡生活了三年，再加上後來那五年，八年來，那邊都沒讓人找過，對他的重視能有多少？

馬欣榮也知道這個理，但還是猶豫。「可我怕東良將來長大了，會想念自己的父母，會想知道自己的家人是誰。萬一……萬一不是他們沒找，而是沒找到呢？或者有苦衷？」

寧震忍不住搖頭，就知道會這樣。他這媳婦兒，看著彪悍爽朗，但其實最是心軟。比如最近發生的事，趙氏和寧霏是什麼性子，他不知道嗎？可看在公爹的面子上，幾萬兩的銀子被貪污了，她照樣不在乎。

「不然，咱們問問東良？」寧震出主意。

馬欣榮覺得有些不妥。「東良才幾歲啊，咱們這樣問，他肯定願意回去的，但咱們摸不準那家到底是什麼情況，嫡長子帶著媳婦出走，還雙雙喪命，萬一是個狼，咳，毒蛇窟，豈不是害了孩子？再者，查探後若不是那家，孩子不就要傷心失望？」

她抿抿唇。「這樣吧，不如咱們先暗地裡打聽，若那家人是個好的，再跟東良說。如果東良願意回去，就讓他回去，大不了，咱們家住半年，那邊住半年；如果東良不願意，他還是咱們家的長子。你覺得怎麼樣？」

寧震點頭。「也好，咱們先打聽清楚，免得他小孩子家家，找到親人光顧著高興，沒注意到這些個彎彎繞繞。」

夫妻倆商議妥當，便這麼說定了。

第二天一大早，寧念之就被拎起來，穿好衣服後，被馬嬤嬤抱著去院子裡挑選丫鬟。

馬欣榮早將消息放出去，家生奴才中有小閨女的，都把孩子送來了。

雖然都是嫡女，但寧念之可是鎮國公府的嫡長女，比寧寶珠的身分高得多，寧霏又即將說親出嫁，不管怎麼看，寧念之身邊的位置都是最好的。

「嬤嬤，要怎麼看？光看長相嗎？」寧念之摟著馬嬤嬤的脖子嘀嘀咕咕。

馬嬤嬤哭笑不得。「光看長相怎麼行？得看人勤不勤快、老不老實，還有爹娘是做什麼的。」

寧念之似懂非懂，目光往院子裡的幾排小姑娘身上掃去，其中有上輩子見過的，也有不少沒見過的。但她根本沒有親自選過丫鬟，都是趙氏挑好放到她身邊的，或是馬欣榮看不過去了，給她換換。

這事還真是頭一次，挺稀罕的。

「姑娘，妳得問問啊，看她們叫什麼名字，會不會做活什麼的。」馬嬤嬤見寧念之不說話，以為她是害羞，拿不定主意，遂又壓低聲音道：「或者問問她們幾歲了。」

寧念之嚴肅著臉點點頭，掙扎著從馬嬤嬤懷裡下來，小手背在身後，抿著唇，慢吞吞地從所有人面前走過，看順眼的便停住問問，看不順眼的就直接略過。

她轉一圈，就挑中了二十來個。

馬欣榮在旁邊看得笑盈盈，深深覺得，自家寶貝不管做什麼都可愛得要命。她一臉嚴肅的樣子，怎麼看，怎麼讓人想上去捏兩把。

「妳叫什麼名字？會做什麼？」站在挑出來的人跟前，寧念之嚴肅地問道，接著吩咐：「會做針線活的站在第一排，會唸書的站第二排，會別的站第三排，什麼都不會的，站在第四排。」

然後，人群呼啦啦地亂了，好半天才擠擠挨挨地站好。

這回挑人，馬欣榮是真的全依寧念之，見她挑好八個小丫頭，就招招手。「確定了？就這幾個，不要別的了？」

「就這幾個。娘，是不是年紀大一點的當大丫鬟啊？」寧念之扒著馬欣榮的大腿問道。

馬欣榮笑咪咪地點頭。「妳喜歡就好。不過，當大丫鬟要穩重細心，年紀大點的確實比較合適。」

「唔，那是不是還要取名字？」寧念之興致勃勃。

馬欣榮繼續點頭。「是。但妳會嗎？」

「當然會，和明心堂裡的姊姊們一樣，一聽名字就知道是一個院子的。」

寧念之用小手摸摸下巴，想了想道：「前幾天，娘說快下雪了，我挺喜歡雪花的，不然……就叫聽雪、映雪、念雪、飛雪。娘覺得怎麼樣？」

馬欣榮沒料到閨女竟然能想出這樣的名字，又驚又喜。「很好聽呢，娘都不知道，原來我的寶貝是個小才女啊。那剩下幾個，妳要不要一塊兒取了？」

「要要要。」寧念之忙點頭，也給她們取了名，但又不敢太過表現，順口就行。丫鬟的名字麼，不用多文雅的，像寧霏身邊的幾個丫鬟，取名時只差沒翻遍詩集了，取出來的不就那麼回事？再說，她又不是要當才女，僕隨主，名字能聽就行了。

丫鬟選完，過一天，寧念之就搬院子了。

馬欣榮轉頭跟來院子探看的寧震嘀咕，有些無奈。「我還以為她會哭鬧一番，捨不得離開咱們呢，結果她倒是興高采烈，一說搬院子，今兒早上居然起得那麼早。打從回京，她就沒自己早起過！」

寧震一邊幫閨女挪桌子，一邊笑著說：「我看是妳捨不得吧？不過，早晚有這麼一天，現在搬和以後搬是一樣的。妳要是真捨不得，不如把安成帶回來住？」

但寧安成早就和原東良一起住在前院了，馬欣榮想了想，還是搖頭。「算了，安成好不容易習慣了，再弄回來，又要折騰了。我是覺得這小丫頭沒良心，這麼高興就走了。」

寧震聽了，有些曖昧地對她眨眨眼。「不如，咱們再生一個？」

馬欣榮臉頰微紅地瞪他。「說什麼呢，小心念之等會兒出來聽見了。」

說曹操，曹操到，寧念之蹦蹦跳跳地出來。「聽見什麼？聽見爹爹說要給我生個小弟弟或小妹妹的事嗎？那太好了！娘可要快點啊，我想要兩個，一個小弟弟、一個小妹妹，明年能看到嗎？」

寧震忍不住哈哈大笑，馬欣榮白他一眼，使勁捏寧念之的臉頰。「妳當這是買東西啊，今兒說要，明兒就有?這話可不是小姑娘能說的，以後不許再說，知道嗎?」

寧念之挨了一下，立刻躲開，又看看爹娘，忍不住跟著笑了起來。

第二十五章

寧念之搬進新院子，滿心興奮，原本想著這下晚上要睡不著，沒想到竟睡得特別香。若不是馬嬤嬤來叫她，都能睡到大中午了。

她思來想去，大約是因為太安靜了。以前住娘親的院子裡，總是不自覺地就想聽點什麼。現在，整個院子裡，除了呼吸聲，一點別的聲音都沒有，自然能睡得香香甜甜。

「我娘也起來了嗎？」寧念之一邊穿衣服，一邊問道。

馬嬤嬤笑吟吟地點頭。「夫人早就醒了，等會兒布莊要送新料子和新衣服來，首飾鋪子也會送新首飾，姑娘要不要去看看？」

「當然要。」寧念之忙道，不等馬嬤嬤抱，自己跳下床，兩三步衝出去，剛踏出門，就被聽雪攔住了。

「姑娘，要先洗臉刷牙，不然牙齒會生蟲子喲，以後會很疼很疼，疼得吃不了東西的。」

後面趕上的映雪，手裡拿著布巾，還熱呼呼的，等寧念之抬頭，就趕緊在她臉上揉兩下，然後塗上香膏。

接著，寧念之幾口吃完早飯，就一蹦一跳地去馬欣榮的院子了。

明心堂裡，管採買的婆子正在說話。「炭火已經買來了，今年冬天特別冷，所以炭火的價錢比往年貴了一倍，銀絲炭買了八車，竹炭買了十二車。咱們往年買炭火的那家鋪子說，今年剛燒出另一種炭，帶著香氣，但要價更貴些，一車賣十兩銀子。夫人看看，要不要買兩車試試？」

馬欣榮挑眉。「味道如何？」

婆子趕緊送上一只籃子。「奴婢帶了一些回來，夫人先試試？」

陳嬤嬤立即找了炭盆過來，把炭放進去，點上沒多久，果然有幽香散開，竟還帶著蘭花的味道。

馬欣榮頗為驚奇。「居然弄出了這種香味！怎麼燒出來的？」

採買的婆子也不知道，這肯定是人家的秘方啊。一般來說，用慣了誰家的炭火，就只買誰家的。有幾間老鋪子就是世世代代燒炭的，別看不起眼，一年也能賺不少。不過，有些人比較沒天分，只能燒些平常用的木炭；有些人呢，比較機靈，今兒研究竹炭，明兒研究個帶香味的，價錢就上去了。

「買兩車吧，送到老太太那兒去。」馬欣榮笑著道。「這樣的好東西，也只有老太太能用用了。」

婆子立即應了聲，然後躬身退下，換另一個婆子上來。

「夫人，下人們的冬衣已經送到了，男裝總共五百套，有一件厚棉襖、一件薄棉襖，還有一件外衣；女裝總共八百套，同樣是薄厚棉襖和外衣。夫人看，什麼時候發下去？」說著，各拿出一套讓馬欣榮檢查。

馬欣榮先確定布料是她之前看好的，再摸摸衣服的厚度，然後點頭。「眼看著天氣一天比一天更冷，今兒就發下去吧。」

寧念之坐在旁邊看了一會兒，覺得沒意思。這些管家的事情很瑣碎，卻又不能不管。馬欣榮見她坐不住了，遂抱她下去。「妳去裡面照看弟弟吧。妳哥哥去上學了，沒人帶弟弟。」

寧念之連忙應了，一溜煙地進了內室。

寧安成正坐在軟榻上玩九連環，見寧念之進來，立刻笑開了，張著小手喊姊姊。

寧念之趕緊過去，把他抱個滿懷。「哎呀呀，安成越來越胖了，小可愛長得可真英俊。姊姊最愛你了，你愛不愛姊姊？」

寧念成忙點頭。「愛姊姊，吃糕糕。」

「好，給你吃糕糕。」寧念之忙拿了板栗糕塞給他，又從抽屜裡翻出字帖，將寧安成圈在身前。「來，姊姊教你認字。你認多多的字，姊姊就給你吃多多的糕糕，好不好？」

寧安成喜孜孜地點頭，奶聲奶氣地跟著寧念之唸字帖。

等馬欣榮抽空進來，看見姊弟倆這樣子，就笑得合不攏嘴了，好半天才反應過來。「念之，妳什麼時候學會這麼多字了？」

「我聰明嘛，哥哥教過我。」寧念之笑嘻嘻地說，扒著馬欣榮的胳膊撒嬌。「娘，咱們家弄間花房吧，多種點花，冬天也能吃玫瑰餅。」

馬欣榮哭笑不得地戳她額頭。「人家弄花房是為了賞花作詩，妳倒好，居然是為了吃。如果只為了玫瑰餅，倒不用弄花房，咱們家有冰窖，裡面存放不少食材，也有玫瑰花瓣，一會兒我讓人找找看，給妳做玫瑰餅好不好？」

寧念之有些不高興。「放了幾個月的花瓣，和剛摘下來的能比嗎？娘，咱們就弄間花房吧，冬天也可以賞花啊。」

馬欣榮想了想，搖搖頭。「這得問問妳祖母。咱們沒回來前，府裡並沒有花房，現在回來就弄這個，可是要花不少錢的。來，布莊送了衣服跟布料，妳要不要自己挑挑？」

「要要要。」寧念之忙應道。別看她年紀小，卻挺愛美的，上輩子因為沒爹，娘親又整日傷懷，她只能穿些素色的衣服。加上趙氏不用心，衣裳樣式都不怎麼好看。

這輩子，有了自己能作主的機會，當然是怎麼美怎麼來了。嗯，就是要全京城她最美的氣勢。

寧念之想著，便樂哈哈地跟著馬欣榮出去了。

屋子裡擺了二十多疋布料，顏色、花式各不相同。

寧念之看看這疋、摸摸那疋，這輩子她就喜歡穿顏色新鮮些的，大紅的可以，但大紫的就壓不住了。

「大嫂，今兒布莊送了新布料來？」

寧念之正猶豫著呢，聽到門口有人說話，一轉頭，就看見寧霏進來了。

寧霏掃了屋子裡的布料一眼，笑著道：「剛送來？難怪大嫂沒先讓娘親過目呢。若不是我瞧見了布莊的小丫頭，怕也不知道。」

馬欣榮有些頭疼，這小姑子就是心眼小。在寧念之和寧寶珠出生之前，府裡就寧霏這麼個嫡女，上到老爺子，下到寧霄，都把她捧在手心裡，視為鎮國公府的掌上明珠，要星星不給月亮，要月亮就得馬上摘下來給她。

原本寧霏受到萬千矚目，現在寧念之卻成了老爺子的心頭肉，且又是鎮國公府名正言順的嫡長女，寧霏心裡就不高興了。她本來心眼就小，這會兒更是恨不得事事都挑出刺來。

馬欣榮揉揉額頭，笑道：「確實是剛送來的，我正打算讓念之看看，若有喜歡的，就拿自己的私房另外買下來。這些年我和妳大哥待在白水城，倒不覺得吃苦，就是有些委屈孩子了。同樣是國公府的姑娘，看看二弟家的寶珠，身上穿的、戴的，都是頂頂好的；我們念之穿的，卻還是兩年前爹爹讓人送去的舊布料。」

她嘆口氣，繼續道：「現下回來了，我自是想好好補償念之。妹妹不用著急，等念之看完，我就讓人把布料送到榮華堂，到時候也叫上二房。公中的東西，自是要按照分例來的。」

寧霏聽了，抬起下巴輕哼一聲，有些不大高興。「那萬一選到相同的布料呢？我可不想跟別人穿一樣的衣服。」

馬欣榮簡直無語了，五歲的小孩和十四歲的姑娘，就算衣服顏色與款式完全一樣，也分不出什麼高低上下吧？

「那就沒辦法了。到時妹妹長個心眼，別選到同樣的就行。」馬欣榮可沒多大耐性和寧霏兜圈子，抱起寧念之問：「念之選好沒有？」

寧念之忙抬手指。「這疋、那疋，還有這疋藍色的，要給大哥留著，幫他做外衫，弟弟也穿一樣的，這樣出去，別人一看就知道是兄弟。我也和娘穿一樣的好不好？」

寧霏氣哼哼，但母女倆加上小豆丁寧安成，都對她視而不見，她也沒辦法。若對象是老爺子，她還能過去撒撒嬌；若是趙氏，她還能告個狀，不過馬欣榮明顯不吃這一套，只能嚥下這口氣了。

「大嫂，我來是有事找妳的。」看母子三人其樂融融，寧霏不滿地出聲道。「娘知道今兒布莊和首飾鋪的人要來，讓我和大嫂說一聲，今年是大嫂頭一回在府裡主持過年的事，得隆重點，多打幾套首飾，讓大家穿得喜慶些。請大嫂過去榮華堂，娘要親自吩咐。」

馬欣榮點頭。「我知道了，等會兒就過去。對了，妳順便去和妳二嫂說一聲，既然是全家有份，請她來挑選，免得拿到不喜歡的款式。」

說完，馬欣榮命人收拾布料，送去榮華堂。安頓好孩子後，便跟著過去商議過年的事了。

轉眼就是新年，一早孩子們便穿上新衣，先向父母拜年，再去榮華堂給祖父母磕頭。走完一圈，寧念之收了好幾個荷包，進帳豐厚，笑得喜孜孜的。

吃過飯，男人們去祠堂祭祖，原東良不是寧家的親生子，就領著寧念之和寧寶珠在花園裡打雪仗，玩得不亦樂乎。

祭拜完，眾人聚在榮華堂裡，寧震一邊抬手烤火，一邊說道：「下午得進宮去。念之年紀還小，我想著，這次進宮就不帶上孩子們，爹覺得如何？」

寧博搖搖頭。「你帶東良和念之去。因為桃園的事情，皇上記得這兩個孩子，見見也有好處。」

被皇帝記住，日後前程就有著落了。當然，以寧家的本事，這種手段不過是錦上添花。但原東良到底不姓寧，寧博想為他多打算一番。

「再說，你媳婦兒不是打算給念之找先生嗎？讓她到宮裡問問，看有沒有要出宮的嬤嬤或宮女，禮儀女紅之類的，她們更拿手。」

寧博說著，捏了捏寧念之的臉頰，又看寧寶珠。「至於安和、安成和寶珠兄妹三個，年紀還小，先不用進宮了。」

寧霄看了看寧念之，又看看寧安和，寧安和比寧念之還大一歲呢。不過，父親已經決定了，他也不會反對，親爹肯定不會害他的。

中午在家吃了飯，馬欣榮便急急忙忙開始給閨女梳妝打扮。只是，五、六歲的小女娃，再怎麼打扮，也不過是在額頭上點個胭脂、髮髻上繫個小鈴鐺之類的，加上冬天穿得多，整個人看起來圓滾滾的。

準備好後，夫妻倆帶著孩子上車，原東良和寧念之並排坐著，聽馬欣榮念叨。

「進了宮，哪兒都不能去，尤其是念之，宮裡可是有很多很多……咳，總之，皇宮很大，萬一妳走丟，就再也見不到爹娘了，知道嗎？妳一定要跟在我身邊，不然，回來看我怎麼收拾妳！

「還有，看見娘跪下磕頭，你們也趕緊跪下，但不許抬頭看上面坐著的人。另外，不許隨便和人說話，不許隨便跟人走，不許隨便吃點心，不許……」

馬欣榮一路唸到了宮門口，寧震下了馬，過來掀開車簾。

「等會兒會有轎子在前面等著，看好是中宮派來的轎子再上去。東良，你過來，今兒你得跟著我。」

原東良疑惑地眨眨眼，看看馬欣榮，再看看寧震。剛才娘親說了一大堆，不就是要他跟著她嗎？

寧震對他伸出手。「來吧，你年紀不小了，也算是個半大小子，得跟爺兒們一起，不能和女人湊在一塊兒。」

馬欣榮斜眼看他。「和女人湊在一塊兒？」

寧震見狀，趕緊討好道：「來來來，夫人，我扶妳下車。」轉身又把寧念之抱出來。

有路過的人來打招呼，好幾個是馬欣榮不認得的，寧震便壓低聲音為她介紹。

「安國公已經把爵位傳給他兒子，那位應該是安國公夫人。這位是新科狀元，今年剛入朝，很得皇上歡心，聽說還沒婚配。那邊那個，瞧見沒有？是皇后娘娘的娘家姪子，之前外放，才回京沒多久。」

馬欣榮暗地裡點頭，將重要的人記下，不說有機會說話什麼的，也別認不出來得罪人。

中宮派來的轎子不少，馬欣榮摟著寧念之坐上去，又低聲交代寧震：「東良年紀還小，我可告訴你，不許灌他喝酒。」

寧震忙笑道：「夫人放心吧，我是那種不懂事的人嗎？念之，要聽娘的話，不許搗亂，不許亂跑，知道嗎？」

寧念之對他做了個鬼臉，寧震放下簾子，擺擺手，兩個小太監直起身，抬轎子往中宮去了。

到了中宮，有嬤嬤在門口等著，看到轎子，忙上來迎接。

「鎮國公夫人好，幾年不見，您越發年輕，也越發漂亮了。喲，這是令千金吧？和您小時候可真是一模一樣，粉妝玉琢的。」

馬欣榮笑著謙虛道：「這丫頭調皮著呢，哪有嬤嬤誇讚的那麼好。可是有人先過來了？」

嬤嬤點點頭，引了馬欣榮往暖閣走。「承恩公夫人帶著自家孫女先到了。到底是親姪，長相也跟娘娘小時候有幾分像，娘娘很喜歡，正說著話呢，委屈鎮國公夫人等等了。」

「嬤嬤說的哪裡話，娘娘難得見家人一次，我能理解娘娘對家人的思念。」馬欣榮笑著說道。

進了暖閣，已經來了好幾個人，有幾個是以前見過的，還有一、兩個是沒見過的。

馬欣榮忙領著寧念之，上前對兩位婦人行禮。「給老太妃請安。老太妃身子骨可安好？瞧您還是這麼有精神，我就打心裡感到高興。給寧王妃請安，幾年不見，寧王妃越發漂亮了。」

「好好好。妳啊，總算回來了。」

寧王是皇帝的親叔叔，老太妃是他母親，已經六十歲，但看著倒是不顯老，笑咪咪地將寧念之攬到身邊，問道：「這是妳家閨女？長得和妳小時候可真像，頂頂漂亮。來，小姑娘，告訴奶奶，妳幾歲了？」

「我叫寧念之，六歲了。」寧念之也笑。大家打招呼的話幾乎都是一樣的，上了年紀的就誇精神好，年輕點的便誇越發漂亮，小孩子麼，自然是要跟父母小時候一模一樣才行。

老太妃正是含飴弄孫的年紀，看見小孩子就喜歡，難免多問幾句。寧念之也不認生，有一句回一句，樂得老太妃忍不住揉她腦袋。「是個聰明孩子，挺機靈的，也大方得體。欣榮，妳教得好啊。」

說著，她取出一個小荷包送寧念之。「來，這是奶奶給的壓歲錢，快收好了。」

寧念之轉頭看馬欣榮，見馬欣榮點頭，這才趕緊道謝。「謝謝奶奶，祝奶奶新年大吉大利，心想事成，事事如意，身體安康，長命百歲。」

接著，又有其他人過來，寧念之跟著馬欣榮走了一圈，總共收了七、八個荷包，分量都不輕。馬欣榮回京之後，這是頭一次帶著閨女出來，除了壓歲錢，也有不少人給見面禮，有給玉珮的、有給鐲子的、有給髮簪的，能戴著的，她便立刻給寧念之戴上；不能戴的，就讓丫鬟拿著。

寧念之在心裡盤算一下，樂得要合不攏嘴了。進宮一趟實在太划算，賺錢驚人地快，要是能天天這樣收禮，不出三年，她就能蓋座和鎮國公府差不多的府邸了。

很快地，眾人見過面後，皇后娘娘那邊就派人來宣了。

第二十六章

寧念之跟馬欣榮進去，就瞧見皇后娘娘身邊靠著兩名小姑娘，一個十來歲、一個七、八歲，長得都挺秀氣的。還有個上了年紀的婦人，坐在左側，見人都進來了，忙把兩個小姑娘招呼到自己身邊。

眾人見了禮，承恩公夫人會說話，將在場的小姑娘們誇讚了一番。

皇后忍不住笑。「若是夫人喜歡，不如抱回家養著？」

承恩公夫人忙擺手。「我倒是想抱回去，就怕前腳走，後腳被打上門，這些姑娘都是自家爹娘的心頭肉。對了，鎮國公夫人可打算在年後舉辦茶會？」

馬欣榮點頭。「有這個打算，等天氣暖和些，我再請大家上門玩。到時候，還望眾位夫人不要推辭。」

「說起來，我們還沒逛過鎮國公府的園子，得了機會，定是要上門看看的。」有人笑著說道。

皇后打量了寧念之一下，大約是之前皇上交代過，遂招招手，示意寧念之到她身邊。

「乖孩子，開始讀書了嗎？」

馬欣榮眼睛一亮，忙道：「正打算給她請教養嬤嬤呢。這些年我們不在京城，孩子在白水城玩野了，想著給她收收性子。娘娘身邊可有要放出去的嬤嬤或姑姑？若是有，還請娘娘給個恩典呢。」

寧家父子是聰明人，不然，寧震也不會在邊關立了功，回京後還不用交出兵權。他們忠於皇帝，皇帝稍微暗示一下，寧家就會照著他的心思來。

目前，皇帝總共有五個兒子，前四個全是庶子。六年前，皇帝才得了嫡子，簡直是如珠如寶，捧在手心裡疼。雖然前面幾個兒子都已經長大，嫡子今年才六歲，但皇帝自然是更看重嫡子的。

皇后是繼后，娘家平庸，寧家則是皇上的心腹，皇帝早已暗示過寧震。寧震又交代過馬欣榮，所以馬欣榮才敢對皇后說這樣的話，一來確實要給自家閨女找個教養嬤嬤；二來，也是向皇后表明寧家的態度。

至於將來，那是走一步看一步。寧家對這個小皇子可是有幾分看好的，如果他爭氣，寧家便給予幫助；如果不行，寧家也不會把前程綁在這條船上。只是，牆頭草向來不討喜，不到萬不得已，寧家可不打算走這一步。

皇后心領神會，當即挑眉，笑道：「那倒是湊巧了，本宮這裡正好有個嬤嬤到了年紀，想出宮去，不如我叫來給鎮國公夫人瞧瞧，若是合心意，今兒就能帶回府。」

馬欣榮還沒來得及說話，便聽身邊有人笑道：「娘娘也太偏心了，臣婦正想開口呢。臣婦的女兒今年八歲，正是開始學規矩的時候，娘娘身邊若是有多餘的人，能不能也賞臣婦一個？」

寧念之轉頭，看見一個胖胖的婦人笑咪咪地捏了自家閨女的肩膀，低頭對她說道：「快和娘娘說，妳也想學規矩。」

那小姑娘也有些胖胖的，不過眉目精緻得很，看著很可愛，大約被寵慣了，聽見自家娘親的話，有些不依地扭動身子。「我不要，我才不學呢！」

沒想到閨女這麼不給面子，胖婦人的表情不大高興。

皇后微微皺眉。「既然孩子不願意學，妳回家慢慢開導，什麼時候想學了再說，不能勉強，否則孩子容易膩煩。好了好了，妳們也別說我偏心，這事呢，是鎮國公夫人先提的，自然要先緊著她了。」

皇后說著，低頭問寧念之：「念之，妳願不願意學規矩？」

寧念之用力點頭。「願意。娘說過，學好規矩，以後才有更多人喜歡，不學規矩會被人討厭的。」

皇后笑著點頭。「妳娘說得對，不管是小姑娘還是小公子，都要學規矩、明事理才行，不然就是野蠻人了。念之也不喜歡野蠻人，對不對？」

寧念之裝出害羞的樣子應了聲，又被皇后逗弄幾句，才回到自家娘親身邊。然後，就被剛才的小姑娘使勁瞪了幾眼。

承恩公夫人壓低了聲音，對馬欣榮道：「那是陳家的人，她家閨女剛被訂給了二皇子。」

馬欣榮忙點頭，難怪呢，剛才那話可不光是不給她面子，還不給皇后面子。若是二皇子妃的娘家人，那便說得通，二皇子可不是皇后的親生子。

隨後，皇后就讓眾人散了。妃嬪的娘家人，難得能見自家閨女一面，自然是要抓緊工夫相聚的。

馬欣榮領著寧念之出宮，在馬車裡待了大半個時辰，才等到寧震與原東良。

寧震先把原東良送上車，然後自己也上來，搓搓手，哈口氣。「這天氣實在太冷了。妳們在皇后那邊，沒發生什麼事吧？」

馬欣榮搖頭。「娘娘挺和善的，咱們之前商量好，想要個教養嬤嬤過來，娘娘已經應下了。雖然還沒見到人，但等她收拾收拾，過兩天便能到咱們府裡。」

「那就好，到時候妳看著安排。皇后送來的人，不能不放在心上，妳安排個小丫鬟伺候著，平日裡指點一下咱們家念之的規矩就行了。」

寧震頓了頓，又道：「若寶珠願意學，讓她們兩個一起吧。念之一直沒有小姊妹作伴，寶珠那丫頭，我瞧著倒是挺不錯的。」

馬欣榮也笑著點頭。「寶珠天性純良，和念之作個伴也好，虧了二弟妹疼愛孩子，做什麼事都避著她。至於妹妹那裡……」

寧震擺擺手。「她都快說親了，還學什麼規矩？再者，老太太沒提這事，咱們就不用過問。」寧霏並不怎麼喜歡他這個大哥，他又不是喜歡熱臉貼冷屁股的人，兄妹之間的感情自然淡得很了。

夫妻倆商量著事，沒注意到寧念之，原東良滿心滿眼都是妹妹，便挪過去，拉著她的手，揉揉她的臉蛋。

「妹妹不高興？」

寧念之嘆氣。「我要開始學規矩了，學規矩很辛苦啊。」

原東良立刻心疼起來。「那能不學嗎？」

「不能不學，不學的話，以後沒人喜歡。」寧念之撇嘴。她惜命得很，向來不會和世俗規矩作對，哪怕對很多事情不屑，卻只能儘量從各種規則裡爭取自由。

上輩子，她沒嫁人就死了，這輩子可是打算好好活著，將來嫁給喜歡的人，多生幾個孩子，老了含飴弄孫，逍遙快活。

她沒太大的野心，不想當人上人，也不想以一己之力改變整個世界。即便上天賜予她天大的福氣，她也只是利用這福氣，讓家人過得更好，讓自己過得更開心，讓以後的路走得更順遂。

她聽過一句話，人的福氣是有數的，今兒享受得多，明兒便享受得少。不知道老天爺給的恩賜是讓她用多少東西換來的，若是用這個來謀求別的，是不是又會付出更多代價？

最重要的是，現在國泰民安，也沒什麼事情需要讓她付出代價來改變啊。

「怎麼會沒人喜歡呢？爹娘肯定喜歡，我也喜歡啊。不管妳學不學規矩，我都喜歡妳，最喜歡妳，永遠喜歡妳。」原東良忙道。

寧震耳朵動了動，摸摸下巴，這話聽著不大對勁，就算是親兄妹，也沒這麼說話的吧？

「我也最喜歡哥哥了。」寧念之也說道。

寧震聽了，忙把她抱過去。「念之最喜歡哥哥，那就不喜歡爹爹了？」

「也最喜歡爹爹了。」寧念之迅速說道，瞧見馬欣榮的眼神，又道：「也最喜歡娘親了。」

馬欣榮忍不住笑。「都是最喜歡？最喜歡的人只能有一個。」

「誰說只能有一個？有很多很多個！我最喜歡爹爹，最喜歡娘親，最喜歡哥哥，最喜歡弟弟，最喜歡爺爺。」寧念之扳著手指數。哎，當小孩子真不容易，時時刻刻得提防這種問題。

原東良心裡有些酸澀，他最喜歡妹妹呢，爹娘都要往後靠的。不過不要緊，只要他對妹妹好，總有一天，妹妹會最喜歡他，也只喜歡他。

唔，爹娘和弟弟、爺爺都是妹妹的親人，他跟她沒有血緣關係。這麼算的話，除了親人，妹妹最喜歡的就是他。

原東良心裡那點小酸澀瞬間沒了，妹妹最喜歡他呢！

回到鎮國公府，已經是晚上了。

因第二天要開始走親訪友，馬欣榮便先回房整理禮單。原東良還想賴著寧念之多玩一會兒，卻被寧震拎去書房了。

寧念之無聊，索性讓聽雪拿出錢匣子，清點一下今天的收入。

荷包共有十二個，皇后給得最多，裡面裝著八個金娃娃呢，一個巴掌都抓不住。老太妃給得也不少，八朵金梅花，雕刻得栩栩如生。再算一算，金子有將近二十兩，簡直是發大財了！

從小到大，除了帳本上，寧念之還沒見過這麼多金光閃閃的金子，鋪在軟榻上，都能有她一半大了。

對了，還有金鐲子、金簪子呢！寧念之樂滋滋地將東西全擺在一塊兒，拿起這個看看，再換那個瞧瞧，又舉起來，伸手往腦袋上比劃。

「唔，等我十歲，就能梳髮髻，到時可以戴這根簪子了。」

映雪笑咪咪地在一邊附和。「是啊，姑娘皮膚好，這簪子可襯姑娘的臉色了。」

聽雪把散了一床的金子收起來。「姑娘，以後咱們可不能老是將金子拿出來玩了。被人知道，會說咱們有銅臭味的。」

寧念之撇撇嘴，大家閨秀就講究個什麼清雅高貴、溫柔如水、視錢財如糞土，但嫁人之後，誰不管家埋事？誰不看帳本？誰不天天和銀錢打交道？都是吃飽了撐著，瞎講究。

「不管，反正我在自己院子裡，想怎麼樣就怎麼樣，只要妳們別傳出去就行了。」

寧念之抱著自己的錢匣子，目光從四個大丫鬟身上掃過。「要是外面有傳言，那定是妳們說出去的，或是沒管好下面小丫鬟的嘴巴，怎麼說都是妳們失職。到時候，哼哼……」

這招氣勢壓人是學馬欣榮的，她一個六歲的孩子用起來，雖說更多的是可愛，但還真震懾住幾個丫鬟，讓她們心裡嘆服，別看自家姑娘只有六歲，這通身的氣派，可不是虛的。小小孩子繃著臉，卻真有幾分讓人心驚膽戰的威勢，不愧是鎮國公的嫡長女啊。

寧念之笑咪咪，拿起金梅花往臉上貼了貼。「這些都給我記在帳冊上。對了，今天是大年初一，這是打賞妳們的壓歲錢，拿著買花兒戴吧。」說著，給四個丫鬟發了賞賜。

她喜歡銀錢，卻不吝嗇小氣，該花的時候便花，就像娘親說的，反正生不帶來、死不帶去，活著時花夠就行，沒必要全占著。天下的銀錢那麼多，光攢能攢多少？有進有出才是道理，只進不出，早晚要撐死的。

書房裡，寧震嚴肅著表情，對原東良說：「東良啊，你年紀不小了，以後不許把『最喜歡妹妹』、『只喜歡妹妹』這種話掛在嘴邊，知道嗎？這樣說對妹妹的名聲不好，說不定她就嫁不出去了。」

原東良瞄了寧震一眼，低聲嘟囔一句。

寧震皺眉。「你說什麼？」

「等我長大了，我娶妹妹！我才不要妹妹嫁給別人！」原東良梗著脖子，滿臉堅定。「妹妹是我的，我只喜歡妹妹，永遠喜歡妹妹！」

寧震的眉頭擰起來。「胡說什麼！你們雖不是親兄妹，卻是一起長大的，情同兄妹，如何能說這樣的話？這豈不是……豈不是……你趁早打消了這念頭！」

「不，我就是喜歡妹妹。」原東良看著寧震，完全不低頭。「等我長大，會娶妹妹的。」

「你這個臭小子！」寧震大怒。「皮癢了啊？今天不打你，我就不是你爹！」起身朝外喊道：「拿家法來！」

小廝沒敢進門，躲在外面，扒著門框勸道：「國公爺，今兒好歹是大年初一……」

寧震粗喘了兩口氣，還是壓不下怒火，想想大年初一確實不好動手，索性一甩袖子起身。「你給我跪在這兒好好反省！什麼時候反省好，什麼時候才能起來！」說完便轉頭走人。

原東良眨眨眼，看著寧震的身影消失，嘆口氣，乖乖跪下。外面還有小廝守著呢，他要是不聽話，回頭可就不是跪一會兒的事情了。

但到底是捧在手心養大的孩子，大冬天的，剛從宮裡回來，書房裡還沒來得及生炭盆，冷著呢。不到半個時辰，寧震便轉回來問道：「可知道錯了？」

原東良很老實。「我沒錯。爹，我喜歡妹妹，妹妹也喜歡我，我長大了就是要娶妹妹，妹妹只能嫁給我。我答應過妹妹，會永遠對她好，妹妹也答應過永遠不離開我。」

寧震更怒了。「難道你當哥哥便不能對她好了？你們一起長大，我和你娘把你當親生兒子，你們兩個就是親生兄妹！你們要在一起，那就是，那就是……」

原東良撇嘴。「爹，我不是小孩子了。再說，我也不姓寧，外人一看就能看出來，我和念之不是親生兄妹啊。」

「你這沒良心的兔崽子！」寧震氣得在屋子裡轉圈。「我和你娘白養你了！我們對你和安成都是一樣的，你卻說自己不是我們的兒子，真是白養你一場，氣死我了！」

「爹，我不是這個意思。」原東良忙解釋。他們本來就不是一個姓啊，但感情是真的，他還是把爹娘當成親生父母，不對，親生的就不能娶妹妹了。雖然當親生的和親生的解釋起來不一樣，不過感情還是一樣的。

原東良的性子本就有些像狼，執拗得很，前些年不過是聽寧念之的，她說什麼是什麼，所以才沒顯露出來。這會兒在寧震跟前，態度就有些氣人了。

寧震轉了幾圈，見原東良梗著脖子，死不認錯，更是生氣，也顧不上過年不過年了，一迭連聲喊人拿家法過來，要給原東良一個教訓，讓他清醒清醒。

他真不知道，兒子竟存著這樣的心思。在他和馬欣榮決定收養原東良時，是把他當成寧念之的親哥哥，在他心裡，兩人就是親生兄妹。

以前聽原東良嚷嚷著喜歡妹妹，只當他是小孩子心思，剛才把人喊進書房，正是為了讓他不要再在外面說這些話。沒想到，原東良心思不小，竟是打算娶他的閨女，這可是違背倫常！

小廝看寧震暴怒，不敢再勸，一溜小跑地拿鞭子過來，又對著守門外的小廝使個眼色，那人便趕緊偷偷溜走，討救兵去了。

馬欣榮正在核對禮單，明天是初二，要回娘家，馬家人多，壓歲錢可不能少了。

「夫人，不好了！」

她正往荷包裡塞金瓜子，就見陳嬤嬤急匆匆地進來，滿臉著急。「大少爺不知做了什麼惹怒老爺，老爺要動家法呢。這大過年的，萬一見了血，可怎麼辦？」

馬欣榮迅速起身。「在書房？」

「是，已經有人去拿鞭子了。老爺也真是的，大少爺今年才十一歲，還是小孩子，有什麼事情不能慢慢說，非得在今天動手？」

剛說完，陳嬤嬤覺得一把老骨頭都要跑散了，卻不敢歇口氣，又跟著馬欣榮直奔前院。

第二十七章

書房裡，寧震抽一鞭，就問原東良一句：「知道錯了嗎？」

原東良梗著脖子喊：「我沒錯！我就是要娶妹妹！」

馬欣榮剛進來就聽見這兩句，愣了一下，本想說話，但看見原東良只穿著單衣跪在院子裡，背上已經被抽出好幾條血痕，很是心疼，趕緊過去攔寧震。

「大過年的，有事不能慢慢說嘛？」又招呼人給原東良上藥、穿衣服。

寧震抬手指著原東良。「不許給他穿衣服，讓他在這兒跪著！什麼時候知道錯了，什麼時候才能起來！」

原東良不吭一聲，馬欣榮張張嘴，寧震直接打斷她沒出口的話。「慈母多敗兒，咱們可是說好，我管教兒子的時候，妳不准插手！」

馬欣榮確實說過這話，只好不開口了，對陳嬤嬤使個眼色，拉了寧震進屋。

陳嬤嬤小跑著，拿棉墊出來，小聲勸原東良。「大少爺，老爺不讓你穿衣服，但沒說不讓你跪在墊子上。剛下過雪，又是石板地，萬一凍壞了膝蓋，那可是一輩子的事情……」

原東良側頭看看，幾個小廝你看天、我看地的，就是不看原東良和陳嬤嬤。

他猶豫一下，便微微撐起膝蓋，讓陳嬤嬤把棉墊塞過去。以後他可是要當將軍的，得愛護好自己的腿，不然連上馬都上不了。

屋裡，馬欣榮看院子一眼，用身子擋住寧震的目光。「你打東良，是為了他那戲言？」

寧震還在生氣。「戲言？小孩子說的才叫戲言。妳看看他多大了？十一歲！咱們這樣的人家，十一歲還能不懂事？」

說著，他忍不住埋怨馬欣榮。「以往我不在家，不知道他竟打著這個心思，但妳這個當娘的都沒發現嗎？還是妳根本沒當回事？念之的名聲，在妳眼裡不值一文？」

馬欣榮聽了，又氣又急。「你胡說什麼呢？念之也是我十月懷胎生出來的，我怎麼會不疼她？只是東良小小年紀，也受過不少罪，又打小和念之一起長大，兄妹倆的感情原就比別人深，時不時念叨幾句『最喜歡哥哥』、『最喜歡妹妹』的，不是挺尋常嗎？」

「尋常什麼？現在東良都說要娶念之了！他們是兄妹！」寧震拍桌道。

馬欣榮根本不怕他，也跟著拍桌子。「誰都能看出他們不是親兄妹！再說，咱們不已經開始打聽……」想到原東良還在院子裡跪著，立刻不往下說了。

但原東良已經聽見了，他不笨，相反地還很聰明，遂眨眨眼，看向一邊的陳嬤嬤。

「爹娘打算把我送走？」

陳嬤嬤不知道該怎麼回答，她沒照顧過原東良，相較之下，更疼愛馬欣榮親生的兩個孩子。和寧念之比，原東良就沒那麼重要了。

原東良垂下眼簾，心裡說不清是什麼感覺，有恐慌、有憤怒、有不捨，還有傷心。

「打聽是一回事，萬一那邊是個糟的，妳捨得將東良送走？」寧震在氣頭上，沒收住話。原東良聽見，眼睛立刻亮了一下。但寧震又道：「只是，若東良不改了這心思……」

馬欣榮皺眉。「小孩子的童言童語，你也非要當真？以前是你沒空管教，現下三、五年內，你不可能再去白水城，日後把東良帶在身邊親自教著，還不行嗎？念之也六歲了，該學規矩，日後兄妹倆不能時常膩在一起，自然而然地，這事就過去了。」

寧震卻不像馬欣榮想得那麼單純，他可不覺得原東良是童言童語。在當娘的心裡，孩子不管長多大都是小孩；但在當爹的心裡，幾歲該懂事、幾歲該承擔責任，都是不能耽誤的。

「我先帶著。」寧震深吸一口氣，總不能這樣把兒子打死吧，得慢慢教。之前兒子年紀小，在白水城又沒見過別人家的小姑娘，天天跟娘親、妹妹混在一起，難怪會起歪心思。以後見的人變多，知道的事多了，自然就明白了。

「快讓東良起來吧，一會兒榮華堂那邊該傳飯了。大過年的，讓爹知道你動家法，定要生氣。」馬欣榮心疼兒子，又看向院內，求情道：「以後你教訓東良，我絕對不插手。不過，今兒就算了，好不好？」

寧震氣呼呼地哼一聲，轉身出了門。

馬欣榮見狀，趕緊去院子裡，把原東良拉起來，帶回明心堂。

母子倆進了房，馬欣榮讓人拿藥膏過來，一邊親自幫原東良搽藥，一邊語重心長地說：「你爹打你，你心裡不能有怨，知道嗎？他打你，是將你當親兒子。你要是外人，他還不屑打你呢，你長歪了，和他又有什麼關係？」

「娘，您放心，我知道爹爹是為我好。」原東良說道。

馬欣榮點頭。「那你可知道錯了？」

原東良抿抿唇，沈默不語。他能和寧震對著幹，卻不能對馬欣榮無禮。

「說話！」馬欣榮拍他一下。

原東良還是不說話，馬欣榮無奈了。「你不說話，我也知道你是怎麼想的。東良啊，你年紀不小了，咱們回京這麼些日子，想來你也聽說過，女孩子的名聲很重要，一個不慎弄壞，嚴重點的，可是會逼出人命來。

「以前念之小，現在她長大了，有些話便不能當著人說，知道嗎？你自己說說不要緊，可外面的人該說念之不要臉了。你不想看著念之被人壞了名聲，然後被人討厭，沒人願意和她做朋友吧？

「流言猛於虎、眾口鑠金、積毀銷骨，這些話，先生可曾教過？你也大了，以後就是男子漢，男子漢說話，不能只憑自己高興。男子漢得保護自己的家人，不能讓她們不高興、讓她們受委屈。你說對不對？」

原東良沈默一會兒，點點頭。「娘，我知道了，我以後說話會小心，定不會讓妹妹被人非議。」哪怕妹妹名聲壞了有他來娶，但害得妹妹被看不起、被討厭，出門就受人鄙視、被吐口水，這就不是他的初衷了。

他最喜歡的妹妹，應當是最幸福的，快快樂樂地生活，被所有人捧在手心裡疼才好。

過年事情多，除了走親戚，還要與朝中同僚、軍中同袍交際，來來往往，寧震忙得腳不沾地。眼看到了正月十五，寧念之鬧著要看花燈，馬欣榮當然同意。閨女跟他們待在白水城多年，可吃了苦呢。

寧寶珠很羨慕，咬著手指頭，眼巴巴地看寧念之，李敏淑便伸手拍拍閨女的肩膀。「人太多，妳大伯他們忙，顧不了妳，萬一有人把妳抓走怎麼辦？」

這可不是嚇唬寧寶珠，每年花燈會都有丟掉小孩的事，即便他們這樣的高門大戶也會遇見，有黑了心肝的後宅爭鬥故意送出來的，也有僕人一個錯眼不見，小孩直接被拖走的。

人家爹娘不放心，馬欣榮也不敢把這件事攬在身上。再說，自己的閨女自己知道，那股聰明勁，自是不會瞎跑亂竄，可她不敢保證寧寶珠會聽話啊。若有個萬一呢？難道要自裁向二房賠罪？

「別難過，我給妳買漂亮的花燈。」寧念之笑咪咪地說，伸手捏寧寶珠的小胖爪子。

「再說，外面也不好玩，到處都是人，一不小心，那些大人就會踩到妳，很疼的。等妳長大些，再帶妳出去玩。」

寧寶珠眨眨眼。「念之姊姊不怕被踩到？」

「當然不怕，我可以坐在我爹的肩膀上，但二叔肯定不會揹妳的。」寧念之肯定地說。

寧寶珠瞧自己的親爹一眼，有些哀怨地把腦袋埋在娘親懷裡。

寧霄有些尷尬，但這事真怨不得他。他是書生，身子本來就弱，閨女又長得太胖，雖然一時半會兒能抱得動，可時辰久了，絕對受不了。

「行了行了，若實在想看，咱們包個雅間，把孩子們都留在上面，不許下樓。」寧博心疼孩子，看寧安和也眼巴巴地想去，當即揮手決定。「全家都去！」

寧寶珠聽了，樂得在地上跳。「咱們可以多買一些花燈，去年我娘給我買了走馬燈，特別好玩。今年要買不一樣的，還有兔子燈、荷花燈。」

寧念之眨眨眼，沒去過還知道這麼多種花燈？

小姊妹倆湊在一起嘀嘀咕咕，原東良站在一邊，時不時朝她們看一眼。

寧震瞧見他的眼神，忍不住皺眉，伸手把人拽到身邊。「男子漢大丈夫，老盯著小姑娘算怎麼回事？今天跟著我，知道嗎？」

原東良無奈地點頭。這幾天都這樣，他已經快習慣了。

夜裡，馬欣榮笑咪咪地摟著閨女和小兒子，坐車出了門，原東良被寧震拽著跟車步行。街上人多，朝廷下令，這種日子不能騎馬。就算騎馬，也比不上步行快。

兄妹三個上了街，簡直看什麼都稀罕，寧念之是土包子，原東良也是土包子，寧安成更是土包子，時不時啊一句、喔一句，嘴巴不得閒。

寧博早已在酒樓的雅間裡坐著了，寧霏和趙氏先來一步，這會兒正扒在窗戶前看熱鬧，大約是心情好，看見馬欣榮他們，竟然沒有甩臉色，反而笑咪咪地打招呼。「來了？下面有猜燈謎的，等會兒要不要去看看？」

馬欣榮走到窗口看了看，是常見的猜燈謎送花燈，猜對五題，送小花燈；猜對十題，送個大的；猜對二十題，就送鎮店之寶。

這店家倒是捨得，鎮店之寶是半人高的花燈，層層荷花瓣，上面站著仙子，從下面點燃蠟燭，仙子就會轉動，像是跳舞一樣，挺好看的。

寧霏很心動。「我要是能拿到那個花燈就好了。大嫂，妳會不會猜謎？」

馬欣榮搖頭。「我可不會。不如問問妳二哥，這種事情，當然得讀書人來。」

寧霏點頭。「說得也是。可二哥還沒來，怕這花燈被人搶走。」

馬欣榮沒搭話，轉頭喊寧念之。「我可告訴妳，若今晚敢不聽話、到處亂跑，回去我定要收拾妳，讓妳爹抽妳才行！」

原來，原東良受傷的事沒瞞住寧念之，她的鼻子多靈啊，人還沒靠近，就先聞到了藥味。

原東良也不知道是怎麼想的，沒把真相告訴她，撒了個小謊。

寧念之雖然不信，但瞧著爹娘並沒有太生氣，對原東良也一如既往的好，就不在意了。當爹的揍兒子幾頓，不挺平常嗎？在白水城時，因為原東良想出去玩耍而不願意練武，寧震也動過手呢。

寧念之對馬欣榮做了個鬼臉，也過來扒著窗戶看，一眼看見那個大大的花燈，不過她不想要，那東西還不如風車呢，遂使勁探著身子往遠處看，隨即興奮地喊：「姑姑，趕緊去看妳的花燈啊，有人要和妳搶了！」

寧霏立刻過去看，然後著急了。有個十五、六歲的姑娘，正伸手指著那花燈，和身邊的少年撒嬌，那少年看著白白淨淨、斯斯文文，頗有學問的樣子，說不定真能把花燈贏走。

可她二哥還沒來呢，雖然是一起出門，但人太多，被擠開就落後了。

「不然，妳請個人幫妳猜謎？」馬欣榮出主意。「這花燈雖然好看，但值不了多少銀子，說不定正好有人想賺錢呢？妳讓丫鬟下樓試試。」

寧霏眼睛一亮，趕緊喊來自己的丫鬟。「去找幾個書生，誰能將這花燈贏回來，就賞他五十兩銀子。」

馬欣榮忍不住搖頭，可真大方，五十兩銀子啊，夠買幾車銀絲炭了。

丫鬟急忙下樓，沒多久便領著幾個書生過去。

花燈店旁，帶著姑娘的少年皺了皺眉，卻是不慌不忙，猜一個，寫一個，倒是他身邊的姑娘有些急，時不時就朝那群書生看去。

「我們猜了二十個！」等少年寫完，那姑娘馬上揮著手裡的紙條喊道。

掌櫃過來看了，笑咪咪地搖頭。「寫錯一個，可惜了。」

「肯定不會錯，說不定是你們弄錯了。」姑娘有些急了。

掌櫃依然笑咪咪的，拿出答案遞給少年。這時，那群書生也寫好了，他過去看，又搖搖頭。「同樣錯一個。對不住，花燈不能給你們。」

那姑娘聽了，噗哧一聲笑出來，仰頭看掌櫃。「能不能再猜一次？」

掌櫃擺手，姑娘嘟著嘴，不大高興，少年便揉揉她頭髮。「等大哥過來，讓他試試。」

正說著，就見一名男子踏著大步而來，長相俊美，穿著也不俗。寧霏正觀望下面的猜謎比賽，忽然瞧見這麼個人，愣了一下，臉色隨即有些發紅。

那男子倒是好學識，不到一炷香工夫，便寫好二十個答案，全中。

掌櫃大方地將花燈搬來，男子看到，有些嫌棄地說：「這怎麼拿回去？我可不替你們搬。」

兄妹倆妳看看我，我看看妳，最後少年苦著臉，彎腰去抱那花燈。

寧霏還在看那名男子，馬欣榮過來感嘆一句：「可惜，竟然被人贏走，不過妹妹倒是省下銀子了。」

寧霏心不在焉地揮揮手。「一群沒用的，算了，我還是等二哥來吧。一會兒去看看別家的，說不定會有更漂亮的花燈。」

正說著，寧霄到了，寧霏立刻撲過去，死活纏著他下樓。

李敏淑不大高興，自家閨女心心念念出來玩，做爹的不陪著就算了，居然扔下媳婦、孩子，去替小姑贏個幾兩銀子的花燈，又不是沒錢買！但趙氏在，她不好要寧霄陪，只能眼巴巴地看著寧霄和寧霏出門。

寧震在下面轉了一圈，回來把小兒子放到自己肩上，笑咪咪地問：「夫人，要不要和我去逛逛？」

馬欣榮有些為難，寧念之這年紀，抱著太累，不抱又什麼都看不見，帶還是不帶呢？

「這樣吧，我抱念之，東良揹著弟弟好不好？」見原東良要開口，寧震迅速說道。

馬欣榮抬手拍他一下。「東良自己才多大！」

「娘，我揹得動。」原東良趕緊說道，怕馬欣榮不信，接過寧安成放到自己肩膀上，然後原地跳了幾下。「要真揹不動，到時候娘親再幫忙。咱們輪流來。」

寧震也笑道：「還有丫鬟、小廝在，不用擔心。」

寧念之也在一邊攛掇，馬欣榮終於應下，於是，一家五口興高采烈地出門玩耍了。

李敏淑看了，又是眼紅、又是鬱悶，這會兒自家相公難道不應該陪在妻兒身邊嗎？小姑子實在太不懂事，還是趕緊嫁出去的好。

第二十八章

「芝麻元宵、花生元宵、桂花元宵，想吃什麼口味都有！」

「炒瓜子，一包三文錢！」

寧念之吸吸鼻子，好香啊，每一樣她都想吃，怎麼辦？

原東良看見她那小表情，轉身領著人去買吃的，等他回來，兄妹倆手上就多了一枝糖葫蘆，還不忘給寧安成也帶一串。

寧震和馬欣榮時不時互看一眼，夫妻情深，一會兒挑簪子，拿起來比一下，雖說不名貴，但勝在有情趣；一會兒又含情脈脈地餵點心。

寧念之完全不想看，太膩人了。

難怪上輩子自家親爹出事後，娘親連她都不太搭理了，情之一字，可真是……唔，害人不淺？

「妹妹，這個是鹹香的，要不要嚐嚐？」原東良舉著一塊餅問道。

寧念之瞬間把腦袋裡酸溜溜的感嘆扔到一邊去，樂滋滋地點頭。「要！」

幫忙裝燒餅的婆婆，笑咪咪地多給了一個。「這個是甜的，送你們嚐嚐，覺得好吃再來買。」

寧震接過袋子，伸手摸了摸寧念之的丫髻。「好吃也別吃太多，免得一會兒吃不下別的。若是好吃，咱們下次再買。」

寧念之做個鬼臉，拽著原東良往前跑，然後身子一彈，差點沒摔倒，幸好被原東良扶住。

她一抬頭，就看見面前站著一個老人，摸著鬍子，笑咪咪地低頭看她。「小娃娃長得可真漂亮。」

寧震已經大踏步過來了，一手把寧念之拉到身邊，笑著對老人點頭。「老丈，小女調皮，實在對不住。您可有受傷？」

「並無。這是你兒子？」老人目光一轉，盯著原東良問道。

寧震點頭。「是我大兒子。」

「相逢即是緣，不如咱們去吃幾個元宵？」老人又問道。

寧震不傻，無緣無故地，誰會在大街上隨便拉人去吃元宵？當即眼底就帶了幾分警覺。

「老丈客氣了，怕是不行，小兒有些犯睏，我正打算送他們母子回去呢。若是下次有機會，定不推辭。」

老人笑了笑，抬手要揉原東良的腦袋，卻被原東良側頭躲過去，他也不在意，只笑著道：「我瞧這孩子倒有幾分眼熟，今年可有十二歲了？」

寧震伸手按著原東良點點頭。「尚未，小孩子長得好，今年剛滿十一。」說著便轉身。

「時候不早了，若是無事，我們先走一步，有緣再見。」不等老人回答，就要走人。

老人也不再阻攔，只笑著說：「我打西邊來，今天見了貴公子，頗覺有緣。如果寧將軍得空，不妨去悅來客棧找我。」

寧震臉色變了變，沒有回頭，示意馬欣榮趕緊跟上。

寧念之眨眨眼，拉住原東良的手。老人說原東良眼熟，又從西邊來，那邊能和原東良扯上關係的，就是他的身世，是他的家人找來了？

想到這個，寧念之抓著原東良的手忍不住緊了緊。

原東良趕緊拍她腦袋。「不怕，我長大了要娶妹妹呢，肯定不會跟別人走，妹妹放心吧。」

寧念之聽了，寬下心，原東良是半大小子了，武功不低，人也不傻，不管走不走，定能好好活著，何必現在就鬧離情別緒？遂跳了兩步，追上寧震，撒嬌道：「爹，我要吃元宵！弟弟也餓了對不對？」

寧安成笑嘻嘻地跟著點頭。「吃元宵！」奶聲奶氣，可愛得很。

寧震伸手點點他鼻子，馬欣榮也笑道：「孩子們難得出來，不就是吃個元宵嗎？沒什麼大事，索性玩夠了再回去。」又壓低聲音道：「也沒證據說是他們家的，咱們不放人，孩子又不願意走，還能硬搶不成？」

寧震聞言，這才緩下腳步。

原東良拉著寧念之問寧震：「爹，妹妹要吃元宵，我剛才還答應給妹妹贏個花燈呢。不知道有沒有打擂臺贏花燈的，要是猜謎，我不是很拿手。」

說著話，就聽旁邊有個掌櫃笑哈哈地宣佈：「這位公子猜對了二十個字謎，這盞燈是他的了！」

那個書生接了花燈，轉手送給身邊的姑娘，有些不好意思，卻又帶著幾分情意地開口：「送給妳，以後……送妳更好看的。」

姑娘臉紅，含羞帶怯地接過花燈，書生立刻笑得更傻了。

馬欣榮轉頭看寧震，有些羨慕。「咱們沒成親之前，你也送過我花燈，只是成親之後……」

寧震聽了，想對她作個揖，但肩膀上坐著寧安成，動作不好太大，只好拱拱手。「夫人見諒，這幾年不是沒找到機會嗎？還望夫人大人大量，賞小的一個獻殷勤的機會，小的這就給您挑盞最好看的花燈來，好不好？」

馬欣榮忍不住笑。「好，等會兒可就看你的了。」

夫人有令，寧震也不想著趕緊回家的事了，一手扶著小兒子、一手拉著小閨女，領著大兒子帶媳婦兒挨個兒挑花燈，選中了就開始猜燈謎。

幸好，有些小花燈只需猜中一題就可以換，寧震還是有兩下子的，猜了兩、三次，就得了看上的花燈。

掌櫃笑咪咪地把燈遞給寧震，他轉身給了馬欣榮，又腆著臉說幾句甜言蜜語。「以後，每年我親自給夫人贏一盞花燈來，今年贏荷花的，明年贏蘭花的，湊個《百花圖譜》。」一年一種花，百花圖有百種花，百年好合。

馬欣榮臉色微紅，眼神中的情意都快溢出來了。

寧震志得意滿，深覺自己還是當年的英俊小夥子，剛打算去摸摸她的小手，卻聽見旁邊原東良有樣學樣。

「妹妹拿好了，我以後也和爹爹一樣，每年送妳一盞花燈，送一百年！」

寧震的臉色瞬間黑了。「臭小子，胡說什麼呢！」

原東良看看寧震，沒出聲，拉著寧念之繼續往前走了。

寧震揉揉額頭，這小子怎麼就這麼倔？哎，回去還是得好好教訓才行。

逛了街，吃過元宵，夫妻倆帶著孩子回酒樓。

趙氏上了年紀，又坐這麼久，累得快睜不開眼，見出去逛的寧博、寧霏與寧霄也上樓了，便打算回去。

馬欣榮叫了丫鬟，開始收拾東西。寧霏卻拎著花燈，臉色泛紅，時不時笑一下，什麼也不做，見趙氏下樓，趕緊跟上，娘兒倆坐一輛車。

寧念之正納悶呢，就聽見說話聲了。

「娘，寧王世子是個什麼樣的人？」寧霏問道。

趙氏壓低了聲音。「妳見到寧王世子了？」

寧念之眨眨眼，寧霏這是看上了寧王世子？可上輩子她嫁的並非是他，那是上輩子沒遇見，還是這輩子發生了改變？

不過，寧霏要嫁什麼樣的人，她好像沒辦法干涉，索性不去想了。玩了大半夜，她早就累了，有空睡覺，總比操心一個不值得付出的人強。

第二天一早，該上朝的上朝去了，該上學的上學去了，寧念之到明心堂轉一圈，再跟著馬欣榮到榮華堂請安，原以為就和往日一樣，接下來可以領著寧寶珠去花園玩了。

沒想到，她卻被馬欣榮拽著，又回了明心堂，替她整理好衣服，笑咪咪地說：「一會兒教養嬤嬤該過來了，妳要聽話知道嗎？學規矩很辛苦，但學得好，以後就能越長越漂亮；若學不好，以後可沒人喜歡妳。」

寧念之嘟嘟嘴。「我要是去學規矩，便沒人教弟弟認字了。」

「妳還有空惦記弟弟呢。」馬欣榮忍不住笑，揉揉她的臉頰。「放心吧，有我照顧呢。再者，等妳學完規矩，也能來照顧弟弟，不用著急。」

兩人正說著話，就見陳嬤嬤進來，笑咪咪地行禮。「夫人，唐嬤嬤過來了，孤身一人，只拎了個小包裹，沒帶什麼東西。」

「念之院子裡的廂房收拾妥當了嗎？還有伺候的丫鬟，可安排好了？」馬欣榮忙拉寧念之起身，一邊交代陳嬤嬤要準備好，一邊出去迎人。別看只是個教養嬤嬤，那是皇后身邊的人，在宮裡也是有品級的。現下雖然出宮了，但想進宮，也不過是一句話的工夫。

兩人剛趕到門口，就看見了唐嬤嬤，長相挺和善的，圓圓臉，帶著三分笑，但身板挺直，步伐穩而從容。

唐嬤嬤走過來行禮。「見過夫人。這位就是大姑娘吧？長得果然跟娘娘說的一樣，十分漂亮，看著機靈可愛，夫人真是有福之人。」

「什麼有福之人，這丫頭皮著呢，讓我和國公爺操碎了心。」

馬欣榮忙扶唐嬤嬤起身，親親熱熱地帶著人往芙蓉園走。「這丫頭有些小聰明，我快治不住她，這才向娘娘求了恩典。能得唐嬤嬤指點，是她的福氣呢。」

唐嬤嬤笑了笑。「我也不過略盡綿薄之力。只是，姑娘年紀小，夫人若是著急，怕是得心疼了。」

馬欣榮忙擺手。「嬤嬤，咱們不著急。念之才六歲呢，離及笄還有九年，一點都不急。」

見唐嬤嬤露出戲謔表情，馬欣榮有些不好意思。「我只這麼個寶貝女兒，從出生便跟著我離京，吃盡苦頭。現在回了京，我就想，這輩子定不會讓她再跟著我吃苦，所以……」

唐嬤嬤點頭。「我知道，慈母之心，皆是如此。既是這樣，那夫人可不要著急，咱們慢慢來，但三、五年內，怕夫人看不到什麼成果的。」

「沒關係，有我和她爹在，哪怕七、八年看不到成果也無妨，只要讓她出門別被人非議就行。」馬欣榮忙說道，算是幫唐嬤嬤確定了日後的行事底線，學規矩可以，但不能受苦。

這年頭，身分不同，各家的要求不同，學規矩的方式便不一樣。有些是十三、四歲才開始學，自然要抓緊工夫，天天都得練習；有些要求得多，行走坐臥都講規矩，更是嚴苛。

但馬欣榮並不苛求自家閨女，將來又不要她進宮，學那麼多做什麼？她還小呢，七、八年的工夫，難不成還學不會一點規矩？

唐嬤嬤知情識趣，見馬欣榮如此，日後行事自會保留幾分。

兩個人商議定了，唐嬤嬤這才得空，把寧念之拉到跟前。「姑娘可識字讀書了？」

「不過是跟著她哥哥玩鬧，識得幾個字，可是下筆不穩，寫不好。」馬欣榮笑著道。

寧念之對唐嬤嬤笑笑，若是不出意外，未來十多年，這位都要跟在她身邊，得留個好印象才行，當即乖巧地打招呼。

唐嬤嬤見狀，笑得越發和善了。寧念之漂亮懂事，應該不怎麼難教。

「嬤嬤急匆匆趕來，怕是連行李都沒帶，正好讓我收買嬤嬤一回。這是布莊剛送來的料子，嬤嬤要是喜歡，回頭我讓針線房立刻趕出兩身衣服來。還有住處，嬤嬤若有什麼缺的，儘管開口。」

說著，馬欣榮領唐嬤嬤進內院。「這兩個小丫鬟是伺候嬤嬤的，嬤嬤也不用客氣，來了咱們府裡，就是到了自家。以後念之是妳的學生，孝敬先生是應當的。」

唐嬤嬤頻頻點頭。「夫人費心了，我都挺喜歡的。夫人如此，我實在無以為報，日後只能多多要求姑娘，定不辜負夫人所託。」

馬欣榮事情多，帶著唐嬤嬤轉一圈，就留下她自行安置了。

唐嬤嬤倒是盡職，放下自己的小包裹後，就先去找馬嬤嬤打探寧念之的起居。

馬嬤嬤也不隱瞞，連寧念之一天喝幾杯水、上幾次淨房都說得清清楚楚，唐嬤嬤連連點頭，又問：「那伺候姑娘的大丫鬟裡，可有領頭的？」

「是聽雪領頭。」馬嬤嬤笑著回答。「她和我分著管姑娘的庫房與帳冊……」

寧念之豎起耳朵聽了一會兒，多是問她的日常瑣事，覺得沒意思，想起身下軟榻。

唐嬤嬤轉頭瞧見，忙過來道：「姑娘可是累了？不如咱們出去走走？」

寧念之眨眨眼，笑嘻嘻地點頭。「好啊。昨兒我和寶珠妹妹約好了，要去花園裡玩。聽雪，妳帶上昨兒買的花燈和吃食，對了，還要叫上弟弟。」

唐嬤嬤聽了，笑咪咪地點頭。心性好、團結友愛、玩耍不忘記弟弟妹妹，有長姊風範。當教養嬤嬤，最怕遇見心性不好的姑娘了。

出了門，唐嬤嬤就開始仔細觀察，從寧念之走路的姿勢到說話的神態，以及小動作、眼神等等，恨不能拿本子全記錄下來，看得寧念之都快不會走路了。

寧寶珠也有些不自在，躲在寧念之身後嘀咕。「姊姊，這個嬤嬤是哪兒來的？一直看著我們做什麼？她的眼神好奇怪啊，我有些害怕。」

「這是教我規矩的嬤嬤，大約在看我哪兒做得不好，明兒就要開始糾正。」寧念之也壓低聲音回答。

寧寶珠滿臉好奇。「學規矩？就是我娘說女孩子都要學的那個？」

寧念之點頭，寧寶珠有些不安。「那以後我也要學？怎麼辦？感覺好可怕。」

「不可怕，長大了就是要學很多東西的。妳看，我哥哥和妳哥哥，不都上學讀書嗎？」寧念之笑嘻嘻地說道，拉著寧寶珠看花燈。「這個是哥哥買給我的，是不是很漂亮？」

「妳真好，有東良哥哥給妳買花燈。昨晚我只能和哥哥待在酒樓裡，沒能下去看看呢。」

那時，寧霄被寧霏拽走了，李敏淑是女人家，不好單獨帶著兩個孩子出去，趙氏也不放心，所以只能在酒樓裡窩了大半個晚上。

「下次我帶妳去。」寧念之拍胸脯應道。「我哥哥也是妳哥哥嘛，到時候讓他買給妳，喜歡什麼就買什麼。」

寧寶珠立刻高興起來。「那咱們多買些點心，我喜歡吃甜的。」

小孩子的遊戲其實挺無聊，看看花燈，你追我、我追你，就這樣玩了大半天。寧念之現在完全把自己當小孩子，整日不是和寧寶珠混在一起，就是和寧安成待在一處，也不覺得不好意思。反正，上輩子沒做過的事情，這輩子定要全做了。

吃午飯前，寧念之和唐嬤嬤去了明心堂，遇見趙氏派人傳話。「請夫人和姑娘到榮華堂用膳，也通知二夫人了。」

馬欣榮點頭應下，讓人送走傳話的丫鬟，揉揉寧念之的頭髮。「老太太真是的，用得著我的時候就一起吃飯，用不著便不用露面。這次又是為了什麼？」

陳嬤嬤猜測道：「難道是為了教養嬤嬤的事情？霏姑娘的年紀不小了，指不定是打了唐嬤嬤的主意。」

「她打主意就行嗎？唐嬤嬤可是皇后賜下的人。」

馬欣榮皺眉，想了想道：「不一定是這個，寧霏以前也學過規矩，她的教養嬤嬤不才剛走嗎？大約是為了她的婚事。昨兒寧霏得了一盞漂亮花燈，瞧她的神色，不像是老二幫她贏回來的。走吧，不管是什麼事，咱們先聽聽再說。」

說著，她就帶寧念之去了榮華堂。

——未完，待續，請看文創風466《福妻無雙》2

為流浪貓狗加油 和貓寶貝 狗寶貝

廝守終生(一定要終生喔！)的幸福機會

對人來說，貓寶貝狗寶貝只是生活的一部分，但妳（你）對牠們來說，卻是生活的全部，領養前請一定要考慮清楚——

▲ 極品玳瑁貓　小玉

性　　別：女生
品　　種：米克斯
年　　紀：約4個月
個　　性：活潑調皮
特　　徵：額頭有菱形花色
健康狀況：尚未施打預防針，眼睛和呼吸道感染已治癒，並已驅蟲除蚤
目前住所：新北市淡水地區

第273期 推薦寵物情人

『小玉』的故事：

七月下旬，中途住家的社區保全在鐵蓋下的狹小空間內，發現了3隻近乎脫水的小幼貓，保全因工作性質無法餵養，只能拜託中途幫忙照看。

由於母貓是隻不到6個月大的小媽媽，本身營養不良，導致沒有足夠的奶水可以養育小貓，再加上小貓們的健康狀況也不佳，中途只好緊急接手救援。中途先將小貓帶去醫院驅蟲除蚤，並針對眼睛及呼吸道感染的問題做妥善治療，同時也幫母貓完成結紮。

在中途耐心和愛心的照料下，3隻小貓從奄奄一息，長成可以自行吃罐頭、飼料，到使用貓砂；如今更是健康活潑又調皮，每每看到牠們耍萌撒嬌的模樣，再大的辛苦勞累都會消失。目前小玉的兩個兄弟已找到新把拔、馬麻，只有玳瑁花色的小玉還沒有新家。玳瑁貓乍看花色很雜亂，其實更突顯其罕見與獨特性，而且根據很多養過玳瑁貓的貓奴說，玳瑁貓個性溫馴穩定、特別貼心，尤其小玉是女生，又多了份乖巧，可說是難得一見的極品喔！

雖然認為小玉不易送養，但因中途家裡已有4貓4狗，實在無法給小玉全部的關愛，所以還是想給她一個機會，希望牠也能幸運的遇到獨具慧眼的把拔、馬麻，得到充分的愛及更多照顧。如果你也喜歡獨具一格的貓、願意把小玉視為「家人」，同時也有心理準備她將會陪伴你十多年，歡迎來信cece0813@gmail.com（王小姐），主旨請註明「我想認養小玉」；或致電0918-021-185。

認養資格：

1. 不關籠養、不放養門外。
2. 需經全家人同意。
3. 最好有養貓經驗（沒有經驗，但有耐心也歡迎）。
4. 能妥善照顧，絕不讓貓咪因疏忽而失蹤。

來信請說明：

a. 個人基本資料：姓名、性別、年齡、家庭狀況、職業與經濟來源等。
b. 想認養小玉的理由。
c. 過去養寵物的經驗，及簡介一下您的飼養環境。
d. 若未來有當兵、結婚、懷孕、畢業、出國或搬家等計劃，將如何安置小玉？

love.doghouse.com.tw 狗屋．果樹誠心企劃

文創風

465

福妻無雙 1

國家圖書館出版品預行編目資料

福妻無雙 / 暖日晴雲著. --
初版. -- 臺北市 : 狗屋, 2016.11
冊 ; 公分. --（文創風）
ISBN 978-986-328-654-7（第1冊：平裝）. --

857.7　　105017559

著作者	暖日晴雲
編輯	安愉
校對	黃薇霓　周貝桂
發行所	狗屋出版社有限公司
地址	台北市104中山區龍江路71巷15號1樓
電話	02-2776-5889～0
發行字號	局版台業字845號
法律顧問	蕭雄淋律師
總經銷	知遠文化事業有限公司
電話	02-2664-8800
初版	2016年11月
國際書碼	ISBN-13　978-986-328-654-7
原著書名	**《重生之改命》**，由北京晉江原創網絡科技有限公司授權出版

定價250元

狗屋劃撥帳號：19001626

網址：love.doghouse.com.tw　E-mail：love@doghouse.com.tw